Andrew J. Butcher

Tod aus dem Internet

Andrew J. Butcher arbeitete nach seinem Literaturstudium zunächst als Werbetexter, bevor er sich dazu entschloss Englischlehrer zu werden.
Schon mit sieben Jahren entging er einer Schulhofprügelei, weil er mit spannenden Geschichten seine Mitschüler begeistern konnte.
Damals träumte er davon, ein erfolgreicher Schriftsteller zu werden und sich ein tolles Pseudonym zu geben. Doch dazu kam es nie, noch immer schreibt er unter seinem bürgerlichen Namen Andrew James Butcher.
Heute begeistern seine Bücher Millionen junge Leser weltweit.

Von A. J. Butcher sind in den Ravensburger Taschenbüchern erschienen:

RTB 54601
Frankensteins Erbe

RTB 54602
Tod aus dem Internet

Andrew J. Butcher

Tod aus dem Internet

Aus dem Englischen
von Michaela Kolodziejcok

Ravensburger Buchverlag

Als Ravensburger Taschenbuch
Band 54602
erschienen 2007

Die Originalausgabe
erschien unter dem Titel
„Spy High - Episode 2:
The Chaos Connection"

Die deutsche Erstausgabe
erschien unter dem Titel
„Spy High. Tod aus dem Netz"
2004 im Ravensburger Buchverlag.

Umschlagillustration: Stefani Kampmann

Printed in Germany

1 2 3 4 5   11 10 09 08 07

ISBN 978-3-473-54602-2

www.ravensburger.de

Heute in sechzig Jahren befindet sich nördlich von Boston, in den USA, eine Schule, hinter der sich weit mehr verbirgt, als es auf den ersten Blick scheint.

Die Leute flüstern den Namen des Deveraux Colleges wie ein Geheimnis und sind erstaunt über das, was ihnen zu Ohren gekommen ist. Sie wissen, dass die Schule von Jonathan Deveraux gegründet wurde, einem der reichsten Männer der Welt, der einem Gerücht zufolge auf dem Schulgelände lebt, tatsächlich aber seit fünfzehn Jahren von niemandem mehr lebend gesehen worden ist. Sie wissen, dass die Schule so exklusiv ist, so auserlesen, dass noch nicht einmal die Söhne von Präsidenten oder die Töchter von Rockstars dort aufgenommen werden. Sie wissen, dass die Broschüren des Colleges von den „außergewöhnlich Talentierten" sprechen. Außergewöhnlich talentiert worin? Mehr wird nicht offenbart. Letztlich wissen die Leute nur, wo sich das College befindet und wie es aussieht. Aber nur von außen.

Um es zu erreichen, musst du ein Gebiet von der Größe Rhode Islands durchqueren, zum Großteil Wald. Wenn du wachsam bist, fällt dir vielleicht auf, dass sich die Äste der Bäume bewegen, sich regen, sogar an windstillen Tagen – dass ihre Baumaugen jeden deiner Schritte verfolgen.

Denn anstelle von Borke oder Saft haben die Äste der Bäume in der Umgebung des Colleges Schaltkreise und Sensoren, die aufmerksam jeden Eindringling überwachen, der das Collegegelände betritt.

Schließlich lichtet sich der Wald und du siehst die Schule direkt vor dir liegen. Du fühlst dich um Hunderte von Jahren zurückversetzt. Das Deveraux College ist eine riesige gotische Festung, wie geschaffen für verborgene Kammern und Verliese und Schreie in geheimen Gängen. Jene Art von Ort, an dem du bestimmt nicht wolltest, dass mitten in der Nacht der Strom ausfällt. Die Art von Ort, an dem du unbedingt ein Kreuz um den Hals tragen möchtest und vielleicht auch noch ein paar Knoblauchzehen – für alle Fälle.

Wenn du keine Lust hättest weiterzugehen, könntest du natürlich stehen bleiben und den Studenten von Deveraux auf dem Spielfeld beim Trainieren zusehen. Es ist immer ein Footballspiel im Gange. Immer. Und wenn du nur lange genug zuschaust, wirst du bemerken, dass es stets ein und dieselben Spielzüge sind, die sich wiederholen, immer wieder, wie eine endlose Generalprobe. Diese Erkenntnis mag dich vielleicht beunruhigen, es sei denn, du weißt bereits, dass es lediglich Hologramme sind, die du betrachtest. Hologramme, die zu dem Zweck entworfen wurden, eine Illusion von Normalität zu erschaffen.

Die wahren Aktivitäten des Deveraux Colleges spielen sich in seinem Inneren ab.

Hinter den schweren Eichentüren, die sich automatisch öffnen. Vorbei an der Empfangsdame, die dich trotz ihres Rentenalters mit ihren bloßen faltigen Händen auf ein

Dutzend verschiedene Weisen töten könnte. Vorbei an den Phantom-Studenten, die für immer unterwegs sind zu Kursen, die niemals beginnen. Hinein in eines der zahlreichen Arbeitszimmer, dessen Wände bedeckt sind mit Büchern. Und wenn du auf den Rücken eines bestimmten Buches drückst, das in Wirklichkeit natürlich gar kein Buch ist, entpuppt sich das vermeintliche Arbeitszimmer als Fahrstuhl. Ein Fahrstuhl, der dich nach unten bringt, unter die Erde, hinter die Fassade, an den Ort, wo das Deveraux College in vielerlei Hinsicht aufhört zu sein, mitten hinein in eine Schule, die von ihren Schülern einen ganz anderen Namen erhalten hat.

Spy High.

Es gibt auch hier Uniformen, aber keine Blazer oder Krawatten, keine Röcke mit vorschriftsmäßiger Saumlänge. An der Spy High sind die Studenten mit glänzenden, silbernen Schockanzügen bekleidet – und wenn du wissen möchtest, warum diese Anzüge so heißen, dann versuch dich mit jemandem, der einen solchen Anzug trägt, in einer dunklen Seitengasse anzulegen: Vermutlich wirst du diese Erfahrung sehr elektrisierend finden.

Es wird hier auch unterrichtet, aber nur wenige der Fächer werden an anderen Bildungseinrichtungen gelehrt, es sei denn, „Das ABC der Spionage", „Geschichte der Spionage" oder „Computer-Hacken für Fortgeschrittene", „Feind-Deaktivierung" sowie „Der Umgang mit Massenvernichtungswaffen" sind plötzlich Bestandteile des allgemeinen Lehrplans geworden. Es gibt eine Holo-Sporthalle für alle möglichen Arten des körperlichen Kampftrainings, eine Virtual-Reality-Kammer, ausgestattet mit den neuesten Cyber-Wiegen, sowie Studien- und Freizeitmöglichkeiten jeder nur denkbaren Art.

Und dann ist da noch die Halle der Helden. Ein stiller Ort, ein Platz der Besinnlichkeit und Verehrung. Die goldenen Buchstaben auf der Wand verkünden seine Bestimmung: „Gewidmet den Absolventen des Deveraux Colleges. Für jene, die ihr Leben um des Morgen willen riskieren." Ganz am Ende der Halle wird der Gefallenen gedacht, jener, die in der andauernden Schlacht zwischen den Kräften des Guten und den Agenten des Bösen umgekommen sind. Die Helden schweben als lichtumstrahlte Hologramme in der Luft, unter ihnen leuchten ihre Namen. Es wirkt, als hielten sie noch immer Wache über die Welt. Dabei sind sie nur eine Mahnung an die Studenten der Spy High, dass sie nicht erwählt worden sind, um Spielchen zu spielen, sondern um aktiv teilzunehmen an einem tödlichen Kampf, der sie das eigene Leben kosten könnte.

Jetzt betritt eine Gruppe von Studenten die Halle der Helden. Der groß gewachsene blonde Junge, der vorangeht, ist Ben Stanton, und das ebenso große und ebenso blonde Mädchen, deren Hand er hält, ist Lori Angel. Man könnte sagen, die beiden stehen sich sehr nahe, und zwar nicht nur, weil sie sich, von den unverkennbaren körperlichen Unterschieden einmal abgesehen, ausgesprochen ähnlich sehen. Der Rest ihres Teams folgt ihnen. Da ist das afroamerikanische Mädchen Cally Cross mit den Dreadlocks, die wie immer tadellos sitzen; Cally wirkt aufgeweckt, ihren leuchtenden, intelligenten Augen entgeht nichts. Jake Daly, der mit hängenden Schultern neben ihr hertrabt, hat eine eher gelangweilte Miene aufgesetzt unter seinem wuscheligen, schwarzen Haar, aber es wäre unklug, ihn zu unterschätzen. Sieh ihn dir genauer an und du wirst erkennen, dass seine finsteren, ja sogar dunklen Gesichtszüge und sein kompakter, muskulöser Körper Kraft und Stärke ausstrahlen. Er ist jemand, den du in einem Kampf auf deiner Seite haben willst. Vermutlich denkst du, man könne nicht dasselbe von Eddie Nelligan sagen: Er ist rothaarig und sieht aus, als wäre er soeben erst aus dem Bett gefallen. Er grinst über irgendeinen heimlichen Witz, aber auch er ist nicht zufällig hier. Und dann ist da noch die Letzte der Gruppe, die sich ein wenig abseits von den anderen hält, so als gehöre sie nicht dazu: Jennifer Chen, grünäugig und geschmeidig wie eine Katze.

Ben führt seine Teamkameraden ans Ende der Halle zu dem Mahnmal der Gefallenen, dorthin, wo die Denkmäler der etwas vielversprechenderen Art stehen.

„Hier sind sie", haucht er, als ob er von Heiligen spräche, „die früheren Gewinner des Sherlock-Schildes."

Auf einem Sockel platziert wie Exponate in einem Museum verkörpern Trophäen das erfolgreichste Studententeam eines jeden Jahrgangs der Spy High – diejenigen, die mit dem Sherlock-Schild ausgezeichnet worden sind. Die dreidimensionalen Gesichter aller Teammitglieder strahlen, als ob sie stolz auf ihre Leistungen wären, und drehen sich oberhalb ihrer eingravierten Namenszüge langsam um die eigene Achse.

Ben jedoch scheint sich mehr für den Sockel am Ende der Reihe zu interessieren, auf dem sich bislang noch keine Trophäe befindet. „Und das hier ist unserer", verspricht er. „Hier wird der Schild des Bond-Teams hinkommen.“ Seine Augen funkeln, als er es sich lebhaft vorstellt: die Ehre, den Ruhm, für die anderen ebenso wie für sich selbst, obgleich er als Teamführer natürlich …

„Das streben wir dieses Semester an. Das ist unser Ziel. Den Sherlock-Schild zu gewinnen.“ Er wendet sich an seine Teamkameraden. „Ist jemand anderer Meinung?“

Keiner. Lori ist wie immer ganz die pflichtbewusste Freundin und drückt ermutigend seine Hand. Jake Daly ist weniger beeindruckt, aber dem knappen Nicken seines Kopfes nach zu urteilen nicht weniger entschlossen. Cally sagt: „Ich bin dabei!“ Und Eddie sagt nichts, was die anderen vermuten lässt, dass es ihm ausnahmsweise einmal ernst ist. Jennifers Schweigen wird ebenso als Zustimmung interpretiert, sodass sich Ben, zufrieden mit sich selbst, innerlich dafür Beifall spendet, das Bond-Team in die Halle der Helden geführt zu haben. Aber in Wahrheit bedeutet Jennifers Schweigen weder Zustimmung noch Ablehnung. Sie hat nämlich kein Wort gehört von dem, was gesprochen wurde. Der Sherlock-Schild interessiert sie nicht im Geringsten. Jennifer Chen beschäftigt etwas ganz anderes, etwas völlig anderes.

Sie wusste, dass sie träumte. Das Lächeln auf ihrem Gesicht und das Lachen in ihrer Kehle verrieten es ihr. In letzter Zeit lächelte sie nicht gerade oft – und lachen tat sie noch viel weniger. Außerdem war sie wieder zu Hause und Mum und Dad und der kleine Shang waren bei ihr. Das Licht im Raum war golden und ohne Schatten. Sie war da, wo sie unmöglich sein konnte, aber Jennifer war das egal.

Wenn es doch nur ewig währen könnte.

Sie umarmte ihre Eltern und ihren kleinen Bruder, presste sie fest an sich, und es schien, als ob sie ihre Körper an ihrem eigenen spüren konnte, ihre Herzen, die kraftvoll in ihren Brustkörben schlugen. Doch das war unmöglich, ganz und gar unmöglich.

Und das Geräusch, das sie hören konnte, war gewiss nicht der Herzschlag ihrer Familie, noch nicht einmal ihr eigener. Es war das Hämmern von dunklen, dumpfen Schlägen gegen die Tür. (Irgendwie befand sich die Tür in diesem Zimmer, obwohl Jennifer sich zu erinnern glaubte, dass sie immer am Ende des Flurs gewesen war.) Es war das tiefe, unheilvolle Klopfen an der Tür, das klang wie Erde, die auf einen Sarg geschaufelt wird. Ihre Eltern hörten es auch, genau wie der kleine Shang, und sie wussten, was sie zu tun hatten.

Sie drehten sich zur Tür und zu der plötzlichen Dunkelheit, die dahinterlag wie ein weit geöffnetes Grab. Sie wandten sich von Jennifer ab.

„Nein, geht nicht!“ Ihre Proteste waren vergeblich. Sie verhallten ungehört. „Mum! Dad! Verlasst mich nicht!“ Das hämmernde Geräusch erfüllte den Raum.

Ihre Eltern standen an der Tür. Sie konnte ihre Gesichter nicht erkennen.

„Lasst ihn nicht herein! Hört mir zu: Lasst ihn nicht herein!“

Aber sie ließen ihn herein. Und die Nacht drang in den Raum ein wie die Schlange ins Paradies. Und obwohl

Jennifer voller Verzweiflung nach ihrer Familie griff, kam sie zu spät. In ihrem Traum wie im richtigen Leben – sie kam immer zu spät.

Wenigstens wachte sie inzwischen nicht mehr schreiend auf.

Gewohnheit hatte ihr ein gewisses Maß an Selbstkontrolle beschert. Sie wollte die anderen nicht stören, so wie sie es letztes Semester einige Male getan hatte – noch immer spürte sie ab und zu Loris eigenartige, forschende Blicke auf sich ruhen. Aber sie musste aufstehen. Ihr Wecker zeigte drei Uhr morgens an. Heute Nacht würde sie keinen Schlaf mehr finden.

Jennifer schlüpfte aus dem Bett, schlich zum Badezimmer und schloss leise die Tür hinter sich. Gerade noch rechtzeitig. Mit einem Mal kam das Schluchzen, ein tiefes, qualvolles Stöhnen voll Kummer. Jennifer fiel neben der Toilette auf die Knie und wusste, dass sie sich heftig übergeben würde.

Das Problem war, dass sie sich, wenn alles vorbei war, nicht besser fühlen würde. Und dass ihr jetzt noch etwas Unerfreuliches bevorstand.

Ein vorsichtiges Klopfen an der Tür. „Jen? Alles in Ordnung?" Lori, die sich in ihrer Rolle als Nachtschwester übte. „Ich dachte, ich hätte gehört …?"

„Nein. Mir geht's gut." Jennifer war überrascht, wie leicht ihr die Lüge über die Lippen ging, wie fest ihre Stimme klang. „Nur eine kleine Magenverstimmung, glaube ich. Ich werd's überleben." Ihre Stimme war voll Bitterkeit.

Etwas in ihr wollte laut und verzweifelt aufschreien.

„Lass mich in Ruhe! Hau ab! Was weißt du schon? Was kümmert es dich?"

Im Badezimmerspiegel löste sich die Reflexion von Jennifers Gesicht in Tränen auf.

Routine. Daniel Daniels hasste sie.

Routine brachte ihn um den Verstand. Daniel Daniels glaubte, dass er schon heute genau voraussagen konnte, was er in jedem x-beliebigen Moment eines Arbeitstages in dieser Woche, des nächsten Monats, des nächsten Jahres, für den Rest seines Daseins tun würde. Routine machte einen Roboter aus ihm, so unausweichlich, als hätte er sich bereits eines dieser kybernetischen Gliedmaße anpassen lassen, die derzeit der letzte Schrei waren. Routine machte ihn zu einem Rädchen im Getriebe.

Wenn doch nur etwas völlig Ungewöhnliches geschehen würde, etwas Unerwartetes.

Doch da war die Wahrscheinlichkeit noch größer, dass ihm ein Meteorit auf den Kopf fiel.

Man nehme heute Morgen, zum Beispiel. Sechs Uhr: der Wecker und die Lakenabzugsautomatik seines Bettes. Sieben Uhr: Verlassen des Hauses, bekleidet mit einem Anzug, der genauso gut eine Gefängnisuniform hätte sein können, auch wenn er bedeutend mehr gekostet hatte. Sieben Uhr dreißig: den Schwebebus in die Stadt erwischen, die ganze Zeit über stehen müssen, da auf Grund von Stauproblemen die Zahl der Busse verringert worden war. Acht Uhr dreißig: Ankunft am Wainwright-Gebäude, in dem er seit zwanzig Jahren arbeitete und wohl auch die nächsten zwanzig Jahre zubringen würde, ohne Chance auf Begnadigung.

Im Büro dann die übliche Prozedur. Seine Netzhaut aus Sicherheitsgründen scannen lassen (obwohl es sehr viel wahrscheinlicher war, dass jemand aus dem Wainwright-Gebäude ausbrechen wollte als einzudringen). Vom Pförtnerprogramm erkannt und mit einem Cyber-Lächeln begrüßt werden: „Guten Morgen, Mr Daniels. Wie geht es Ihnen heute?" Sich vornehmen, eines Tages dem Pförtnerprogramm unmissverständlich zu antworten.

Den Fahrstuhl besteigen. Baines kommen sehen, der von der anderen Seite des Marmorfoyers „Hey, haltet die Türen auf!" ruft. Darauf warten, dass er hineinhuscht. „Hey, heute hätte ich es beinahe nicht geschafft." Den überwältigenden Drang verspüren, ihm eins auf die Nase zu geben. Dann das große Bedürfnis verspüren, laut zu schreien, als er sagt: „Gentlemen, welches Stockwerk?" Als würde er nicht schon immer die gleichen Knöpfe zur gleichen Zeit drücken, seit Anbeginn der Welt.

Mit Kollegen den Gang im siebzigsten Stock entlanglaufen, Freundlichkeiten mit ihnen austauschen und sich wünschen, sie wären alle tot. Gemeinsam mit den Kollegen in getrennte Büros marschieren, durch lautlose und ordentliche Glastüren, die sie dann mit einprogrammierter Präzision in ihren Büros einschließen.

Den Tag beginnen. Beten, dass er bald zu Ende geht.

„Morgen, Marilyn." Wenigstens vor seinem Computer brauchte Daniel die Hoffnungslosigkeit in seiner Stimme nicht zu verbergen. Der Computer reagierte auf die Vibration seiner Stimmbänder, nicht auf seine Gemütslage.

„Hallo, Daniel“, gurrte der Computer und aktivierte sich selbst gehorsam. „Was würden Sie heute gerne tun? Für Vorschläge bin ich immer offen.“ Gelächter klang vom Bildschirm her, der das Gesicht von Daniel Daniels Lieblings-Leinwandikone des letzten Jahrhunderts zeigte, die ihm kokett zuzwinkerte. Das Marilyn-Monroe-Programm war eines der wenigen Dinge, die seinen eintönigen Arbeitsalltag erträglich machten.

„Am besten liest du mir zuerst einmal meine E-Mails vor, Marilyn“, sagte er. Nicht, dass er erwartete, irgendetwas Aufregendes könnte dabei sein.

Er hatte beinahe Recht.

„Und eine letzte Nachricht“, teilte Marilyn einige Minuten später abschließend mit. „Aber die ist nicht an Sie persönlich gerichtet, Daniel. Sie ist an niemanden namentlich adressiert. Soll ich sie Ihnen dann trotzdem vorlesen?“

„Was steht denn drin?“ Er war nicht einmal andeutungsweise neugierig. Denn eine verwirrende Sekunde lang war Daniel Daniels abgelenkt: Was war das, was er gerade gehört hatte? Aus einem der umliegenden Büros. Hatte er eben gehört, was er glaubte, gehört zu haben? Einen Schrei?

„Die Mail ist einfach nur an die Welt der Ordnung gerichtet“, erklärte Marilyn.

„Lies sie trotzdem vor.“ Es konnte unmöglich ein Schrei gewesen sein, aber Daniel Daniels konnte die anderen sehen, die sich in ihren Büros erhoben hatten; alle schauten mit der gleichen Verwunderung in dieselbe Richtung. Auf Baines' Büro. Und war das Baines, der da von innen gegen das unverwüstliche Glas trommelte, um herausgelassen zu werden? Warum sollte er so etwas tun?

Hinter ihm gluckste Marilyn. „Oh, das ist eine seltsame Nachricht“, sagte sie. „Eine sehr seltsame Nachricht. Ich verstehe sie nicht ganz.“

Und jetzt auch Harper, zwei Büros weiter. Dieser Ausdruck in seinem Gesicht, er zeigte blankes Entsetzen …

Hinter Daniel Daniels kicherte Marilyn, auch wenn ihre Stimme jetzt tiefer klang, dunkler und rauer. Er drehte sich gerade noch rechtzeitig um, um zu sehen, wie ihr Gesicht Blasen warf und schwarz wurde, so als würde es eingeäschert. Ihre Stimme war nicht mehr zu hören. Irgendetwas anderes war im Computer.

„Deine Zeit ist vorbei, kleiner Mann“, sagte das Etwas grimmig. „Die Welt, die du kennst, die Welt der Ordnung, geht dem Ende zu. Sei bereit, ein neues Zeitalter zu begrüßen, das Zeitalter des KAOS.“

„Ein Virus“, stieß Daniel Daniels hervor, während langsam eine dunkle, furchtbare Gestalt auf seinem Computerbildschirm Form annahm. „Es ist ein Virus.“

Dann explodierte das Gerät.

Es schien eine Kettenreaktion auszulösen, Explosionen reihum in jedem Büro. Daniel Daniels wurde von der Wucht der Detonation gegen die Tür geschleudert, blieb aber alles in allem unverletzt. Für den Bruchteil einer Sekunde verspürte er sogar Erleichterung. Bis die Decke über ihm anfing zu ächzen, nachgab und riss. Kabel schossen herab wie schwarze Eingeweide. Sie peitschten und schaukelten Funken sprühend hin und her, und Daniel Daniels wusste, sollte ihn eines davon auch nur leicht berühren, würde man ihn im Leichenschauhaus anhand seiner Zahnarztunterlagen identifizieren müssen.

Natürlich funktionierte der Mechanismus zum Öffnen der Tür nicht. Er war computergesteuert. Manuelle Bedienung war nicht möglich. Daniel Daniels saß in der Falle. Seine Kollegen hatten das gleiche Problem. Mittlerweile schrien alle, waren verrückt vor Angst, trommelten gegen das unzerbrechliche Glas, während sich die mörderischen Kabel in den Bürozellen ausbreiteten, bereit zuzuschlagen wie Schlangen.

Ein elektrischer Blitz, blendend, weiß. Ein markerschütternder, spitzer Schrei. Ein Zischen wie verbrutzelndes Steak. Und Daniel Daniels' weit aufgerissene Augen erkannten, dass Harper nicht länger versuchte zu entkommen. Er war nicht der Einzige. Die Kabel schlugen mit tödlicher Genauigkeit zu – als ob auch sie virusgesteuert wären. Daniel Daniels sah, wie der arme Baines erdrosselt und durch die Luft geschleudert wurde wie eine Puppe, und er wusste, bald würde er an der Reihe sein. Was konnte er tun?

Sein Stuhl. Die Glasscheibe. Es war eine Chance. Er packte ihn und holte Schwung – ungeschickt zwar, aber mit all der Kraft, die ein Mann in den letzten Minuten seines Lebens aufbieten konnte – und zielte auf die Tür.

Plötzlich glitt die Tür auf. So, als ob er nur höflich hätte fragen sollen. Die Kraft seiner Bewegung schleuderte beide, Mensch und Stuhl, aus dem Büro heraus, wo sie in demütigender Weise der Länge nach auf dem Boden aufschlugen. Daniel Daniels konnte natürlich nicht für den Stuhl sprechen, aber ihn störte das nicht im Geringsten.

Es war ohnehin niemand mehr am Leben, der ihn sehen konnte.

Er rappelte sich hoch, hastete zum Fahrstuhl. Dort waren schon die Türen, direkt vor ihm. Ein Schluchzen brach aus seiner Kehle hervor. Sollte er hier irgendwie herauskommen und noch immer atmen, sollte er irgendwie überleben, würde er sich niemals wieder über Routine beschweren. Er wäre glücklich, bis ans Ende seiner Tage ein geordnetes, reglementiertes und vorhersehbares Leben zu führen. Nur glücklich? Er würde jubeln vor Freude.

Die Fahrstuhltür sah ihn kommen und öffnete sich gehorsam.

Das Ungewöhnliche? Das Unerwartete? Daniel Daniels verabscheute auf einmal beides.

Mit einem Satz stürzte er sich in den sicheren Fahrstuhl. Vielleicht war er blind vor Tränen oder Erleichterung oder vielleicht hatte er nicht hingesehen oder vielleicht war es ihm sogar egal. Es war kein Fahrstuhl da.

Und Daniel Daniels stürzte siebzig Stockwerke nach unten.

„Die letzten zwei! Nehmt eure Position ein!“, schnauzte Corporal Randolph Keene. „Ben Stanton und Simon Macey.“ Er spie ihre Namen aus wie Knorpelstückchen, so als hege er einen persönlichen Groll gegen die beiden.

Im Falle von Macey durchaus verständlich, dachte Ben, aber ihm gegenüber sollte Keene etwas mehr Respekt an den Tag legen. Bald schon würde er ihm zeigen, warum.

Ben und Simon näherten sich unter den Anfeuerungsrufen ihrer jeweiligen Teamkameraden der Wand. Ben konnte hören, dass sogar Jake Daly anspornende Worte johlte. Alle Differenzen zwischen ihnen waren für die Dauer des Wettstreites beiseite geschoben (wenn auch nicht ganz vergessen). Das Bond-Team gegen das Solo-Team. Ben Stanton gegen Simon Macey. Immer wieder würde es darauf hinauslaufen.

„Hals- und Beinbruch, Simon“, sagte Ben.

„Hals- und Schädelbruch, Stanton“, antwortete ihm sein Gegner hitzig.

Ben grinste. Emotionen waren schlecht für Geheimagenten. Emotionen waren wie Gepäck. Man hatte schwer an ihnen zu tragen, sie brachten die Gedanken durcheinander, stellten sich zwischen einen selbst und das, was getan werden musste. Ein Geheimagent musste Emotionen unterdrücken, sie auslöschen, das hatte Ben gelernt. Macey nicht. Er war zu sehr von seinem Hass gegen Ben beherrscht, um sich auf die Wand konzentrieren zu können. Das bedeutete, dass er verlieren würde.

Ben sprühte Clingskin auf die Schuhe seines Schockanzugs und reichlich davon auch auf seine Hände. Die klare, geleeartige Substanz umschloss seine Haut wie ein enger, unsichtbarer Handschuh. Ben ballte seine Finger zur Faust, dann rieb er seine Handflächen aneinander. Es fühlte sich überhaupt nicht klebrig an, trotzdem war die Clingskin stark und haftend genug, dass er die Wand ohne weitere künstliche Hilfsmittel erklimmen konnte. „Betrachtet es als eine Art menschlichen Klebstoff“, hatte man sie gelehrt.

„Worauf warten die Damen denn noch? Auf eine Aufforderung zum Tanz?" Das war wieder Keene. „Nehmt eure Positionen ein, bevor wir hier alle vor Langeweile tot umfallen."

Sie standen am Fuß der Wand, wobei das, was sie erklettern mussten, natürlich nicht nur eine einfache Wand war. Die meisten Wände werden vom Boden aus in die Höhe errichtet, vorrangig wohl aus Sicherheitsgründen. Die Wand hier, im Trainingsraum Zwei der Spy High, war jedoch vom Dach ausgehend gebaut worden, das sich weit, weit über ihnen befand und dessen Deckenstrahler wie Sterne wirkten. Von der Hallendecke aus erstreckte sich die Wand nach unten. Und vielleicht lag es daran, dass irgendwann das Geld ausgegangen war, in jedem Fall reichte die Wand nicht bis ganz auf den Boden. Sie schwebte in der Luft, genau über den Köpfen der Jungen. Sie war steil und glänzte dunkel.

„Auf die Plätze", bellte Keene.

Ben spannte die Muskeln an. Aus den Augenwinkeln sah er Lori, die ihn anfeuerte. Sie hatte ihren Beitrag für die Sache schon geleistet und den Wettkampf gegen Sonia Dark aus dem Solo-Team gewonnen. Genau wie Jake und Cally. Nur Eddie hatte – erwartungsgemäß – verloren, genau wie Jennifer, was bei ihr allerdings überraschend war.

„Fertig."

Wie eine Feder, sagte Ben sich selbst, als er in die Hocke ging. Sei wie eine Feder.

Es stand also drei zu zwei für das Bond-Team. Nur Ben und Macey waren jetzt noch an der Reihe. Wenn Ben siegte, siegte das Bond-Team. Wenn Ben siegte, würde das Bond-Team einen entscheidenden Vorsprung im Wettkampf um den Sherlock-Schild erzielen. Es blieb ihm gar nichts anderes übrig. Er musste gewinnen.

„Springt!"

Und genau das tat Ben. Er stieß sich kräftig mit den Beinen ab, klatschte seine Hand gegen die glatte Oberfläche der Wand und spürte, wie die Clingskin ihn mühelos dort festhielt. Er hob seine Füße an, um sie ebenfalls mit der Wand in Berührung zu bringen, selbst als die Konstruktion anfing sich zu neigen: eine langsame Kippbewegung, mit der sich der Neunziggradwinkel der Wand zum Boden allmählich verringerte und die Wirkung der Schwerkraft auf den Kletternden verstärkt wurde. Sogar mit Hilfe von Clingskin war Technik an der Wand das A und O.

Ben vertraute auf seine Technik. Er hatte während des Unterrichts aufgepasst und hart trainiert. Nun schob er sich kraftvoll nach oben, höher hinauf, ließ seine Hände und Füße über die spiegelglatte Wand gleiten, ohne auch nur einmal den Kontakt zu ihr zu verlieren, und spreizte die Finger weit, damit die Clingskin die größtmögliche Fläche berührte. Das war der Trick. Sich so dicht an die Wand zu pressen wie an ein Mädchen, für das man schon immer geschwärmt hatte, und niemals loszulassen, der Clingskin nie die Gelegenheit zu bieten, nicht länger ihren Job zu tun. Und konzentriert zu bleiben. An seiner Aufgabe dranzubleiben, im wahrsten Sinne des Wortes.

Ben kroch die Wand hinauf.

Diese senkte sich auf 85 Grad ab. 80. Macey war ihm dicht auf den Fersen. Sein Sprung war genauso hoch gewesen wie Bens, aber er hatte kurz mit den Füßen nach Halt umhertasten müssen und lag daher bereits zurück.

Das trieb Ben noch mehr an und er arbeitete sich weiter in die Höhe, die Bewegungen seiner Arme und Beine immer perfekt synchron. Sein Herz raste. Das Dach war näher als der Boden. 75 Grad. 70 …

Ben spürte, wie die Schwerkraft an ihm zog, zum ersten Mal fühlte er, wie sich die Clingskin leicht spannte. Wenn er nicht aufpasste, würde sich eine Hand oder ein Fuß von der Wand lösen wie ein Wundpflaster von der Haut, und dann würde er fallen. Aber Ben Stanton war nicht an die Spy High gekommen, um zu fallen.

65 Grad. 60 …

Holte Macey etwa schon auf? Wie konnte das sein? Macey war ein Verlierer, das war so offensichtlich, dass Ben fast erwartete, dass es ihm auf die Stirn tätowiert stand. Aber er holte tatsächlich auf.

55 Grad.

Er musste einen Versuch wagen, seinen Vorsprung zu verteidigen. Ben rutschte seitwärts und schob sich auf diese Weise quer in die Route, die Simon für den Weg nach oben nehmen musste. Als würde ein Auto ein anderes schneiden, sodass das zweite Auto unerwartet scharf bremsen müsste, um einen Zusammenstoß zu vermeiden. Simon Maceys himmelwärts gerichteter, gleichmäßiger Rhythmus wurde gestört.

„Was …?“ Macey löste seine rechte Hand von der Wand. Das war ausreichend. „Nein!“ Die Schwerkraft packte zu und zog an ihm.

Mit Triumph in seinen Augen warf Ben einen Blick nach unten. „Kannst wohl nicht mehr länger hier rumhängen? Wie schade.“

„Stanton“, drohte Macey. Er ließ seine Hand nach vorne schnellen und versuchte Bens Bein zu packen. Schaffte es aber nicht. Mit einem lauten Schrei gab er sich geschlagen, fiel von der Wand und schlug auf dem Boden auf. Natürlich passierte ihm nichts. Der Fußboden war weich gepolstert, um körperliche Verletzungen zu verhindern. Das Einzige, was an Simon verletzt würde, war sein Stolz. Und genau das gefiel Ben.

50 Grad. 45 Grad. Aber Winkel spielten jetzt keine Rolle mehr. Ben bahnte sich gleitend seinen Weg zur Oberkante der Wand, geschickt, geschmeidig, hievte sich auf die Siegerplattform und riss seine Arme in die Höhe. Unter ihm johlten die auf Miniaturgröße geschrumpften Menschen. Er hoffte nur, dass die Kameras eingeschaltet waren.

Lori rannte als Erste zu Ben, umarmte und küsste ihn. Die anderen rannten zwar nicht, doch auch sie beschleunigten merklich ihre Schritte und blieben dann stehen, um ebenfalls umarmt und geküsst zu werden, was zumindest Jake und insbesondere Eddie mehr als willkommen war. Ein einstimmiger Chor von „Gut gemacht“ und ähnlichen Zurufen erscholl.

„Da hast du's uns Versagern aber mächtig gezeigt, wo's langgeht“, erklärte Eddie anerkennend. Seine eigenen Bemühungen an der Wand waren eher von der hilflosen, baumelnden Art gewesen.

„Tja“, sagte Ben. „Jemand musste das ja tun.“

„Und auch noch so bescheiden“, bemerkte Jake ironisch

und stupste Jennifer mit dem Ellenbogen an. „Was würden wir nur ohne ihn machen?"

Jennifer antwortete mit einem flüchtigen Halblächeln, das Jake die Stirn runzeln ließ. Okay, sie war auch von der Wand gefallen, aber das schien es nicht zu sein, was sie bedrückte. Da war noch etwas anderes. Etwas, das nichts mit dem Wettkampf zu tun hatte. Jake konnte es spüren.

Die Studenten bemerkten plötzlich, dass Senior Tutor Elmore Grant hereingekommen war.

„Haben Sie uns zugesehen, Sir?", fragte Ben, der ganz offensichtlich eine bejahende Antwort voll des Lobes erwartete. „Haben Sie m... uns gesehen? Wie das Bond-Team im Wettstreit um den Sherlock-Schild in Führung gegangen ist?"

„Nein." Senior Tutor Grant fuhr sich mit der Hand durchs Haar. Ein schlechtes Zeichen. „Ich fürchte, ich habe es nicht gesehen ..."

Wer ist tot?, war der Gedanke, bei dem Jake sich ertappte. Wessen Eltern sind gestorben?

„Ich befürchte, ich habe etwas anderes gesehen ..."

„Sir?", fragte Cally besorgt. „Ist alles in Ordnung?"

„Ich möchte, dass ihr mit mir kommt, Bond-Team." Grant schien sich wieder gefasst zu haben. „Es gab einen Zwischenfall."

„Einen Zwischenfall, Sir?" Ben war verärgert. Was konnte wichtiger sein als ihren Sieg zu feiern?

„Es hat begonnen", sagte Grant. „KAOS kommt."

EINS

Der Raum war voller Schreie.

Zugegebenermaßen war es die Aufgabe von Spy Highs Nachrichtenerfassungszentrum, Geräusche zu machen. Das NEZ war mit allen bedeutenden Nachrichtennetzwerken der Welt verkabelt – und ebenso mit den meisten der unbedeutenden. Es überwachte die Geschehnisse rund um den Globus, während sie sich ereigneten, und übertrug die aktuellen Entwicklungen der Menschheitsgeschichte direkt und sofort an die Schule, wo Jonathan Deveraux und sein Team von Tutoren entschieden, welche Maßnahmen, wenn überhaupt, die Absolventen der Spy High ergreifen mussten, um das Gute zu schützen und zu bewahren. 24 Stunden am Tag, manchmal länger, tönte und hallte durch die Räume des NEZ der Klang von Millionen von Stimmen in Tausenden von Sprachen. Das Bond-Team war daran gewöhnt. Sie erwarteten es.

Aber sie erwarteten nicht das Grauen, das sie heute empfing.

Terror und Trauma auf allen Kontinenten. Katastrophen und Blutbäder von Pol zu Pol. Apokalyptische Bilder flackerten wie wahr gewordene Albträume über die Bildschirme um sie herum.

Eines der Schwebehotels stürzte vom Himmel und traf

die Erde wie ein Feuerball. Computergesteuerte Verkehrsströme, rasten ineinander und explodierten. Die Solarstädte an der kalifornischen Küste waren in Dunkelheit versunken. Und aus jedem Lautsprecher der gleiche schreckliche Soundtrack des Unheils: das Schreien der ganzen Welt. Ausnahmsweise war einmal keine Übersetzung notwendig. Der Tod spricht eine allgemein verständliche Sprache.

„Was passiert da?“ Cally starrte voller Entsetzen auf die Bildschirme. „Das ist ja wie das Ende der Welt.“

Lori ließ ihre Hand in die von Ben gleiten. Obwohl er nicht daran dachte, sie tröstend zu streicheln, fühlte sie sich dort besser aufgehoben an.

„Sir?“ Bestürzt wandte sich Jake an Grant.

„Schaut hin“, ordnete der Tutor an.

„Ich kann nicht“, protestierte Jennifer ungewohnt zimperlich. „Das ist zu … Schalten Sie's ab! Hören Sie sofort auf damit!“

Die Bildschirme erstarben. Eine Sekunde des Schweigens, fast so erschreckend wie die Schreie. Dann erschien auf jedem Bildschirm, vervielfacht und bedrohlich, ein maskierter Mann, sein Gesicht wie ein Fotonegativ, die Umkehrung eines menschlichen Gesichtes. Jetzt wusste das Bond-Team, warum es hier war.

„Wir haben gesprochen“, verkündete der Mann, „und unsere Worte haben sich als Zerstörung, Chaos und Tod überall in der Welt Gehör verschafft. Unsere Sprache ist KAOS, eine Sprache, die eure lachhaften, so genannten Regierungen schon bald mehr als deutlich verstehen werden. KAOS: *Kreuzzug für Anarchie und Organisierte*

Staatsentmachtung. Wir sind die Feinde eurer erbärmlichen und unterdrückerischen Systeme der Ordnung, eurer Gesetze und eurer Institutionen." Der Mann mit der Maske lehnte sich vor. „Ihre Tage sind gezählt. Gesetz und Ordnung wird es nicht mehr geben. Die Zeit ist gekommen für KAOS. Wir haben gesprochen und ihr habt uns gehört. Wir werden jetzt für eine Weile schweigen, damit ihr darüber nachdenken könnt, was gesagt worden ist, aber wir werden wiederkommen mit unseren Forderungen. Und glaubt nicht, dass ihr uns aufhalten könnt. Wir können jeden angreifen, überall, jederzeit. KAOS kommt. Und es gibt nichts, was ihr dagegen tun könnt."

„Na, ich weiß nicht. Als Erstes können wir diesen Typen hier abstellen, nicht wahr?" Eddie blickte in die Runde. „Wo ist der Ausschalter?"

„Das ist jetzt egal", sagte Grant, während das NEZ zum zweiten Mal von alleine verstummte. „Das war bereits die ganze Botschaft. Vor über einer Stunde wurde damit jede größere Fernsehübertragung weltweit unterbrochen. Es scheint so, als würde sich diese Organisation verantwortlich erklären für die Reihe von Unglücken, die ihr gerade mitangesehen habt. Und schlimmer noch: Anscheinend kündigen sie noch mehr davon an."

„Dann muss man sie aufhalten", sprach Ben das Naheliegendste aus.

„Wir haben bereits alle Absolventen auf diesen Fall angesetzt", sagte Grant, „und wir versuchen, die Quelle ihres Signals zu orten – bislang allerdings erfolglos. Welches Tarnprogramm KAOS auch immer benutzt, es muss auf dem neuesten Stand der Technik sein oder sogar noch besser. Was wir brauchen, und zwar schnellstens, ist eine heiße Spur."

„Und genau da kommt ihr ins Spiel, Bond-Team." Die Videobildschirme wurden wiederbelebt. Jetzt schaute das ernste, weise Gesicht von Jonathan Deveraux auf die sechs Studenten herab, prüfte sie mit festem Blick. „Eure frühere Begegnung mit dem KAOS-Agenten verhilft uns womöglich genau zu jener heißen Spur, von der Senior Tutor Grant spricht."

Die Mitglieder des Bond-Teams sahen sich an. Ihre Gedanken schweiften zurück in die Vergangenheit, zum letzten Semester. Zu ihrem Campingausflug in die Wildnis. Zu ihrer Gefangennahme durch Dr. Averill Frankenstein, den verrückten Gentechnologen. Und zu ihrem kurzen Bildschirmgespräch mit einem ähnlich maskierten KAOS-Agenten.

Es war selten, dass sich Deveraux den Studenten der Spy High zeigte, und wenn, dann nur auf einem Bildschirm. Dass der Gründer so ausdrücklich um Hilfe bat wie jetzt, war bisher noch nie vorgekommen. Wenn sie doch nur einen Beitrag dazu leisten könnten, KAOS zu besiegen, schoss es Ben durch den Kopf, dann würden sie in der Halle der Helden einen Ehrenplatz erhalten mit ihm als Teamführer in einer geschmackvoll hervorgehobenen Position. Aber noch nicht einmal er wagte es, Deveraux etwas anderes zu erzählen als die entmutigende Wahrheit: „Ich glaube, da gibt es nichts Neues zu erzählen, Sir. Wir sind nach dem Vorfall umfassend befragt worden."

„Dessen bin ich mir bewusst, Stanton", sagte Deveraux. „Ich besitze die Bänder."

„Natürlich, Sir." Ben klang beschämt. „Ich meinte nur, dass mir nichts Weiteres mehr einfällt."

„Warst du nicht die meiste Zeit in Frankensteins Genkammer außer Gefecht gesetzt? Vielleicht haben einige deiner Teamkameraden mehr zu berichten?"

„Also eigentlich, Sir", sagte Cally, die Deveraux ein bisschen unfair fand, „bezweifle ich, dass wir mehr berichten können als Ben. Der Agent, den wir gesehen haben, sagte so ziemlich die gleichen Dinge wie der von heute. Es könnte sogar derselbe Mann gewesen sein, wegen der Maske und allem."

Deveraux stieß einen enttäuschten Seufzer aus. Damit schien sich Bens Ehrenplatz in der Halle der Helden in Luft aufzulösen. „Sei's drum. Aber wenn euch irgendetwas einfällt, egal, wie geringfügig und unbedeutend es auch erscheinen mag, meldet ihr es umgehend Senior Tutor Grant – das gilt für jeden von euch. In der gegenwärtigen Krise müssen wir alle möglichen Wege prüfen. Wir können nicht ruhen, bis die Bedrohung durch KAOS vorbei ist."

Deveraux verschwand mit einem Aufblinken.

Von Deveraux' versteckter Kritik tief getroffen übernahm Ben das Kommando. „Beratung", zischte er den anderen verschwörerisch zu. „Im Zimmer der Mädchen. In einer Stunde. Noch vor Waffenkunde. Lasst uns die Frankenstein-Geschichte noch mal durchgehen, für alle Fälle." Er war erfreut, ringsum zustimmendes Nicken zu sehen. „Jeder erscheint, okay? Jeder."

Das war deutlich genug, dachte Ben. Zeit. Ort. Zweck. Und so war es ein leichter Schock für ihn, als bei der Zusammenkunft des Bond-Teams ein Mitglied fehlte, und zwar ausgerechnet die Person, von der er am wenigsten erwartet hätte, dass sie fernblieb.

„Wo ist Lori?“, fragte er.

Lori saß im Aufenthaltsraum, hätte aber ebenso gut überall und nirgends sein können. Ihre Augen waren offen – und doch nahm sie ihre Umgebung nicht wahr.

Im Geiste befand sich Lori wieder in Frankensteins Genkammer.

Sie erschauderte, als sie ihre Qual nochmals durchlebte. Gegen unverwüstliches Glas trommelte. In der Falle saß, eine Spezies im Glas. Das Gengas spürte, das ihre Knöchel umspielte und dann zu ihren Knien aufstieg, an ihren Oberschenkeln entlang, eine graue Flut, die über ihre wehrlosen Glieder hinwegschwappte. Sein Geschmack, bitter und beißend in ihrem Mund, als die Atemnot sie dazu zwang, die Lippen zu öffnen. Und das Schlimmste von allem – zu fühlen, wie es sich an ihr zu schaffen machte, wie es sie umformte, aus ihrem Innersten etwas Neues modellierte, zu fühlen, wie sie abdriftete, wie ihre Identität, ihre Menschlichkeit unterging.

Lori kniff die Augen zu, als ließen sich die Erinnerungen so aussperren. Vielleicht konnte man manche Erinnerungen so abwehren. Diese jedoch nicht.

Die Erinnerung an die Genkammer würde sie für immer begleiten, eine ständige und erschreckende Mahnung an ihre eigene Vergänglichkeit.

Natürlich hatte sie Ben erzählt, wie sie sich fühlte. Er

war angemessen mitfühlend gewesen – besorgte Miene, tröstende Hände und besänftigende Küsse –, aber es war klar, dass er ihre Qualen nicht wirklich nachvollziehen konnte. Obwohl er mit ihr zusammen in der Genkammer festgesessen hatte, mit ihr das Transformationsgas geschmeckt hatte. Die Erfahrung schien Ben nicht berührt zu haben, und wenn doch, dann ließ er es sich nicht anmerken.

„Aber jetzt ist alles okay, Babe. Das ist alles vorbei", hatte er gesagt. „Wir haben überlebt." Das stimmte. „Die Genkammer ist völlig zerstört worden." Auch richtig. „Du kannst das jetzt alles vergessen." Na ja, zwei von drei war nicht schlecht.

Sie wollte all die schrecklichen Erlebnisse von damals nicht noch einmal durchgehen. Sollten sich die anderen doch zusammensetzen und darüber sprechen, wenn sie wollten. Zu gegebener Zeit würde es ihr schon gelingen, sich bei Ben irgendwie herauszureden. Für den Augenblick wollte sie einfach nur ruhig hier sitzen und nicht gestört werden. Von niemandem.

Da machte ihr jedoch jemand einen Strich durch die Rechnung.

„Vanessa? Vanessa, wie wirklich reizend von dir hierher zu kommen."

Zunächst reagierte Lori gar nicht, vornehmlich, weil ihr Name nicht Vanessa lautete. Aber es war schwierig, sich in Selbstvergessenheit zu verlieren, wenn Gadge Newbolt sich ihr gegenüber in den Sessel plumpsen ließ und sie anstrahlte, als ob er zum ersten Mal seit vielen Jahren einen alten Freund wieder träfe.

Gadge Newbolt, oder Professor Henry Newbolt, um genauer zu sein, war das wissenschaftliche Genie, das praktisch hinter allen Erfindungen der Spy High steckte, daher auch sein Spitzname – Gadge wie in gadget, technische Spielerei.

„Vanessa“, gurrte er erneut. Lori blickte hinter sich. Keine Vanessa, die gemeint sein könnte. „Mein Schatz.“

Leider war Newbolts brillantes Hirn schon vor langer Zeit ausgebrannt, seine berühmten grauen Zellen waren lediglich noch Aschehäufchen. Inzwischen war er nicht mehr als ein alter Mann in einem weißen Kittel, dem es gestattet war, nach Belieben die College-Korridore entlangzugeistern, eine Geste verlegener Anerkennung für alles, was er in der Vergangenheit geleistet hatte. Ehe er senil wurde.

Heutzutage allerdings neigte Gadge dazu, nur noch mit Wänden zu sprechen, nicht mit Menschen. Und soweit Lori wusste, hatte er noch nie zuvor irgendjemanden Vanessa genannt.

„Professor Newbolt“, sprach sie ihn nervös an. Sie fragte sich, was das „mein Schatz“ bedeuten sollte. Man hatte sie vor alten Männern in weißen Kitteln gewarnt.

„Professor …? Nein, mein Schatz“, lachte der alte Gadge, „was ist denn mit *Großvater* passiert? Nenn mich Großvater, so wie du's sonst immer getan hast.“

Oje. Bens Zusammenkunft schien mittlerweile doch eine verlockende Alternative zu sein. „Schön Sie zu sehen, Professor, aber ich muss …“ Lori erhob sich mit einem gequälten Lächeln. Sie bemerkte die Gekränktheit in den Augen des alten Mannes. Seine schmalen Lippen bebten. „Geh nicht, Vanessa", sagte er. „Nicht so schnell. Nicht schon wieder. Du bist doch eben erst gekommen und hast deinen alten Großvater so lange nicht gesehen."

„Professor, ich bin nicht Vanessa." Loris erster Gedanke war Gadge aufzuklären. Aber dann zog er die Augenbrauen zusammen und sie erkannte, dass es wahrscheinlich weit weniger Schaden anrichten würde, wenn sie so tat als ob und einfach bei seinen Wahnvorstellungen mitspielte.

„Vanessa?" Ein letztes klagendes Flehen.

„Ja, Großvater?" Sie gab sich Mühe.

Augenblicklich erhellte sich Gadges Miene, er ergriff ihre Hände und schüttelte sie, während Lori sich wieder auf ihren Platz setzte. „Oh, es tut so gut, dich zu sehen, mein Schatz. Es ist so lange her. Dein alter Großvater hat schon angefangen, sich zu fragen, ob du ihn vergessen hast."

Da könnte etwas Wahres dran sein, dachte Lori. Sie beschloss, mehr über Gadges Vergangenheit in Erfahrung zu bringen. Aber für den Augenblick erwiderte sie: „Oh nein, ich hatte viel zu tun, das ist alles. Natürlich würde ich dich nie vergessen."

„Vanessa, Vanessa." Gadge tupfte sich dicke, nasse Tränen aus den Augen. „Du warst schon immer ein gutes Mädchen. Und ich hatte auch viel zu tun, in der Tat sehr viel. Komm mit in mein Labor und sieh dir an, was dein alter Großvater gerade macht."

Nun, das ging vermutlich zu weit. Gadge war auf die Füße gesprungen und zupfte Lori voller Eifer am Ärmel. Ihr war klar, dass es jetzt an der Zeit war, sich herauszureden. In ein paar Minuten fing der Unterricht an und es war keine gute Idee, Stunden ausfallen zu lassen. Verpasse eine Stunde an der Spy High und du verpasst womöglich etwas, das dir eines Tages das Leben retten könnte. Sie musste jetzt gehen. Doch da ließ Gadge sie auch schon los. Seine Hände flatterten durch die Luft wie fallendes Laub.

„Vanessa?“, sagte er jammervoll. „Wo ist mein Labor? Ich scheine es nicht … Wo ist es?“ Er wirkte wie ein Kind, das auf einem großen, Furcht einflößenden Platz von seinen Eltern getrennt worden war. „Vanessa, kannst du mir helfen? Bitte hilf mir. Bring mich zu meinem Labor.“

Lori seufzte. Wie konnte sie da Nein sagen? Sie musste wohl etwas später zu ihrer Waffenkunde-Stunde gehen.

„Schon in Ordnung“, sagte sie und nahm den alten Mann an die Hand. „Lass uns jetzt zu deinem Labor gehen. Großvater.“

„Großvater?“ Wenn Bens Kiefer noch weiter herunterklappte, könnte Lori ohne weiteres seine Mandeln von der anderen Seite des Raumes aus untersuchen. „Du hast ihn tatsächlich Großvater genannt?“

„Ja, klar, warum auch nicht, Ben. Was hätte ich sonst tun sollen?“ Hilfe suchend sah sie Cally an, die bemüht schien, sie zu unterstützen, indem sie ihre letzten Worte wiederholte und dabei kräftig mit dem Kopf nickte: „Das ist richtig, was hätte sie sonst tun sollen?“ Loris Blick suchte auch Jennifer, doch die saß wie erstarrt auf ihrem Bett und zeigte überhaupt kein Interesse an der Welt um sie herum.

„Was du noch hättest tun können?" Ben war nicht überzeugt. „Du hättest dem alten Jungen vorschlagen können, eine Therapie zu machen, um dann zu uns in Lacey Bannons Waffenkunde-Stunde zu kommen. Das hättest du tun können." Manchmal verstand er Lori einfach nicht. Wo blieb ihr Pflichtgefühl? Wenn doch alle bloß mehr wie er selbst wären.

„Oh Ben", Lori stöhnte verärgert. „Das war nicht so einfach. Du hast nicht gesehen, in welchem Zustand der arme Gadge war. Du warst nicht dabei."

„Das stimmt", echote Cally. „Du warst nicht dabei."

„Klingt so, als wäre Gadge auch nicht ganz richtig dabei gewesen", schnaubte Ben mitleidslos. „Und was geschah dann? Man braucht von Gadges Labor bis zu den Waffenkammern keine Stunde. Kleinen Umweg gemacht, um irgendeiner alten Dame über die Straße zu helfen?"

„Es ist dieser fürsorgliche Charakterzug an mir, der mich dich lieben lässt, Ben", erwiderte seine Freundin spitz. „Ich bin nicht sofort von da weggekommen. Gadge hat sich so über meine Anwesenheit gefreut. Er wollte mich nicht gehen lassen. Er war wie ein kleines Kind, das einem Erwachsenen sein Spielzeug zeigt. Er hat mir all seine neuesten Erfindungen präsentiert."

„Aber er soll doch schon seit Jahren nichts Nützliches mehr erfunden haben."

„Da waren nur Kisten, aus denen Drähte herausguckten, einige alte Batterien und Schaltkreise und Lampen. Nichts. Schrott. Und doch glaubte er, es wäre etwas ganz Großartiges. Er wollte, dass ich es bewundere. Also hab ich's getan. Das war alles ganz schön traurig."

„Du sagst es. Einen senilen alten Trottel bei Laune zu halten, wenn du mit uns etwas Sinnvolles hättest lernen sollen."

Lori lachte spöttisch. „Was denn? Wie man auf interessante neue Weise Leute umbringen kann?"

„Hör zu", sagte Ben warnend. „Wenn du auf einer Mission bist, wirst du eine Laserkanone sehr viel nützlicher finden als die Fähigkeit einem Kranken das Händchen zu halten. Ich bezweifle, dass du es bei den KAOS-Gangstern weit bringen wirst, indem du sie Großvater nennst und süß anlächelst. Verstehst du, was ich meine?"

„Ja, ich verstehe schon, was du meinst", sagte Lori, „aus diesem Grund habe ich Gadges Labor auch, sobald ich konnte, wieder verlassen. Nach einer Weile war er so versunken in seine Tüftelei, dass er völlig vergessen zu haben schien, dass ich überhaupt da war. Dann, als ich gerade hinausschlich, bemerkte er mich wieder, nannte mich aber weder Vanessa noch sonst wie. Schien mich überhaupt nicht wiederzuerkennen. Sagte nur, dass dies ein privates Labor sei und Studenten keinen Zugang hätten. Sein Verstand hatte sich offenbar wieder auf- und davongemacht – so wie ich dann auch. Zu diesem Zeitpunkt war die Waffenkunde-Stunde nur leider schon vorbei. Kann ich es wagen zu fragen, ob ich irgendwas Wichtiges verpasst habe?"

„Ich fürchte ja", sagte Ben herablassend. „Lacey hat uns die neueste Version des Stasis-Gewehrs vorgestellt, mit Infrarotansicht, um in der Dunkelheit zu schießen."

„Ach ja? Na, ich hoffe, dass ihr wirklich glücklich miteinander werdet."

„Sehr witzig", grunzte er.

Zumindest Cally schien dieser Meinung zu sein, sie grinste nämlich breit.

„Dann wollen wir hoffen, dass du die Sache beim Gun-Run nächste Woche noch genauso amüsant findest. Das Stasis-Gewehr ist mit dabei und der Wettlauf zählt für den Schild. Aber vielleicht glaubst du ja jetzt, dass Gewinnen auch nur ein Witz ist, Lori. Und vielleicht belasse ich es einfach dabei."

Wie hatte sich sein Tag nur so entwickeln können? Er hatte mit dem Sieg an der Wand so gut begonnen, aber seitdem war alles schiefgelaufen. Erst Deveraux, jetzt Lori. Ben sah sie verdrossen an und wandte sich dann zum Gehen.

„Oh, Ben, bitte geh nicht!", rief ihm Lori hinterher.

Aber er ging. Die Tür knallte.

„Hast du jemals darüber nachgedacht, ihn gegen ein etwas reiferes Modell einzutauschen?", fragte Cally.

„Ich glaube nicht, dass ich das könnte", erwiderte Lori und die Röte schoss ihr in die Wangen. „Ich glaube nicht, dass ich das wollte. Ich weiß, dass er manchmal schwierig sein kann und anderen gegenüber kurz angebunden und intolerant ist, und dass er ein bisschen selbstsüchtig erscheint ..."

„Entschuldige bitte, Lori", fiel Cally ihr ins Wort, „aber bist du Bens Freundin oder seine Therapeutin?"

„Ihr müsstet ihn nur erleben, wenn wir alleine sind." Wieder errötete Lori, voller Stolz. „Dann könntet ihr einen anderen Ben sehen, einen besseren Ben. Er kann so sanft sein, so ..."

„Ja, na ja, so genau wollen wir das gar nicht wissen, oder?", lachte Cally. „Wir glauben dir aufs Wort, Lori. Nicht wahr, das tun wir doch, oder Jen?"

„Wie auch immer, ich glaube, ich sollte besser ..." Lori machte eine Bewegung, als wollte sie Ben folgen. „Ich sollte mich besser entschuldigen. Ben hatte ja schon Recht. Ich hätte den Unterricht nicht verpassen dürfen."

„Was? Ausgeschlossen!" Cally schüttelte empört den Kopf. „Er ist hinausgestürmt. Wenn du ihm jetzt hinterherläufst, können wir von persönlicher Erniedrigung sprechen. Die Art, wie er mit dir geredet hat ... Lass ihn angekrochen kommen und sich entschuldigen, Lori, vorausgesetzt, Ben Stanton ist physisch überhaupt in der Lage zu sagen, dass ihm etwas leidtut. Zeig ihm, wer der Boss ist. Das würden wir jedenfalls machen, nicht wahr, Jen?"

Erst jetzt bemerkten Cally und Lori, dass Jennifer nicht ganz bei der Sache war.

„Jennifer? Hallo? Jen?"

NEZ Dokument FBA 8320

„Männer wie Boromov, Corbin und Pascal Z sehen in der Technologie eine Vergrößerung der Kluft zwischen Reichen und Armen, den Wohlhabenden und Besitzlosen auf der Welt. Sie sprechen vom Techno-Imperialismus, davon, dass die technologisch fortgeschrittenen Nationen diejenigen ausbeuten, denen es an industriellen und wissenschaftlichen Grundlagen mangelt. Zugleich scheint diese KAOS-Organisation noch einen Schritt weiterzugehen, indem sie Technologie zerstört, um die Gesellschaft selbst zu destabilisieren. Es liegt für mich auf der Hand, dass unsere gesamte Lebenskultur einer schweren Krise entgegensieht." Professor Talbot erklärte weiterhin ...

Sie hatte die ganze Nacht nicht geschlafen. Sie traute sich nicht. Die Augen zu schließen, bedeutete zu träumen, und zu träumen hieß, in dieser Nacht mehr als in jeder anderen Nacht des Jahres, die Schatten hereinzulassen, wehrlos dem großen, dunklen Mann im Türrahmen ausgeliefert zu sein.

Also lag Jennifer auf dem Rücken, die Arme an den Seiten, so als übe sie, tot zu sein, und starrte an die Decke, als wäre diese ein Sargdeckel.

Vielleicht hatte sie ja auch bereits aufgegeben. Vielleicht war sie ja eingeschlafen, ohne es zu bemerken. In dem Zimmer, das schwarz vor Dunkelheit war, konnte man nicht wissen, ob man die Augen offen oder geschlossen hatte. Jennifer glaubte zu schlafen und zu träumen, da sie plötzlich den Türrahmen mit der Männergestalt vor sich sah. Aber vielleicht war sie auch hellwach und der Mann, dessen Lachen klang wie das Klappern einer Kobra, gab sich nicht länger damit zufrieden, in ihren Träumen zu bleiben, in ihrer Vergangenheit, sondern drang ins Hier und Jetzt ein, wollte sie holen kommen. Von allen Tagen wäre heute der richtige.

Denn heute jährte sich wieder der Tag, an dem er ihre Eltern geholt hatte.

Ein Wimmern drang aus Jennifers Kehle, sie krallte ihre Hände ins Laken und sehnte sich das Tageslicht herbei.

„Geht es dir gut, Jen?“, fragte Jake beim Frühstück und versuchte, durch ihre Augen hindurchzugehen, dorthin vorzustoßen, wo vielleicht die Wahrheit lag. „Ich will nicht aufdringlich klingen, aber du machst ein Gesicht, als hättest du einen Geist gesehen.“

„Es könnte schlimmer sein“, witzelte Ben. „Sie könnte Eddie unter der Dusche gesehen haben.“

„Wahnsinnig lustig“, schnaubte Eddie. „Andererseits – Jen, wenn du mich jemals unter der Dusche sehen möchtest, ließe sich das bestimmt irgendwie einrichten. Du weißt schon, du schrubbst mir den Rücken …“

„Und du schrubbst dir diese Idee besser aus dem Kopf“, erwiderte Jake scherzend, aber mit einem warnenden Unterton in der Stimme. „Wenn du verstehst, was ich meine.“

„Mir geht's bestens“, sagte Jennifer knapp und vermied es, irgendjemanden anzusehen. „Lasst es einfach gut sein.“

Aber Jake gab sich damit nicht zufrieden. Wenn Jennifer es doch nur zuließe, dass er ihr näher kam. Er wollte es so gern, und das wusste sie. Und dennoch hielt sie ihn weiterhin auf Distanz, so als wäre eine geschlossene Tür zwischen ihnen, die sie nicht zu öffnen wagte. Er entschied sich dafür, nach dem Kampfsportunterricht einen erneuten Versuch zu unternehmen, und sollte es nicht klappen, würde er es immer wieder probieren. Jake Daly warf nicht so leicht die Flinte ins Korn.

Kendo – der Weg des Schwertes – stand heute auf dem Stundenplan. Kein Stahlschwert mit tödlicher Klinge, natürlich, sondern das Shinai, die Bambusklinge.

Das Bond-Team machte sich bereit. Sie zogen die schützende Rüstung an, richteten die Brustschilde und zurrten sie fest, zupften an den gepolsterten Handschuhen, verbargen ihre Gesichter unter der Men, der Maske mit dem Stahlgitter.

Wie Gefängnisstäbe, schoss es Jennifer da plötzlich durch den Kopf, während sie ihre Men befestigte. Gefängnisstäbe, um sie einzusperren. Gefängnisstäbe, um sie zu ersticken. Sie spürte, wie sich ihre Atmung beschleunigte, so als wäre sie eine weite Strecke gerannt und stünde nun kurz davor zusammenzuklappen. Aber es war nicht nur das Gitter vor Augen, das sie verwirrte: Ihre Sicht war unscharf und verschwommen – nichts um sie herum schien klar und deutlich. Es lag am Schlafmangel, erkannte sie, an den vielen durchwachten Nächten. Sie kam damit nicht zurecht. Insbesondere heute nicht, nicht heute, am Jahrestag.

Mr Korita, der wie das Bond-Team in voller Montur in seinem Dogu dastand, rief sie zusammen und besprach die nächste Stunde. Jennifer schenkte seinen Worten keine Beachtung. Rastlos wanderten ihre Augen hin und her. Alle sahen gleich aus, ihre Gesichter hinter Gittern verborgen. Sie wusste nicht mehr, wer sie waren. Sie wusste nicht, wer sie war.

Mr Korita hatte irgendetwas gesagt. Dann suchte sich

jeder ein Shinai aus. Das Schwert fühlte sich gut an in ihrer behandschuhten Hand, stark, wahr, etwas, auf das man sich verlassen konnte.

Ihr Verstand flüsterte eine Erinnerung. „Mum! Dad! Verlasst mich nicht!“

Und mit einem Mal bemerkte sie, dass die maskierten Leute um sie herum lachten. Und sie wichen vor ihr zurück, ließen sie allein inmitten der Halle mit dem kleinen Mann, der Befehle erteilte.

Er erteilte ihr Befehle. Sein Schwert hielt er vor sich erhoben. Er wollte gegen sie antreten. Sie wusste, dass sie gegen ihn kämpfen musste, und hielt ihr eigenes Schwert in die Höhe wie er. Sie fragte sich, wer er war.

Dann hatte er sich auch schon auf sie gestürzt wie ein Blitz. Bevor sie auch nur die kleinste Bewegung zu ihrer Verteidigung machen konnte, erwischte er sie rechts und links am Oberkörper; die Wucht der Schläge wurde zwar durch ihre Rüstung gedämpft, war aber dennoch spürbar. Und dann, mit einer geschickten und beinahe unsichtbaren Drehung seines Shinai, hieb er ihr ihres aus der Hand, sodass es durch die Luft segelte und über den Boden schlitterte.

Jennifer krabbelte ihrem Schwert hinterher.

Die anderen lachten über sie. Oder? Oder war es nur das Rauschen ihres Blutes in ihren Ohren? Das Trommeln einer Faust an der Tür. Sie tastete nach ihrer Waffe. Kniend packte sie sie fest am Griff und kroch vorwärts.

Ein Mann mit einer Maske schritt auf sie zu, er ließ ein Schwert über seinem Kopf kreisen.

Und sie wusste, wer er war. Mit einem Mal wusste sie

es. Er war es, der Nacht-Mann, der Mann im Türrahmen. Er war gekommen, um sie zu holen. Aber er würde sie nicht kriegen. Er würde sie nicht mitnehmen können. Sie war nicht schwach, nicht wie ihre Eltern. Sie würde sich selbst stark machen. Sie würde ihm zeigen, wie stark. Sie würde es ihnen allen zeigen.

Ein Schrei voller Raserei und Schmerz und Wut brach aus ihrer Kehle hervor und Jennifer sprang auf die Füße. Ihr Körper bebte vor Zorn und Hass.

Es ihm zeigen? Sie würde ihn töten.

ZWEI

Es war keine gute Idee gewesen, Jennifer gegen Mr Korita antreten zu lassen, das hatte Jake von Anfang an gewusst. Nicht heute, wo sie sich so merkwürdig benahm. Aber irgendwie war es dennoch passiert. So als wäre ihr Lehrer in der Lage, die individuellen Schwächen zu wittern wie einen schlechten Geruch, sie ins Visier zu nehmen und sie rücksichtslos zu benutzen. Jake vermutete, dass er genau dafür bezahlt wurde – damit er sie auf Zack hielt. Letztendlich konnte man sich als Geheimagent keinen schlechten Tag leisten. Ein schlechter Tag konnte einen umbringen.

Apropos …

Sobald Jennifer entwaffnet worden war, dachte er, dass die Sache damit erledigt wäre, dass der Kampf vorbei wäre. Er irrte sich. Plötzlich sprang Jennifer wieder auf die Füße, warf sich ihrem Lehrer entgegen und zielte mit ihrem Schwert direkt auf seinen Kopf. Sogar Mr Korita schien überrascht zu sein. Er hielt eine Sekunde lang inne. Weniger als eine Sekunde. Dann riss er sein eigenes Shinai in die Höhe, um Jennifers Schlag abzufangen. Das Knirschen von Bambus ließ das Bond-Team zusammenzucken.

Jennifer ließ sich nicht abschrecken. Sie schlug nach seiner Seite, kraftvoll, mit der Absicht zu verletzen. Mr Korita wehrte den Hieb wieder ab. Sie wirbelte herum und zielte auf seinen Rücken; ihr Shinai schlitzte Wunden in die Luft. Mr Korita drehte sich blitzschnell, sodass das herabsausende Schwert ihn verfehlte, wenn auch nur haarscharf. Er versuchte in die Offensive zu gehen, aber Jennifer hieb wie wild auf ihn ein, rücksichtslos und unerbittlich, ohne auf ihre eigene Sicherheit zu achten, erzwang ein verzweifeltes Abblockmanöver nach dem anderen, drängte den Lehrer immer weiter zurück.

„Sie macht ihre Sache echt gut", sagte Ben anerkennend.

„Nein, das ist nicht gut", erwiderte Jake und sah, dass sich seine eigenen Befürchtungen in den Mienen von Lori und Cally widerspiegelten. „Sie ist total übergeschnappt oder so. Das da ist bitterer Ernst."

„Was redest du da?" Eddie war auf Bens Seite. „Das ist Klasse. Seid ihr euch sicher, dass Jens Nachname Chen und nicht Lee ist?"

„Halt die Klappe, Eddie", herrschte Jake ihn an. „Mach die Augen auf. Man muss dem ein Ende setzen, bevor jemand verletzt wird."

Mr Korita schien dieses Gefühl in ähnlicher Weise zu teilen. Sie hörten, wie er „Yame!" – Stopp – und „Shobuari" – Ende des Wettkampfs – rief, aber entweder hörte Jennifer es nicht oder sie ignorierte es einfach. Ihre rasende Attacke ging weiter, auf das Shinai des Lehrers einschlagend drohte sie ihn zu überwältigen.

Mr Korita schien zu straucheln, sank nieder auf ein Knie.

Jennifer stieß einen Triumphschrei aus, sie hob ihre

Waffe wie ein Henker die Axt. Der Kopf ihres Opfers verbeugte sich vor ihr.

„Jen, nein!“, schrie Jake.

Das Schwert des Lehrers schnellte nach vorne, bohrte sich in Jennifers Bauch. Der Hieb tat seine Wirkung, sogar durch ihre Rüstung hindurch, wie ein Dolch in den Eingeweiden. Mit einem Mal war der Spuk vorüber. Jennifer hielt sich den Magen, rang nach Luft, krümmte sich und brach zusammen. Ihre Waffe fiel klappernd zu Boden. Dann kniete sie auf allen vieren, würgend und zitternd, und Mr Korita trat neben sie, löste die Schnürung ihrer Maske und entfernte sie. Ihr schwarzes Haar ergoss sich über ihre Schultern wie Tinte.

„Es tut mir leid“, keuchte sie. „Es tut mir so leid.“

„Jetzt nicht“, sprach Mr Korita beruhigend auf sie ein. „Atme nur. Langsam und tief. Es wird dir gleich wieder gut gehen.“

Nein, das wird es nicht, dachte Jake, während sich das Bond-Team im Kreis um ihre besiegte Kameradin aufstellte.

Jennifer ging es keineswegs gut – das dachte Jake auch noch, als er etwas später am gleichen Tag an ihre Tür klopfte. Er wusste, dass sie da drinnen war, und wollte, dass sie mit ihm sprach. „Jennifer! Jen! Du kannst diese Tür nicht ewig verschlossen halten. Irgendwann musst du herauskommen. Hör zu, ich weiß nicht, was los ist, aber dein Schweigen ist keine Lösung. Lass mich dir helfen. Lass mich rein und sprich mit mir!“

Drinnen, auf ihrem Bett zusammengerollt wie ein Fötus, hörte Jennifer Jakes Bitten, reagierte aber nicht darauf. Traute sich nicht. Sie musste stark sein, um ihrer selbst und ihrer Eltern willen. Heute in Koritas Klasse hatte sie Schwäche gezeigt, hatte sich von dem Jahrestag überwältigen lassen, was ihr Urteilsvermögen getrübt, ihren inneren Zorn verraten hatte. Sie konnte nicht zulassen, dass das noch einmal geschah.

Stein. Kalter Stein. So musste sie sein. Sei wie ein Stein, lerne von der Spy High und warte auf den Moment, der unausweichlich kommen wird, und zwar in Wirklichkeit, nicht in Träumen.

Und doch – irgendetwas in Jakes Stimme klang verlockend. „Ich will dir helfen, Jennifer, das ist alles." Sie konnte bei ihm Zuflucht suchen. Aber sich auf jemand anderen zu verlassen, hieß verletzbar zu sein, und Verletzbarkeit war Schwäche. Außerdem, wie konnte Jake ihr helfen? Um zu helfen, hätte er verstehen müssen. Und wie konnte Jake verstehen?

Aber als das Klopfen aufhörte und Jakes Stimme mit einem Seufzen verklang, fühlte sich Jennifer nicht besser. Im Gegenteil: Mit Schrecken stellte sie fest, dass sie sich schlechter fühlte.

„Wie lange braucht er denn noch?", meckerte Ben und klopfte auf seine Uhr. „Wir werden alle unsere Abschlüsse in der Tasche haben, ehe Daly bei seinem Tempo hier aufkreuzt. Ich schlage vor, wir fangen jetzt an und Jake muss halt zusehen, wie er es wieder aufholt."

„Das können wir nicht machen, Ben", wandte Cally ein. „Jake ist losgegangen und wollte sehen, ob er mal vernünftig mit Jennifer reden kann. Bedenkt man, dass sie der Grund für unser kleines Treffen ist – unser kleines Treffen, das wir hinter ihrem Rücken abhalten, wenn ich diese unbedeutende Tatsache betonen darf, dann denke ich doch, dass wir auf ihn warten müssen."

„Das denkst du also, ja?", sagte Ben. Außer Jennifer und Jake hatten sich alle Mitglieder des Bond-Teams an einem Tisch in der ruhigsten Ecke des Aufenthaltsraums versammelt. „Wer denkt das noch?"

„Wahrscheinlich jeder von uns, oh Anführer", erwiderte Eddie und zeigte zur Tür, „insbesondere, weil er ohnehin gerade kommt."

„Alles in Ordnung, Jake?", fragte Lori, als sich ihr Teamkamerad auf einen Sitz direkt neben ihr fallen ließ. „Hast du mit Jennifer gesprochen?"

„Durch die Tür hindurch", sagte Jake. „Aber sie hat nicht geöffnet." Ratlos zuckte er die Schultern. „Ich weiß nicht, was ich machen soll."

„Na ja, aus diesem Grund sind wir ja hier, nicht wahr?", drängelte Ben. „Um zu entscheiden, was wir machen sollen."

„Deswegen hast du uns hier zusammengetrommelt, Ben", stellte Cally klar, als ob die andere Formulierung einen Unterschied machte. „Obwohl ich mir nicht sicher bin, ob es an uns ist, über Jen oder irgendeinen anderen unserer Teamkameraden zu entscheiden – wie du es so hübsch ausgedrückt hast."

„Sag das noch mal, wenn wir im Einsatz sind", antwortete Ben, „und wenn Jennifer wieder so ausklinkt wie heute Morgen und unser aller Leben aufs Spiel setzt."

„Oh ja, ich werde mich wirklich viel besser fühlen, wenn du mir in den letzten Augenblicken meines Lebens *Ich hab's euch gleich gesagt* ins Ohr flüsterst, Benny-Boy." Eddie lächelte verkniffen.

„Der Punkt ist", warf Cally mit finsterer Miene ein, „dass wir zurzeit nicht im Einsatz sind und es auch in den nächsten achtzehn Monaten wohl nicht sein werden. Der Punkt ist, dass wir noch immer in der Ausbildung stecken und dass der Zweck dieser Ausbildung ist, mögliche Schwachstellen, die wir haben – sogar du, Ben –, zu erkennen und zu verbessern. Ich versteh eigentlich gar nicht, warum wir überhaupt dieses kleine Treffen hier abhalten. Jennifer schleppt etwas mit sich herum, das sie auf die Reihe kriegen muss, das ist alles."

„Das ist nicht alles", bestritt Ben, „und das weißt du genau, Cally. Sie ist in einer ganz normalen, alltäglichen Kampfsportstunde total ausgeflippt. Kein besonderer psychischer Druck, nichts. Und sie geht hin und versucht Korita den Schädel zu zerschmettern. Das ist nicht alles. Und ich wette, wenn das bestimmten anderen Teammitgliedern passieren würde, würdest du dich nicht so lautstark für sie einsetzen."

„Was soll das denn bitte heißen?" In ihrem Ärger erhob Cally die Stimme.

„Ring frei für die erste Runde", kommentierte Eddie.

„Lasst uns nicht persönlich werden", lenkte Lori ein. „Bleibt auf dem Teppich. Cally, Ben, niemand meint etwas böse. Wir stehen alle auf derselben Seite, wisst ihr noch? Wir wollen alle nur das Beste für Jen."

„Gut, Lori", stimmte Jake zu. „Endlich eine Stimme der

Vernunft. Und hör jetzt bitte nicht auf. Sag uns, was du darüber denkst."

„Na ja." Lori warf ihrem Freund einen nervösen Seitenblick zu. „Ich bin mit Ben einer Meinung. Jennifers Verhalten heute beim Kendo … und es geht ja nicht nur um heute, nicht wahr? Sie benimmt sich zunehmend, tja … merkwürdig, ist schon seit einer Weile nur mit sich selbst beschäftigt, nicht? Ich glaube tatsächlich, dass das ein Problem ist."

„Na ja, wenn sie Nachhilfe darin möchte, wie man eine warme, gewinnende Persönlichkeit entwickelt – ich stehe jederzeit zur Verfügung. Zu sehr günstigen Preisen", bot Eddie an.

„Wir wollen Jen helfen und sie nicht bestrafen", sagte Jake. „Sprich weiter, Lori."

„Na ja, es scheint mir, wir haben die Wahl. Darum hat uns Ben ja auch eigentlich alle hier zusammengeholt, nicht wahr?"

Ben nickte bestätigend.

„Cally hat schon Recht mit dem, was sie über unsere Ausbildung gesagt hat, aber keiner der Lehrer ist die ganze Zeit bei uns, niemand hier kennt Jen so gut wie wir. Wir sind ihre Teamkameraden, ihre Freunde. Wir wissen besser als unsere Lehrer, dass es ein schwerwiegendes Problem gibt, besonders seit heute."

„So weit stimme ich dir zu", sagte Jake und sogar Cally nickte, wenn auch widerwillig. „Also die Frage ist …"

„… ob wir versuchen, alleine damit klarzukommen, Jen innerhalb des Teams helfen und unterstützen – oder ob wir unsere Bedenken Senior Tutor Grant melden."

„Aber dann könnte alles Mögliche passieren", warnte Cally. „Sie könnte sogar aus dem Kurs entfernt werden, und ihr wisst, was das bedeutet – ab nach Hause, mit gelöschtem Gedächtnis, so als wäre sie nie hier gewesen. Mit keinerlei Erinnerung an uns! Das will ich nicht auf dem Gewissen haben. Das ist keine Option für mich."

„Hier geht es nicht um dein Gewissen, Cally", ereiferte sich Ben. „Meiner Meinung nach ist Grant zu informieren die einzige Option. Sieh mich nicht so an. Persönlich habe ich nichts gegen Jennifer. Ich kann sie so gut leiden wie jeden anderen von euch. Aber es bleibt die Tatsache, dass sie labil ist …"

„Labil?", fragte Eddie nach. „Wie sind Sie denn zu der Erkenntnis gelangt, Dr. Stanton?"

„Okay, dann eben unberechenbar – besser?", entgegnete Ben.

Eddie nickte zustimmend.

„Und wenn sie unberechenbar ist", fuhr Ben fort, „könnte sie uns alle in Gefahr bringen. Das kann keiner von uns leugnen."

Vier Augenpaare senkten den Blick immer tiefer zu Boden und deuteten so an, dass Ben vielleicht doch Recht haben könnte.

„Und was Callys Einwand angeht, dass wir noch nicht im Einsatz sind – wir hatten auch nicht geplant, in die Sache mit Frankenstein verwickelt zu werden, richtig? Aber es passierte. Wer weiß denn zum Beispiel, was noch wegen KAOS geschehen wird? Und selbst wenn nichts geschieht, auch unser täglicher Unterricht birgt Risiken. Das ist nicht gerade eine gewöhnliche Schule, oder? Und wollen wir nicht auch den Sherlock-Schild gewinnen? Wir müssen uns aufeinander verlassen können, und wenn Jennifer eine Belastung darstellt, dann …"

„In Ordnung, Ben", unterbrach ihn Jake. „Das reicht. Ich denke, wir kennen deinen Standpunkt, aber du bist nicht der Einzige hier und was immer wir auch tun, muss einstimmig geschehen."

Alle stimmten ihm zu, auch wenn es nicht allen zu gefallen schien.

Jake fuhr fort: „Auf lange Sicht hat Ben sicher Recht, auch wenn ich es nicht gerne zugebe. Womöglich kommt der Zeitpunkt, an dem es für Jen das Beste ist, professionelle Hilfe zu bekommen, eine Therapie oder was weiß ich. Aber an dem Punkt sind wir einfach noch nicht, ausgeschlossen."

Zustimmendes Gemurmel von drei der vier Zuhörer.

„Und ich glaube, dass es unsere Pflicht ist, Jennifer dabei zu helfen, mit dem fertig zu werden, was immer sie auch bedrückt, ihr unsere uneingeschränkte Unterstützung zu geben, unsere Loyalität und unsere … Freundschaft. Und wenn wir das tun, dann glaube ich, dass alles gut wird, und genau dafür gebe ich meine Stimme ab. Wie steht es mit dem Rest von euch?"

„Unbedingt." Cally.

„Ja. Ja." Lori.

„Entschuldigt mich, ich muss nur noch schnell mein Taschentuch rausholen, aber Ja. Angenommen." Eddie.

„Es sieht so aus, als ob ihr alle eure Entscheidung getroffen hättet. Nein, ich werde jetzt keinen Aufstand machen, aber …" Ben.

„Ist schon okay", flüsterte Eddie ihm zu. „Es bleibt dir ja noch immer, später *Ich habe es euch doch gleich gesagt* zu sagen."

Kurz darauf passte Ben Jake ab, die beiden waren ganz unter sich. Das hieß, keiner von ihnen brauchte so zu tun, als ob er den anderen mochte. Das kurze Gefühl der Eintracht, das die Jungen während der Frankenstein-Episode verspürt hatten, schien bereits einer kaum mehr vorstellbaren Vergangenheit anzugehören.

„Du warst da drinnen gerade sehr beredt", höhnte Ben. „Ich hätte fast vergessen können, dass du ein Domer bist."

„Darum geht's dir also? Mal wieder?"

„Mir geht's um das, was du nicht gesagt hast. Um den wahren Grund, warum du Jennifer im Team behalten willst." Mit großer Freude sah Ben, dass Jake verunsichert die Stirn in Falten legte. „Unerwiderte Liebe ist ja so schmerzhaft, was? Na ja, vielleicht kannst du ja jetzt, wo Jen dir zu Dank verpflichtet ist, eher bei ihr landen."

Jake betrachtete Ben mit einem beinahe angeekelten Blick und schnaubte: „Du bist echt das Letzte, Stanton. Wenn Lori wüsste …"

„Lori und ich sind echt", erwiderte Ben. „Wir sind ein echtes Paar. Wie steht es mit dir und Jennifer, na, Jakey? Wir halten in der Öffentlichkeit Händchen und alles. Und lass mich dir eins sagen: Mein Mädchen wird das Team nicht im Stich lassen. Aber wenn Jen das tut, bist du schuld daran. Du allein."

NEZ Dokument FBA 8328

... die letzte in einer Reihe von Durchsuchungen bei ehemaligen Verbindungsleuten und an Treffpunkten von bekannten Techno-Terroristen. Ein Regierungssprecher ließ verlauten, die Operation sei erfolgreich verlaufen, es sei Material von höchster Wichtigkeit hinsichtlich der Suche nach KAOS sichergestellt worden. Um welche Art von Material es sich genau handelt, wurde aus Gründen der nationalen Sicherheit nicht bekannt gegeben.

„Die Leute können sicher in ihren Betten schlafen", erklärte der Sprecher. „Unsere Jungs sind dran an der Sache und es wird nichts Schlimmes passieren."

Anhaltenden Gerüchten zufolge wurden der Präsident, der Vizepräsident sowie die Versammlung der Stabschefs bereits zu einem unterirdischen Stützpunkt gebracht ...

DREI

Ein gewöhnlicher Tag auf einer gewöhnlichen Straße, dachte Lori. Danach sah es jedenfalls aus. Eine Mutter mit ihrem Baby, das im Kinderwagen lag. Einige junge Leute, die an der Straßenecke lachten und ihre Witze machten. Ein junges Paar beim Schaufensterbummel, ihre Rücken der Straße zugekehrt.

Kein Verkehr allerdings, weder geparkte noch fahrende Autos, was außergewöhnlich war. Und Lori lief normalerweise auch nicht mitten auf der Straße. Sie trug für gewöhnlich auch kein Stasis-Gewehr mit sich herum.

Aber der heutige Tag war so etwas wie eine Ausnahme.

Von nirgendwo- und überallher dröhnte ein Summton. Lori machte sich zum Einsatz bereit. Sie war an der Reihe beim Gun-Run. Die anderen würden sie auf dem Bildschirm im Kontrollraum beobachten. Die Uhr würde ticken. Die Ehre des Bond-Teams stand auf dem Spiel.

Das junge Paar drehte sich zu ihr um. Anscheinend hatten sie schon einige Sachen eingekauft. Die richteten sie jetzt auf Lori. Mit dem Finger am Abzug nahmen sie Lori ins Visier.

Kein Problem. Zu langsam. Lori schoss das Stasis-Gewehr ab, noch bevor die beiden überhaupt eine Bedrohung darstellen konnten. Die Stasis-Geschosse schlugen in die

Körper ihrer Angreifer ein. Die beiden rissen die stummen Münder auf, zuckten in wilden Verrenkungen, während ein flackerndes, blaues Licht durch sie hindurchlief, dann endlich versteiften sie sich und fielen zu Boden. Der Lähmungseffekt der Stasis-Geschosse setzte praktisch sofort ein.

Das war auch gut so. Blitzschnell wandte sich Lori in eine neue Richtung. Die jungen Leute lachten und scherzten nicht länger, sie standen nicht mehr an der Ecke. Sie hatten sich über die Straße verteilt, rannten auf sie zu und feuerten aus Schockpistolen. Die Patronen schlugen um Lori herum ins Pflaster ein.

Das war schon eine größere Herausforderung: verschiedene Ziele in größerer Entfernung voneinander. Sie musste einwandfrei zielen. Zum Glück war das für Lori – jede falsche Bescheidenheit einmal beiseite gelassen – nicht weiter schwer. Als Erstes schaltete sie den Angreifer aus, der ihr am nächsten stand – das hatte immer Priorität –, die Stasis-Geschosse schleuderten ihn nach hinten. Lori kniete sich mit einem Bein auf die Straße. Zweite Priorität: Biete die kleinstmögliche Angriffsfläche. Sie feuerte wieder und wieder, vergeudete nicht einen einzigen Schuss. Im Kontrollraum würden sie ihr zujubeln, das wusste sie. Ben würde ausrechnen, ob ihre Zeit wohl gut genug sein könnte, um Simon Macey und das Solo-Team zu schlagen. Wenn sie in diesem Tempo weitermachte, dachte sie, als auch ihr letzter Angreifer zu Boden ging, könnte er schon mal die Champagnerkorken knallen lassen – wäre Alkohol an der Spy High nicht streng verboten gewesen.

Lori hatte sich wieder aufgerappelt. Die Straße war frei und sie konnte … nichts als gesichert annehmen. Ein verräterisches Klicken zu ihrer Linken. Die Mutter. Das Unerwartete. Mit dem Baby noch im Kinderwagen zielte sie mit einer Schockpistole auf Loris Kopf. Lori hechtete nach vorne, schoss währenddessen ihre eigene Waffe ab. Die Mutter zuckte zusammen, als die Geschosse ihren Körper erschütterten. Bestimmt bin ich jetzt in Sicherheit, dachte Lori.

Aber es gab noch eine letzte Überraschung. Die Killer beim Gun-Run fingen früh an. Das Baby setzte sich auf. Sogar das Baby im Kinderwagen war bewaffnet und gefährlich. Es war ein kniffliger Schuss, aber Lori traf die Stirn knapp unter dem Häubchen.

Der Mund des Babys schnappte auf, wie die Münder der anderen es bereits getan hatten, und gab eine ähnlich große Stille von sich. Weil das Baby wie all die anderen ein Animat war, ein Roboter, Teil des Programms.

Nur Lori war echt, Lori und der Zeitdruck, unter dem sie stand.

Sie preschte auf die Tür am Ende der Straße zu. Ihr Lauf bei Tageslicht war absolviert. Jetzt musste sie ihn im Dunkeln meistern.

Hinter der Tür herrschte plötzlich tiefe Nacht. Es war stockdunkel. Nur ein schwaches Leuchten auf dem Boden, so etwas wie Spy Highs Antwort auf die gelbe Ziegelsteinstraße aus „Der Zauberer von Oz“, zeigte Lori den Weg an. Das war nicht länger die Umgebung, in der sich ein erfolgreicher Geheimagent einzig und allein auf seine zwei Augen verlassen wollte. Lori ging zu Radarsicht über, zerrte den speziell behandelten Film aus ihrem Gürtel und wickelte ihn sich um die Augen. Mit einem Klicken rückte sie ihn an die richtige Stelle. Jetzt hatte sie nicht nur Augen im Hinterkopf, sondern entlang des ganzen Kopfumfangs. Lori sah einmal ringsum.

Gerade rechtzeitig. Eine bedrohliche Form zeichnete sich hinter ihr und zu ihrer Rechten ab. Lori fiel wieder auf die Knie, feuerte ihr Stasis-Gewehr ab.

Daneben. Ungläubig runzelte sie die Brauen. Danebengetroffen?

Sie schoss erneut. Erwischt, aber noch nicht erledigt. Sie zielte nicht sicher im Dunkeln und die Uhr lief. Beim dritten Mal fiel ihr Angreifer, doch hinter ihr näherten sich zwei neue, eröffneten bereits das Feuer auf sie. Um sie herum knallte es, Funken stoben.

Lori ließ sich über den Boden rollen, ballerte dabei mit Stasis-Geschossen auf die Beine ihrer Angreifer. Sie gingen in die Knie, aber Lori verschwendete Zeit, verlor Zeit. Ihr Herz hämmerte eine besorgte Warnung. Was hatte Ben über die Waffenkunde-Stunde gesagt, die sie verpasst hatte? (Während weitere Feinde sich zwischen sie und den Ausgang schoben.) „Lacey hat uns die neueste Version des Stasis-Gewehrs vorgestellt.“ (Während sie abfeuerte. Und verfehlte. Und abfeuerte.) „Mit Infrarotsichtgerät, um in der Dunkelheit zu schießen.“ (Und wieder verfehlte.)

Sie wusste nicht, wie es funktionierte. Wie aktivierte man die Infrarotsicht?

Ihre Angreifer waren auf dem Vormarsch. Sie nahmen sie ins Visier. Sie hatte ihnen zu viel Zeit gelassen.

Jetzt würden sie im Kontrollraum nicht mehr jubeln.

Lori konnte sich Bens Gesicht vorstellen. Entgeistert. Und was hatte sie zu ihm gesagt? „Ach ja? Na ich hoffe, ihr werdet sehr glücklich miteinander.“ Vielleicht sollte sie den Sarkasmus in Zukunft besser Eddie überlassen.

Lori hantierte an ihrem Stasis-Gewehr herum. Es würde ihr nichts nützen. Sie hörte, wie ihre Angreifer das Feuer eröffneten.

Und sie starb. Ben würde wohl nicht erfreut sein.

Sie hatte Recht. Ben war absolut nicht erfreut. Es grenzte schon fast an ein Wunder, wie lange es Ben gelang, seinen Ärger ihr gegenüber im Zaum zu halten, während die anderen sie bemitleideten und behaupteten, sie habe nur Pech gehabt und dass es letztendlich keinen Unterschied mache – das Bond-Team liege noch immer zu gut im Rennen, um im Wettstreit um den Sherlock-Schild von Macey und seinen Leuten geschlagen zu werden. Aber Lori konnte an Bens Gesicht, das allmählich hochrot anlief, als würde er innerlich kochen, ablesen, dass er nicht ganz die Meinung der anderen teilte. „Können wir reden, Lori?“, stieß er zwischen den Zähnen hervor. „Nur du und ich. In einem leeren Klassenraum vielleicht.“

Als es schließlich zu Bens Ausbruch kam, hätte dieser eine Stadt von der dreifachen Größe Pompejis unter sich begraben können. „Was hast du dir eigentlich dabei gedacht? Weißt du, was du getan hast, Lori?“

„Es tut mir leid, Ben.“ Beschämt ließ sie den Kopf hängen. Sie wusste, dass er Recht hatte.

„Tut mir leid sind nur Worte“, fuhr Ben sie an. „Worte,

die Loser benutzen. Und weißt du was, Lori? Vielleicht hast du uns gerade alle so ganz nebenbei zu Losern gemacht. Sieh dir den Punktestand an. Maceys Bande und wir – Kopf an Kopf. Noch zwei Wettkämpfe vor uns. Wenn du beim Gun-Run deinen Teil beigetragen hättest, würden wir jetzt schon weit vorne liegen."

„Ich weiß, dass es ganz allein meine Schuld ist, Ben", gab Lori zerknirscht zu. Sie konnte es nicht ertragen, wie wuterfüllt er sie anstarrte. Sie fühlte sich wie ein kleines, gescholtenes Mädchen. Es erinnerte sie daran, wie viel Angst ihr stets ein einziges barsches Wort ihres Vaters eingejagt hatte.

„Da kannst du deinen Hintern drauf verwetten, dass das deine Schuld ist, Lo", schimpfte Ben. „Darum bin ich ja so sauer. Du warst damit beschäftigt, beim alten Gadge den guten Samariter raushängen zu lassen, als du mit uns zusammen hättest lernen sollen, wie man die Infrarotansicht des Stasis-Gewehrs benutzt. Und offensichtlich hast du dich nicht darum gekümmert, das in deiner Freizeit nachzuholen; also bist du beim Gun-Run alle gemacht worden und wir haben entscheidende Punkte verloren."

„Ben … bitte" Aber Lori konnte nichts abstreiten.

„Also, was ist los, Lori? Bist du auf Simon Maceys Seite, oder was?"

„Nein, natürlich nicht." Lori war bestürzt. „Wie kannst du so was nur sagen? Wie kannst du so was nur denken?" Sie streckte die Arme nach Ben aus.

Voller Verachtung wich er einen Schritt zurück, so wie ein reicher Snob vor einem Bettler. „Ich will dich jetzt nicht berühren, Lori", sagte er kühl. „Gerade bin ich mir noch nicht mal sicher, ob ich dich auch nur ansehen will. Du hast mich bitter enttäuscht, ist dir das klar? Ich kann nicht …" Ein Ausdruck von aufrichtigem Schmerz verzerrte Bens Gesicht. „Du hast mich bitter enttäuscht."

Er machte abrupt auf dem Absatz kehrt und stapfte aus dem Zimmer. Sein Ärger musste ihn taub gemacht haben. Er reagierte auf keine einzige von Loris Bitten, noch dazubleiben und mit ihr über alles zu reden. Sein Zorn musste ihn auch blind gemacht haben. Er bemerkte Simon Macey nicht, der vor dem Klassenraum herumlungerte und gierig jede Silbe verschlungen hatte, die zwischen Ben und Lori gefallen war.

Simon lächelte in sich hinein und nickte wissend. Durch die Scheibe der Klassentür starrte er auf die bekümmerte Lori. Und plante.

NEZ Dokument FBA 8330

… unerwarteter Konsumboom als Folge der Gräueltaten von KAOS.

„Welchen Sinn hat es denn jetzt noch für schlechte Zeiten zu sparen?", erklärte ein aufgebrachter Kunde. „Wenn KAOS sich durchsetzt, sind unsere Tage sowieso gezählt. Ich jedenfalls werde es noch mal richtig krachen lassen, bevor die Lichter ausgehen."

Jennifer kroch ins Gebüsch nahe der Tartanbahn und sah Jake beim Laufen zu. Er hatte bereits einige Runden gedreht, sein ärmelloses Trikot klebte feucht an seinem Körper, aber er machte keineswegs den Eindruck, als wollte er bald anhalten. Seine Miene war entschlossen, wie versteinert, seine Glieder bewegten sich automatisch. Er jagte etwas, das er nicht fangen konnte.

Ein kleines bisschen genoss Jennifer ihr heimliches Zuschauerdasein. Sie bewunderte die Stärke von Jakes Körper, die Kraft seiner Beine. Aber dennoch fragte sie sich, was um alles in der Welt sie hier trieb: im Gebüsch herumzulungern wie irgendein Spanner. Wenn sie sich schon wieder besser fühlte, warum war sie dann jetzt nicht in der Holo-Sporthalle, um Kendo zu trainieren oder Judo oder Karate, irgendwas, das es ihr erlaubte, andere in einem der Gefechtsprogramme zu schlagen? Oder warum entschuldigte sie sich nicht bei den anderen für ihr Verhalten von neulich, wenn es ihr doch schon besser ging?

Weil Jake weder in der Holo-Sporthalle noch bei den anderen war, das war der Grund. Jake war hier. Wenn sie doch nur den Mut finden würde, auf ihn zuzugehen.

Es hätte Jennifer vielleicht geholfen, wenn aus den Köpfen leibhaftiger Menschen solche Gedankenblasen aufsteigen würden wie bei Comicfiguren. Dann hätte sie erkannt, dass es nur eine Sache gab, die Jake im Kopf hatte, und das war sie.

Er hatte geglaubt, dass er bei einem guten, langen Lauf entspannen könnte. Dass es ihm dabei helfen würde, eine Lösung für das Rätsel Jennifer Chen zu finden. Weder das eine noch das andere war eingetroffen. Warum konnte es nicht ganz einfach sein? Warum hatte er sich nicht in Cally verlieben können, als sie ihm kurz vor Weihnachten ihre Gefühle gestanden hatte? Oder warum konnte Jennifer nicht so offen und freimütig sein wie Lori? Warum gab ihm die Tatsache, keine Freundin zu haben, nicht mit Jen zusammen zu sein, dieses quälende Gefühl, Romeo Stanton unterlegen zu sein? Trübsinnig grübelte Jake darüber nach, warum er im Umgang mit Mädchen nicht besonders gut war.

Plötzlich fand er seinen jämmerlichen Zustand zum Lachen. Und er lachte. Er blickte hinauf zum Himmel, der sich wie ein endlos blaues Feld streckte, und lachte laut. Der bloße Anblick des Himmels munterte ihn immer auf. Dieser Himmel sowieso – der freie, ungefilterte Himmel, der Himmel außerhalb der Domwelt. Okay, dachte Jake, er hatte also ein kleines Problem mit Jen, aber es könnte noch schlimmer sein. Er könnte noch immer im Dom 13 hocken, im Staat Oklahoma, eingeschlossen von einer Halbkugel aus Glas. Man musste sich sein Glück stets vor Augen halten, hatte ihm seine Oma eingebläut. In Ordnung.

Jake wurde langsamer, verfiel in einen gemächlichen Trab, dann blieb er stehen. Cally und Eddie stürmten vom College-Gebäude auf ihn zu, riefen seinen Namen und winkten. In Callys Stimme lag eine Dringlichkeit, der Anflug einer Warnung, die den Schweiß auf seinem Rücken schlagartig abkühlen und ihn nicht mehr nur vor Anstrengung zittern ließ. Zum zweiten Mal innerhalb kürzester Zeit stellte Jake sich die Fragen: Wer ist tot? Wessen Eltern sind gestorben? Was würden ihm seine Freunde gleich mitteilen?

„Oh, Jake, Jake." Cally war völlig außer sich. „Wir haben es gerade gehört. Im NEZ. Etwas Schreckliches ist passiert."

„Was ist los, Cal?“ Jake packte sie fest an der Schulter. „Sag's mir.“

Auch wenn Jennifer nicht hören konnte, was ihre Teamkameraden sprachen, spürte sie sogar aus der Ferne, dass es sich um ernste Neuigkeiten handelte. Aber sie war davon ausgeschlossen. Sie konnte jetzt nicht zu ihnen gehen. Sie konnte nicht einfach aufstehen und über die Laufbahn schlendern. Sie hockte im Gebüsch, alleine, und schämte sich.

„Es gab einen weiteren Angriff“, sagte Eddie, da Cally die Stimme versagte. „Eine neue KAOS-Attacke, Jake.“

Und es war Eddies Ernsthaftigkeit – so untypisch für Eddie, dass er beinahe nicht wieder zu erkennen war –, die Jake am meisten beunruhigte. Dann dieser unwirkliche Moment: „Jake, sie haben einen Dom zerstört.“

„Sie haben einen Dom zerstört.“ Nicht unwirklich. Das hatte passieren müssen. „Welchen?“ Eine unnötige Frage, aber er wiederholte sie dennoch. „Welchen?“

Callys Augen füllten sich mit Tränen. Ein einziges, schicksalhaftes Wort: „Euren.“

VIER

An diesem Morgen führte Beth Penny und Globb zum Großen Feld. Es war eine Art Belohnung, denn in der letzten Zeit waren Penny und Globb so brav gewesen, dass Beth versprochen hatte, ihnen die Welt zu zeigen. Vom Großen Feld aus konnte man fast die ganze Welt sehen. Und da war sie. So weit das Auge reichte, erstreckte sich in jede Himmelsrichtung die endlose Fläche Weizen wie ein ruhiges, gelbes Meer, auf dem die Farmhäuser in der Ferne schaukelten wie Schiffe mit Dächern als Segel.

Die Welt war ein bisschen zu viel für Penny und Globb, sie fingen an zu weinen. Sie konnten ihr Zuhause nicht mehr sehen. Alles war ein bisschen zu groß und sie waren sehr klein. Beth machte es nichts aus, dass sie weinten. Sie umarmte und küsste sie, und schon ging es ihnen besser. „Ihr braucht keine Angst zu haben“, sagte sie ihnen. „Unsere Welt ist nur der Dom, aber außerhalb des Doms gibt es eine andere Welt mit Städten und so vielen Menschen, dass man sie unmöglich zählen kann, und sie reden alle auf einmal, und genau da ist Jake hingegangen.“

Sie dachte viel an ihren großen Bruder. Manchmal machte es sie traurig, wenn sie sich daran erinnerte, wie er fortgegangen war – an die Streitereien zwischen ihm und Ma und Pa, die nicht wollten, dass er sie verließ. Wo war er hingegangen? Irgendwo auf eine Schule, dachte Beth. Warum dieser Wirbel wegen eines Schulbesuchs? Aber sie erinnerte sich an Jakes Abschiedskuss und daran, dass Pa ihn nicht hatte zum Bus bringen wollen, weil er so verärgert gewesen war. Sie dachte daran, wie sie ihren Bruder hatte fortgehen sehen, wie er immer kleiner wurde, um dann hinter den endlosen Feldern zu verschwinden. Sie dachte daran und sie schluchzte.

Jetzt war es an Penny und Globb, sie zu trösten. „Weine nicht", sagten sie, obwohl sie nur aus Lumpen gemacht waren und keine tollen Animat-Puppen wie die, die Beth im Schaufenster an der Grenzzone gesehen hatte. „Eines Tages kommt Jake zurück", sagten sie, auch wenn sie keine Münder hatten. „Eines Tages kommt er zurück und ihr werdet wieder zusammen sein."

Natürlich würde er das. Das hatte Jake doch gesagt, oder? Er würde seine kleine Schwester nicht für immer verlassen. Beth schmiegte sich dankbar an ihre Puppen. An Penny, die hübsch genug war, eines Tages ein Model zu werden, auch ohne Mund, und an Globb, die … tja … nicht jeder konnte Model werden, richtig?

Alle drei legten sich auf den Rücken und schauten in den Himmel und an die Decke über dem Himmel, zu den funkelnden Stahlbögen und blitzenden Glasflächen des Doms. Penny und Globb erschauderten. Beth lachte. „Ihr braucht keine Angst vor dem Dom zu haben", beruhigte sie sie. Obwohl sie sich an ihre eigene Furcht als Kleinkind erinnerte. An die Vorstellung, dass das Zickzackmuster über ihr nichts anderes als ein gigantisches Spinnengewebe war, dass Ma und Pa und Jake wie Fliegen darin gefangen waren und dass irgendwo auch die Spinne, die dieses Netz gesponnen hatte, sein musste und dass sie eines Tages (oder eines Nachts) zurückkommen würde, um sie alle zu holen.

Aber natürlich war das kindischer Unsinn. Das hatte Pa gesagt. Er hatte erklärt, dass der Dom da war, um sie zu schützen, ihnen Sicherheit und Wärme und Behaglichkeit zu bieten und dass er die Erde fruchtbar machte und das Getreide sprießen ließ. Der Dom war gut, hatte ihr Pa gesagt. Also hatte Beth sich mit dem Dom angefreundet und erzählte Penny und Globb nun das Gleiche.

„Der Dom wird immer da sein", sagte sie ihnen.

Die Stahlstreben über ihr erzitterten wie aus plötzlicher Furcht. Die Glasflächen der Decke wölbten sich vor wie glubschende Augen.

„Der Dom ist gut zu uns. Der Dom sorgt für uns. Der Dom ist unser Freund."

Der Dom schwankte und Beth schnappte entsetzt nach Luft. Lichtstrahlen von knisternder Energie, die das kleine Mädchen vermutlich für Gewitterblitze gehalten hätte, wenn es jemals ein Unwetter erlebt hätte, rollten die Stahlbögen der Konstruktion entlang, umschlangen sie wie Finger. Zogen. Mit unermesslicher, unnachgiebiger Kraft.

Zogen sie auseinander.

Der Dom kreischte qualvoll. Er fand ein Echo in Beth, die jetzt aufrecht stand und in den Himmel schrie, ihr kleines Herz in ihrem Inneren zu Eis erstarrt.

Sie konnte etwas hinter dem Glas erkennen, etwas Dunkles und Böses, das dort lauerte. Etwas, das nichts als den Tod kannte. Und in einem blendend klaren Moment des Entsetzens wusste sie, dass sie die ganze Zeit Recht gehabt hatte.

Sie hatte keine Zeit, darüber nachzudenken. Mit einem knirschenden, ächzenden Stöhnen, das die Erde erbeben ließ, barsten die Stahlbögen. Der Himmel wurde aufgeschlitzt zu einer tiefen, klaffenden Wunde. Glasscheiben zersprangen und fielen herab. Letztendlich erlebte der Dom doch noch einen Wolkenbruch.

Zu erschrocken, um noch schreien zu können, floh Beth nach Hause. Zu erschrocken, um noch denken zu können. Penny und Globb blieben auf dem Feld zurück, mussten für sich selbst sorgen, so gut sie konnten.

Nur noch ein einziger Gedanke hatte jetzt Platz in Beths erschüttertem Geist:

Der Himmel stürzte ein.

NEZ Dokument FBA 8345

... aber zu diesem Zeitpunkt war es bereits zu spät. Weitere Evakuierungen waren nicht möglich und die Menschen aus dem Dom blieben sich selbst überlassen. Farmer und ihre Familien, abgeschnitten von der Welt draußen, drängten sich dicht zusammen, wo auch immer sich ihnen Schutz bot, und hofften und beteten, dass sie den tödlichen Schuttregen des Unglücks überleben würden.

Notfalleinsatzkräfte des ganzen Landes sind jetzt vor Ort und die verbliebenen Dome sind für den Fall weiterer Attacken evakuiert worden. Die genaue Zahl der

Todesopfer wird noch einige Tage ungewiss bleiben, während die Krankenhäuser der Umgebung bereits an die Grenzen ihrer Aufnahmekapazitäten kommen ...

Sie ließen Jake nicht in die Nähe des NEZ. Es wäre keine gute Idee gewesen, ihn die Zerstörung des Doms hundertfach auf zahlreichen von Bildschirmen, begleitet von dem Lärm der schreienden Stimmen Tausender, mit ansehen zu lassen. Cally und Lori bezweifelten, dass es für Jake ratsam war, irgendwelche Nachrichtensendungen zu verfolgen, aber er starrte die beiden Mädchen mit einem Blick so voller Schmerz, Leidenschaft und Stolz an, dass sie wussten: Sie konnten und würden ihn nicht davon abhalten. Jake musste die Katastrophe mit eigenen Augen sehen.

Immerhin war der Dom sein Zuhause gewesen.

Und es war schlimm. Sie waren mit Jake im Jungenzimmer, das ganze Bond-Team. Natürlich wurde es im Fernsehen gezeigt, auf jedem Kanal wurde der gleiche Bericht wiederholt wie eine endlose Schleife der Tragödie. Jake hatte sich nach seinem Lauf noch nicht einmal umgezogen. Es war ihm egal, was er anhatte. Seine Blicke tasteten den Bildschirm ab, hungrig und verzweifelt. Er hegte die verrückte, wilde Hoffnung in sich, vielleicht Ma oder Pa oder die kleine Beth unter den Überlebenden zu entdecken, eingewickelt in Decken und von einer fürsorglichen Einsatzkraft, die wusste, was zu tun war, mit heißen Getränken versorgt. Er brauchte ein Zeichen, dass sie in Sicherheit waren.

Ben glaubte nicht, dass er eines bekommen würde,

wagte es aber nicht, seine Befürchtung laut auszusprechen. So kurz nach der Katastrophe konnten noch keine Listen der Opfer und der Überlebenden existieren. Er blickte zum Bildschirm. Der einst so gewaltige Dom sah jetzt aus wie eine zerdrückte Eierschale, das fruchtbare Land in seinem Inneren war gespalten von riesigen, scharf gezackten Glasscherben, aufgeschlitzt und durchbohrt von massiven, verbogenen Stahlträgern, die Farmen und Siedlungen unter sich begraben hatten. Es war ein Gemetzel, überlegte Ben düster. Es war Chaos.

Ben schämte sich. Wie oft hatte er Jake wegen seiner Herkunft verspottet, hatte ihn als Schimpfwort oder aus Herablassung einen Domer genannt. Zu viele Male, und jedes einzelne Mal prallte nun auf ihn zurück, verfolgte ihn. Wer war er eigentlich, dass er auf andere Leute herabsah und sie gering schätzte, nur weil sie das Land bearbeiteten und arm waren, während sein eigener Vater ganze Gebäude besaß und viel Geld hatte? Und jetzt waren viele dieser Menschen, die er verachtet und verspottet hatte, tot oder hatten alles verloren. Diese Menschen, für deren Schutz er doch eigentlich ausgebildet wurde.

Ben ertrug es nicht länger, auf den Bildschirm zu schauen. Stattdessen wandte er sich seinen Teamkameraden zu. Cally und Lori standen rechts und links von Jake, der völlig verzweifelt war; sie hielten und drückten je eine seiner Hände, trösteten ihn mit bedeutungslosen Lauten. Lori stand sehr dicht bei Jake, doch ausnahmsweise hatte

Ben einmal nichts dagegen. Eddie, dem angesichts der Ereignisse seine dummen Sprüche vergangen waren, trat an der Tür unruhig von einem Fuß auf den anderen. Jennifer hatte sich auf dem Bett zusammengekauert und sah Jake von Zeit zu Zeit mit einem seltsamen, halb sehnsuchtsvollen, halb ängstlichen Ausdruck im Gesicht an. Aber auch sie sagte nichts.

Plötzlich sprang Jake auf, zeigte mit dem Finger auf den Bildschirm und schrie: „Diese Farm kenne ich! Das ist das Haus vom alten Frank Sander. Es sieht aus … ist er …? Wir leben … unsere Farm liegt daneben …“ Er schüttelte die Hände der Mädchen ab. „Ich gehe. Ich muss da hingehen. Sie brauchen mich. Meine Familie braucht mich. Ich muss ihnen helfen.“

Jennifer fing leise an zu weinen. Niemand nahm Notiz davon. Alle Aufmerksamkeit war ganz auf Jake gerichtet, der mit großen Schritten auf die Tür zuging. „Jake, warte!“, rief Cally. „Hilf doch mal jemand, lasst ihn nicht gehen!“

Ben stellte sich zwischen Jake und die Tür. Eddie zog sich zurück.

„Du stehst mir im Weg, Stanton“, knurrte Jake. „Mach Platz! Oder ich sorge dafür, dass du mir Platz machst! Und du willst nicht, dass es so weit kommt, glaub mir.“

Ben sah die Drohung in Jakes Augen. Was er jetzt sagte, würde entscheidend sein. „Hör zu, Jake.“ Vertrau mir, dachte er, wenn auch nicht sehr hoffnungsvoll. „Du kannst nicht einfach weggehen. Das kann ich nicht zulassen. Nicht in deinem jetzigen … Verlässt du das College ohne Erlaubnis, heißt das sofortiger Rausschmiss, das weißt du.“

„Hör auf ihn, Jake.“ Ein Chor verschiedener Stimmen flehte.

„Das ist mir egal." Wut, Schmerz und auch Frustration schwangen in Jakes Stimme mit – jene Gefühle, die sich nicht kontrollieren lassen. „Wie soll mich noch irgendwas kümmern, wenn meine Familie vielleicht …" Er versetzte Ben mit der flachen Hand einen harten Stoß. „Stanton, ich warne dich."

„Nein, Jake, hör mir zu. Grant erkundigt sich bereits nach deiner Familie. Er wird herausfinden, was los ist. Bald. Noch bevor es offiziell ist. Du musst abwarten. Du musst hier bleiben."

„Ben hat Recht, Jake", sagte Lori und streichelte seine Schultern.

„Was hast du vor, Stanton?" Jake war auf einmal misstrauisch. „Was kümmert dich das überhaupt?"

Das war Bens Chance – eine Chance zu sagen, dass es ihn sehr wohl kümmerte, eine Chance, sich zu entschuldigen und die Dinge zwischen Jake und ihm vielleicht geradezurücken.

Senior Tutor Grant betrat den Raum. Sein Gesicht war so grau wie sein Haar.

Augenblicklich herrschte absolute Stille.

„Sir?", hauchte Jake.

Der Senior Tutor erwiderte seinen Blick. „Ich habe Neuigkeiten …"

Eine halbe Stunde zuvor hatte Grant voller Unbehagen in Jonathan Deveraux' Räumen gesessen. Räumen, zu denen man nur mit der ausdrücklichen Genehmigung des Gründers Zutritt hatte. Der Senior Tutor fuhr sich unablässig mit der Hand durchs Haar, doch Deveraux schien das nicht zu bemerken. In letzter Zeit gab es immer öfter Dinge, die er nicht zu bemerken schien.

Der KAOS-Agent auf dem Videobildschirm zählte jedoch nicht dazu. „Wir haben erneut gesprochen", verkündete die Negativmaske. Es hätte derselbe Mann wie beim letzten Mal sein können; es hätte aber auch ebenso gut ein anderer sein können. „Und unsere Stimme hat einen Dom einstürzen lassen. KAOS hat eure beschaulichen Staaten erreicht, Amerika. KAOS zieht über eure Felder und verdorrt eure Ernten. Aus Überfluss macht KAOS Hunger. Wir können jeden einzelnen eurer viel gepriesenen Dome dem Erdboden gleich machen, wenn wir das wollen. Wir können sie wie Eier zerquetschen. Aber wir haben beschlossen, das nicht zu tun."

„Woher kommt denn diese plötzliche Großherzigkeit?", brummte Grant leise vor sich hin. „Sagen Sie mir nicht, sie hätten auf einmal zu Gott gefunden."

„Ihre Forderungen", sagte Deveraux.

„Unsere Forderungen", sagte der Agent. „Der Kreuzzug für Anarchie und Organisierte Staatsentmachtung fühlt sich beleidigt durch die lächerlichen Institutionen in der Welt, die man Regierungen nennt – diese nutzlosen Gremien aus Männern und Frauen, die nur nach ihren eigenen Vorteilen streben und die größeren Ideen der Menschen beschränken und zurückhalten, indem sie etwas schaffen, das bei den Unterdrückten des Globus verlacht wird und bekannt ist als Recht. Der Kreuzzug für Anarchie und Organisierte Staatsentmachtung lehnt Gesetze ab. Wir erkennen Gesetzesmacher nicht an. Daher fordern wir den Rücktritt jeder so genannten Regierung auf diesem Planeten innerhalb einer Woche. Wenn die Welt in sieben Tagen erschaffen werden konnte, dann kann KAOS sie in derselben Zeit umgestalten. Und seid gewarnt, die Konsequenzen für euren Ungehorsam werden überaus schwerwiegend sein. Weitere Dome sehen ihrer Zerstörung entgegen, falls unser Ultimatum nicht erfüllt wird. Da wir KAOS sind und ..."

„Kommt noch mehr davon, Sir?", erkundigte sich Grant.

„Nur noch mehr im gleichen Tenor", sagte Deveraux, „und das brauchen wir uns nicht anzuhören." Die grinsende Maske des KAOS-Agenten blinkte kurz auf, dann war der Bildschirm leer. „In jedem Fall würde ich gerne so schnell wie möglich etwas von Jake Daly hören."

„Wir tun selbstverständlich, was wir können, um herauszufinden, was mit seiner Familie ist. Soviel ich weiß, sind seine Teamkameraden zurzeit bei ihm, aber es hat ihn schwer getroffen. Wen hätte es nicht getroffen?"

„Natürlich, natürlich", erwiderte Deveraux, eher nachdenklich als besorgt, so als würde er sich selbst zu denjenigen zählen, die es nicht schwer getroffen hätte.

„Wenigstens haben sie jetzt Forderungen gestellt, Sir." Grant versuchte das Gespräch in eine andere Richtung zu lenken. „Unerfüllbare, natürlich, aber bei einer zweiten Kontaktaufnahme sind wir unter Umständen in der Lage, eine Verlängerung der Frist herauszuhandeln, während ein Team KAOS aufspürt." Schweigen, als ob Deveraux gar nicht zugehört hätte.

„Sir?"

„Wir können diese Katastrophe zu unserem Vorteil nutzen, Grant", sagte der Gründer von Spy High schließlich.

„Sir?"

„Ob die Dalys nun tot oder lebendig sind, Jake wird bestimmt nach Hause wollen, nicht wahr?"

Grant war überrascht. Was hatte der schmerzliche Verlust, den einer seiner Studenten möglicherweise erleiden musste, mit dem Ganzen zu tun? In letzter Zeit beunruhigte Deveraux ihn manchmal.

„Ah, und anscheinend kommen diesbezüglich auch gerade wichtige Informationen herein ..."

„Sie leben?" Obwohl es genau das war, was Jake hören wollte, war es doch mehr, als er zu hoffen gewagt hatte. „Sie leben? Und meine Schwester auch?"

„Alle", sagte Grant. „Sicher und wohlbehalten. Es ist wahr."

„Sie leben." Jake lachte, weinte, nickte wie verrückt seinen Teamkameraden zu, die sich um ihn geschart hatten, um ihm zu gratulieren. Außer Ben, der sich etwas abseits hielt, um sich nicht dem Vorwurf der Heuchelei auszusetzen. Außer Jennifer, die in ihrem eigenen Kummer versunken schien.

„Ich bin froh", sagte Lori und schlang ihre Arme fest um Jakes Körper. „Wir freuen uns ja alle so für dich, Jake."

„Da gibt's noch etwas." Grant wandte sich von Jake ab, beinahe schuldbewusst sah er stattdessen Ben an. „Mr Deveraux hat Jake drei Tage beurlaubt, damit er nach Hause fahren kann, um bei seinen Eltern zu sein und zu helfen, wo er kann."

„Danke", sagte Jake mit belegter Stimme. „Sagen Sie auch Mr Deveraux vielen Dank."

„Und er will, dass drei von euch Jake begleiten", fügte Grant hinzu. „Ben, du natürlich als Teamführer, und zwei weitere. Diejenigen, die nicht mitgehen, werden im College bleiben und die Stellung des Bond-Teams halten."

„Aber warum ...?" Ben verstand nicht ganz.

„In erster Linie als Unterstützung für Jake", sagte Grant schnell, „und außerdem glaubt Mr Deveraux, dass es euch die Möglichkeit gibt, euch dort etwas umzusehen und vielleicht – vor allem in Anbetracht eurer früheren Begegnung mit KAOS – auf irgendeinen Hinweis zu stoßen, auf irgendeine heiße Spur."

Ben straffte sich. Also bat Deveraux ihn letztendlich doch um Hilfe. Er spürte, wie sein Stolz zurückkehrte, ein Gefühl, das so viel köstlicher war als Scham. Er dachte an die Halle der Helden und daran, dort unsterblich gemacht zu werden. „Natürlich", verkündete er. „Wir tun, was immer der Gründer wünscht."

„Ich habe nichts weniger erwartet", erwiderte Grant, mit dem kleinsten und spöttischsten aller Lächeln. „Stell dein Team zusammen. Ihr brecht heute Nacht auf."

„Cally", wählte Ben. „Wir werden vielleicht deine Computerkenntnisse brauchen." Cally nickte und umarmte Jake. „Und ..." Bens Blick wanderte zwischen Eddie, Jennifer und Lori hin und her. Eddie konnte er natürlich außen vor lassen. Der war noch nicht einmal dabei gewesen, als sie dem ersten KAOS-Agenten begegnet waren, damals in Frankensteins Haus. Eddie konnte nichts dazu beitragen. Also stand er vor der Wahl zwischen Jennifer und Lori. Was keine Wahl war. Entweder Jennifer, deren Entfernung aus dem Team er noch vor ein paar Tagen befürwortet hatte, damit sie sich einer Therapie unterziehen konnte, oder Lori, seine Freundin, die im letzten Semester alle Tests und Prüfungen als Zweitbeste bestanden und damit nur knapp hinter ihm gelegen hatte.

Nein, für Ben gab es gar keine Wahl.

Im ersten Moment glaubte sie, sich verhört zu haben. Jenni. Lori. Die Namen klangen sehr ähnlich, nicht? Man konnte sie leicht verwechseln, nicht wahr? So musste es sein. Der Name, den Ben genannt hatte, seine endgültige Wahl, hatte nur wie Jennifer geklungen. In Wahrheit hatte er Lori gesagt. Das war doch nur logisch, oder? Tja, aber eigentlich – nicht. Jennifer, sehr zu Loris großem Erstaunen, bedeutete eigentlich immer nur Jennifer. Ben hatte Jen statt ihrer ausgewählt.

Er hatte Jen ihr vorgezogen.

Später, als sie wieder unter sich waren, während Ben sich für seine Abreise bereit machte, fragte sie: „Warum, Ben? Ich meine, du bist der Teamführer und alles, und es ist sicher nicht an mir, deine Entscheidungen in solchen Dingen in Frage zu stellen, aber, na ja, was du über Jens Unberechenbarkeit gesagt hast …"

Sie dachte die ganze Zeit an den Gun-Run. Sie konnte nicht anders.

„… was ihr anderen alle gesagt habt, von wegen, dass wir ihr unsere volle Unterstützung geben müssen", konterte Ben. „Das könnte genau das sein, was Jennifer braucht, dass sie eine Weile von der Schule wegkommt, vielleicht auch dass sie eine Weile von sich selbst wegkommt." Aber er konnte Loris Blick nicht begegnen, nicht den verletzten Ausdruck in ihren blauen Augen sehen. Ben dachte ebenfalls an den Gun-Run und an seine Beweggründe. Er fing bereits an, seine Handlungsweise zu bereuen. Und schon wieder erfasste ihn dieses peinigende Schamgefühl, das immer wieder auftauchte – so wie ein Polizist, der unermüdlich seine Runden dreht.

„Tja", sagte Lori zaghaft, „wenn das wirklich der einzige Grund ist ..."

„Welchen Grund sollte es denn noch geben?" Er entschied sich für die Taktik, sich so wenig wie möglich vor ihr zu rechtfertigen. Mit dem Versprechen an sich selbst, es bei Lori wieder gutzumachen, sobald er zurück war. „Und, Lori, hör zu, noch was. Ich wollte, dass du hier bleibst, weil ich jemanden brauche, der Simon Macey im Auge behält, nur für den Fall, dass er irgendwas unternimmt, um uns den Sherlock-Schild streitig zu machen. Verstehst du? Ich brauche jemanden, dem ich vertrauen kann, Lori. Und das bist du."

Ihre Miene erhellte sich. Ben brauchte jemanden, dem er vertrauen konnte. Und das war sie. Sie hatte ihm Unrecht getan, als sie an ihm gezweifelt hatte. Offenbar hatte er ihr ihren Fehler beim Gun-Run längst verziehen. Sie hätte es natürlich noch immer vorgezogen, mit zum Dom zu gehen, aber sie würde sich als Profi erweisen und das
 Beste daraus machen. Ben verließ sich auf sie.

Also verabschiedete sie die anderen an diesem Abend gut gelaunt und mit einer innigen Umarmung für Jake.

„Pass auf dich auf", sagte sie eindringlich. „Ich werd an dich denken."

„Okay, lasst uns gehen", drängte Ben. „Wir bleiben in Kontakt und halten euch auf dem Laufenden."

„Ausgezeichnet", sagte Eddie. „Wir freuen uns drauf, nicht, Lori?"

Es gab weitere Umarmungen, Verabschiedungen und viel Winken. Zwei Drittel des Bond-Teams brachen in die Domwelt auf. Ein Drittel blieb zurück in der sich zusammenballenden Dunkelheit des Hofes vor dem College-Haupteingang.

Eddie stieß Lori mit dem Ellenbogen an. „Ich würde mal sagen, wir sind jetzt ganz offiziell das B-Team, was meinst du? Es ist gut, seinen Platz in der Welt zu kennen, findest du nicht auch, Lori? Hey, ich habe eine Idee. Wir könnten uns gegenseitig trösten und eine wahnwitzige, leidenschaftliche Affäre miteinander anfangen, nicht wahr? Ich bin bereit, es auf einen Versuch ankommen zu lassen, wenn du es auch bist."

„Eddie", Lori konnte sich ein Lächeln nicht verkneifen, „in deinen Träumen."

„Wirklich? Dann geh ich mal besser ins Bett, jetzt gleich. Kommst du? Mit nach drinnen, meine ich."

„Warum nicht", seufzte Lori. „Nichts, was einen hier draußen noch hält." Sie wandte sich wieder dem Schulgebäude zu.

Simon Macey lehnte in der Tür und starrte sie an. Sie sah ihn nur für einen kurzen Moment. Dann war er verschwunden.

„Eddie, hast du Simon gesehen …?"

„Wen? Nein. Ich glaube, meine Sicht ist noch immer leicht getrübt von diesem tränenreichen Abschied. Vielleicht wäre es besser, wenn du mich auf mein Zimmer führst."

„Und ich glaube, du solltest dich vielleicht an Enttäuschungen gewöhnen."

Lori war verwirrt, beunruhigt. Behalte Simon Macey im Auge, hatte Ben gesagt. Tja, es sah ganz so aus, als behielte Simon Macey sie im Auge.

FÜNF

NEZ Dokument FBA 8350
... wiesen Vorwürfe, dass der im Vorfeld des neuesten Verbrechens eingegangenen Drohung von KAOS mit Selbstgefälligkeit begegnet worden sei, entschieden zurück. Begleitet von lauten Zwischenrufen und Unmutsbekundungen räumte der Pressereferent ein, dass noch keine Spuren zur Lokalisierung von KAOS-Stützpunkten sichergestellt werden konnten. Er betonte jedoch, dass sich alle den Behörden zur Verfügung stehenden Kräfte mit der Krise befassen und dass Fortschritte nur eine Frage der Zeit seien. „Schämt euch"-Rufen trat er entgegen und ließ verlauten, dass die Regierung nicht abdanken werde.
Und so, während die Politiker große Reden schwingen und das Militär im Dunkeln tappt, bleibt der Welt nur, zuzuschauen und zu warten und zu hoffen, dass irgendwo irgendwer weiß, was zu tun ist ...

An der Grenzzone bestiegen die vier Mitglieder des Bond-Teams die für sie bereitgestellten Skybikes und machten sich unverzüglich auf den Weg zur Daly-Farm. Noch vorgestern wäre das zweifelsohne ein höchst angenehmer

Ausflug gewesen. Im Dom hätte die Wärme, dank perfekt ausgesteuerter Temperierung, den Körper entspannt, eine beinahe unmerkliche, frische Brise gereinigter und gefilterter Luft wäre über die Felder gestrichen. Und um die Vision vollkommen zu machen, hätte sich vor dem Reisenden eine endlose Weite des besten, fruchtbarsten Landes erstreckt, übervoll von Getreide, ein Land, das mit sich selbst im Einklang wäre. Aber das Vorgestern gab es nicht mehr und die Äcker waren zerfetzt von den tödlichen Trümmern des Doms. Regen nieselte aus dem Dunkel des Himmels herab, wilder Regen, ungezähmt von der Wissenschaft, und es gab keinen Schutz dagegen.

Die weiten, offenen Flächen machten Cally nervös, noch nervöser sogar als die Metallteile, die, wo auch immer sie herabgestürzt und eingeschlagen waren, spitz aus dem Boden aufragten wie Meisterwerke abstrakter Kunst. Cally war in der Stadt geboren und aufgewachsen. Sie mochte Mauern, sie mochte Straßen, sie mochte es, das Gedränge von Menschen und Dingen um sich herum zu spüren. Hier draußen in der Domwelt verirrte man sich zu leicht. Sie hoffte, dass sie bald Jakes Zuhause erreichten und dass die Farm noch stand. Sie wollte nach drinnen gehen und eine Tür hinter sich schließen.

Auch Ben konnte sich nicht mit der Domwelt anfreunden, wenn auch aus anderen Gründen als Cally. Dieser Ort war so eng, so begrenzt – ein Gefängnis für jeglichen Ehrgeiz. Das scharfzackige Loch oben im Dom war derzeit

Grund für Trauer und Verzweiflung, so viel stand fest. Aber würde es auf lange Sicht nicht ein Segen für die Überlebenden sein? Würde es sie nicht an eine Welt jenseits ihrer Felder und Farmen erinnern, an eine Welt der Träume und Möglichkeiten? Doch Ben erkannte an den sich angstvoll duckenden Menschen, die verschreckt zu ihren Skybikes aufschauten und ihn an verlorene Schafe erinnerten, dass die Bewohner der Domwelt nicht so dachten. Dass sie entweder nicht so denken konnten oder nicht wollten. Die Menschen des Doms würden erst wieder glücklich sein, wenn die Konstruktion wiederhergestellt wäre und sie wieder darin eingeschlossen lebten wie Kinder im Mutterleib.

Aber natürlich gab es da eine Ausnahme und Ben verspürte eine langsam aufkeimende Bewunderung für die Willensstärke, die diese Person aufgebracht haben musste, um die Domwelt hinter sich zu lassen. Jake.

Jennifer war in Gedanken ebenfalls bei Jake und blieb mit ihrem Skybike dicht hinter ihm. Sie war überrascht, aber auch froh gewesen, dass Ben sie für diese Mission ausgewählt hatte. Es bedeutete, dass sie bei Jake war. Ihr wurde mehr und mehr bewusst, dass sie Jakes Nähe suchte. Es kam ihr in den Sinn, dass sie ihn das nächste Mal vielleicht einfach hereinlassen würde, sollte er wieder an ihre Tür klopfen. Aber sie rechnete weder heute noch morgen damit. Jake beschäftigten gerade schwerwiegendere Sorgen.

Es war alles einfach zu merkwürdig, dachte Jake. Zurück im Dom zu sein, aber in einem kaputten, zerstörten Dom. So als sollte er daran erinnert werden, dass er niemals wieder zurückkonnte. Selbst dann nicht, wenn er es wollte. Und dann auch noch Jennifer, Cally und Ben bei sich zu haben – das war surreal. Insbesondere Ben. Was würde Benjamin T. Stanton jr. über das Leben im Dom denken? Wahrscheinlich war er froh, auf seinem Skybike sitzen zu können und sich nicht seine reichen, zarten Füße schmutzig machen zu müssen. Wahrscheinlich legte er bereits einen Vorrat an Munition an, die er später, wenn sie wieder in der Spy High waren, gegen ihn, Jake, verwenden könnte. Wahrscheinlich betrachtete er alles und jeden hier mit Abscheu. Tja, soll er doch, versuchte Jake sich selbst weiszumachen. Er schämte sich nicht für die Domwelt, nicht dafür, ein Domer zu sein. Zumindest versuchte er sich das einzureden.

„Da ist es", rief er den anderen zu. „Das da drüben ist unsere Farm."

Unberührt. Unbeschadet. Obgleich die umliegenden Felder von Stahl und Glas zerschunden und aufgeschlitzt waren, waren die Farmgebäude verschont worden. Sie waren heil davongekommen, sie wirkten wie ein Bild aus der Vergangenheit.

Jake raste in Höchsttempo auf sein Zuhause zu.

Da trat zufällig seine Mutter vor die Tür. Sie sah ihn. Sie schrie laut auf. Sein Vater kam angerannt und die kleine Beth (die offenbar gewachsen war). Und sogar in den Augen seines Vaters schien sich Dankbarkeit zu zeigen, schien sich Liebe zu zeigen.

Jake dachte nicht mehr an Ben. Es war ihm jetzt völlig gleichgültig, was Ben dachte.

Mit einem Satz sprang er von seinem Skybike und rannte zu seiner Familie. Sie waren wohlauf, das konnte er sehen. Es war keine Lüge gewesen. Und alles andere konnte repariert werden. Alles andere war unwichtig. Nur das Leben zählte. „Ma!“, schrie Jake. „Pa! Alles ist gut. Ihr seid in Sicherheit. Ich war so …“

Und da spürte er sie, ihre Körper fest in seinen Armen. Sie waren echt. Es war alles echt, egal, wie merkwürdig es auch zu sein schien. Jake war wieder zu Hause.

Cally, Jennifer und Ben blieben in gebührendem Abstand zur Familie stehen. Das war jetzt nicht der rechte Zeitpunkt zu stören.

„Ma, Pa“, stellte Jake sie schließlich vor, „das sind meine Freunde aus dem Deveraux College. Cally, Jennifer und Ben.“

„Freut uns sehr, eure Bekanntschaft zu machen“, sagte Mrs Daly. „Jeder Freund von Jake ist hier so willkommen wie Jake selbst.“ Das Händeschütteln begann.

Beth zupfte Jake am Ärmel. Er beugte sich zu ihr hinunter, küsste sie und lächelte. „Du bist groß geworden“, lachte er. „Keine kleine Beth mehr. Bald wirst du so groß wie ich sein.“

„Ich wusste, dass du zurückkommst, Jake“, sagte Beth. „Du bist gekommen, um uns zu retten, nicht wahr?“

„Was?“

„Ich hab's gesehen, Jake.“ Sie klammerte sich zitternd an ihn. „Ich hab's gesehen und es hat mir Angst eingejagt.“

„Was?“ Jake runzelte die Stirn. „Beth, wovon redest du? Was hast du gesehen?“

„Ich hab's gesehen“, sagte das kleine Mädchen. „Die Spinne im Himmel.“

Lori würde sich eines hinter die Ohren schreiben: Sitze nie alleine im Aufenthaltsraum; man weiß nie, wer sich vielleicht dazugesellen möchte. Das letzte Mal war es der arme alte Gadge gewesen – und man sehe nur die Probleme, die daraus entstanden waren. Dieses Mal war es Simon Macey und „Problem" war der zweite Vorname des Solo-Teamführers.

„Lori", sagte er und sah ungewöhnlich nervös aus, wie jemand, der etwas auf dem Herzen hatte.

„Ob es mir was ausmacht, wenn du dich dazusetzt?"

Er lachte, rieb seine Hände aneinander. „So, so, hellsehen kannst du auch noch neben all deinen anderen Talenten. Also, macht es dir was aus?" Er deutete auf einen leeren Stuhl an ihrer Seite.

„Würde es irgendeinen Unterschied machen, wenn's so wäre?"

Simon Macey streckte seine Beine unter dem Tisch aus. „Na ja, du könntest aufstehen und gehen", sagte er, „aber angesichts dessen, was ich dir zu sagen habe, wäre das keine kluge Idee, glaube ich."

„Du wirst nicht versuchen mir Versicherungen zu verkaufen, oder?"

„Nicht ganz." Simon lächelte. Lori war sich nicht sicher, ob sie ihn jemals zuvor hatte lächeln sehen, nicht so, freundlich und offen. Für gewöhnlich war es eine kalte, hämische Parodie eines Lächelns. Immer dann, wenn das Solo-Team scheinbar klammheimlich vor dem Bond-Team in Führung ging.

Das war auch gut so, dachte Lori bei sich. Denn wenn sie auf lange Zeit solch ein Lächeln „im Auge behielt", dann würde sie vielleicht am Ende noch ihre Meinung über Simon ändern. Sie würde womöglich noch anfangen ihn zu mögen.

„Es geht nicht um Versicherungen, nein", fuhr er fort, „aber es geht um etwas, das dir gefallen wird."

„Du gehst ab sofort auf ein anderes College?"

Simon Macey sah gekränkt aus. „Das ist ein Ben-Spruch", sagte er. „Sarkasmus ist etwas, das ich von Stanton erwarte. Nicht von dir, Lori. Das hast du nicht nötig."

Schmeichelei. Sie registrierte es und auch den erwartungsvollen Blick, den er kurz in ihre Richtung warf. Schmeichelei brachte einen bekanntlich nicht weit.

„Das ist auch der Grund, warum ich jetzt mit dir rede, Lori. Jetzt, da Ben nicht hier ist. Das ist der Grund, warum ich lieber mit dir als mit irgendeinem der anderen rede."

„Du redest", pflichtete Lori bei, „aber du sagst eigentlich nicht sehr viel."

„Okay. Du hast Recht. Es ist nur so ..." Wieder dieses merkwürdige, irgendwie lockende Lächeln. „Es ist nur so, dass ich nicht oft die Gelegenheit bekomme, dir so nahe zu sein, Lori."

„Wenn du nicht bald mal was von dir gibst, was mich interessiert", sagte Lori nicht ganz so barsch, wie sie es beabsichtigt hatte, „kannst du jeder weiteren Gelegenheit dazu zum Abschied noch mal winken."

„Abschied?" Simons Augenlid flatterte. „Nein, okay, ich komme zum Punkt."

„Mach das. Ben kommt in zwei Tagen zurück."

„Okay. Es ist ganz einfach. Du bist im Bond-Team. Ich bin im Solo-Team. Wir sind die beiden besten Teams in unserem Jahrgang, richtig? Das Hannay-Team und das Palmer-Team sind total abgeschlagen. Wir beide kämpfen um den Sherlock-Schild, richtig? Und so entstehen natürlich Rivalitäten. Das kann ich verstehen. Dieses ganze System von Konkurrenz zwischen den Teams fördert Rivalitäten, nicht wahr? Und dagegen ist ja so weit auch nichts einzuwenden. Bis zu einem gewissen Maß gefällt mir das. Aber glaubst du nicht, dass wir übers Ziel hinausschießen, Lori? Dass dieses *Bond-Team gegen Solo-Team*-Ding ein bisschen außer Kontrolle gerät?"

„Das sagst du nur, weil wir euch schlagen werden", erwiderte Lori vorwurfsvoll.

„Und du sagst das nur, weil es das ist, was dein Schatz Ben erwartet, dass du es sagst", konterte Simon Macey, „und dass du es denkst."

„Blödsinn!", gab Lori scharf zurück. „Vielen herzlichen Dank, aber ich denke für mich selbst. Lass dich von dem blonden Haar und den blauen Augen nicht täuschen, Simon. Das ist alles nur Tarnung. Ich bin eine eigenständige Person."

„Das freut mich zu hören. Dann wirst du wissen, dass ich Recht habe. Gesunde Teamrivalität ist etwas Gutes, aber Ben fängt an, die Dinge persönlich zu nehmen, nicht wahr? Du weißt, dass er das tut. Mir den Weg abzuschneiden, wie er es an der Wand getan hat. Er hat gelacht, als ich gefallen bin, hast du das gewusst? Und da war noch was von wegen, dass er sich gewünscht hätte, es hätten keine Matten auf dem Boden gelegen. Und ich hab gehört, er war auch nicht besonders glücklich über deinen Gun-Run vor ein paar Tagen."

„Das ist nicht wahr." War es doch. „Wer hat dir das erzählt?"

„Das spielt keine Rolle. Sieh mal, egal welches Team während des Trainings gewinnt, nach dem Abschluss werden wir alle zusammenarbeiten, nicht? Aber werden wir dazu in der Lage sein, so, wie wir zurzeit alle drauf sind, voller Bitterkeit, Groll und Missgunst und so? Werden wir am gleichen Strang ziehen, wenn es wirklich drauf ankommt?"

Lori nickte bedächtig. Anscheinend hatte Simon Macey sich wirklich Gedanken gemacht.

„Also, was ich möchte, Lori, ist, um einen Waffenstillstand zu bitten."

Er sah sie mit einer Ernsthaftigkeit an, der man sich wie dem Lächeln nur schwer entziehen konnte. Vielleicht hatte Ben, vielleicht hatte sie Simon Macey die ganze Zeit lang falsch eingeschätzt.

„Ich möchte, dass wir besser miteinander auskommen, dass wir vielleicht sogar Freunde werden. Ich glaube, wir können Freunde sein, du nicht? Solo-Team und Bond-Team. Ich … und du?" Seine Hand lag auf dem Tisch wie eine Einladung. Lori zog ihre beiden Hände zurück und vergrub sie in ihrem Schoß. Sie wollte nicht die falschen Signale aussenden.

„Ich weiß nicht, Simon. Ich bin mir nicht sicher, inwieweit ich dir …"

„… vertrauen kann."

„So was in der Art."

„Ich weiß, dass Ben mir nicht vertraut. Er hat Unrecht. Lass dich durch ihn nicht auch zum Unrecht verleiten."

„Hier geht es nicht um Ben. Es ist nur ... Du kreuzt plötzlich auf und schwenkst die weiße Friedensfahne."

„Warum nicht? Wovor hast du Angst?"

„Ich habe vor gar nichts Angst. Ich brauche einfach etwas Zeit ..."

„Bis Ben zurück ist? Nein, das kann's ja nicht sein. Denn hier geht es ja nicht um Ben, richtig?"

„Simon, ich glaube ..."

„Wenn ich Ben wäre, würde ich dich nicht einfach zurücklassen. Er ist ein Idiot. Wenn ich Ben wäre, würde ich dich nicht alleine lassen."

„Aha, aber ich lasse dich jetzt allein." Hastig. „Entschuldige ..."

„Nein, das ist schon okay." Simon erhob sich. Er hatte sein Ziel erreicht. Er legte eine Hand auf ihren Arm, drückte ihn sanft. „Ich werde gehen. Ich habe gesagt, was ich sagen wollte. Für heute. Denk einfach drüber nach. Okay, Lori? Nimm dir Zeit, drüber nachzudenken. Wir sehen uns."

Simon ging fort. Lori blieb zurück. „Okay, Lori?" War sie okay? Sie spürte noch geisterhaft den Druck seiner Hand, sah noch immer sein Lächeln. Simon Macey, der Frieden schließen wollte. Wie lautete noch dieser alte Slogan aus dem letzten Jahrhundert? Make Love Not War.

Wo war Ben, wenn sie ihn brauchte?

90 Jake hatte bei seiner Familie bleiben wollen (verständlicherweise) und Jennifer hatte bei Jake bleiben wollen (unerklärlicherweise), sodass nur Ben und Cally übrig

blieben, um einige Nachforschungen im Kontrollzentrum des Doms anzustellen. Der Commander von Dom 13, ein Mann namens Larsky, führte sie herum. Commander Larsky bemühte sich nicht im Geringsten, seinen Ärger darüber zu verbergen, dass er von seinen Vorgesetzten angewiesen worden war, sich diesen sehr jungen Herrschaften zur Verfügung zu stellen. Der Junge hatte zumindest noch irgendwie das gewisse Etwas, einen Sinn fürs Befehlen, und er schien recht wohlgeraten; Larsky vermutete, dass er aus einer Armee-Familie stammte. Aber das Mädchen, na ja, also wirklich! Er hatte ja nichts gegen Amerikaner afrikanischer Herkunft, aber diese Dreadlocks passten nun wirklich nicht in die Büros der Dom-Kontrolle. Außerdem missfiel ihm ihre neunmalkluge Art zutiefst, mit der sie die Technologie betrachtete, so als handele es sich um Spielzeug, dem sie bereits entwachsen war. Nein, alles in allem war Commander Larsky nicht besonders glücklich.

Ben jedoch hatte zum ersten Mal, seit sie die Spy High verlassen hatten, richtig viel Spaß. „Also, Commander Larsky", hakte er nach, „es gab keinen Hinweis oder kein Anzeichen, keine Warnung, nichts, das Ihren Verdacht erregt hätte, dass ein Angriff bevorstand, bis dann der Dom anfing einzustürzen? Es gab nichts, was Sie dagegen hätten tun können?"

Larsky errötete und räusperte sich voller Unbehagen. „Als Folge der ersten KAOS-Verbrechen", sagte er, „waren meine Leute und ich selbstverständlich in höchster Alarmbereitschaft. Das Erste, was wir von der Bedrohung mitbekamen, war, dass unsere Operatoren die Kontrolle über die Computer zur Umwelterhaltung verloren. Diese

Computer regulieren die Atmosphäre innerhalb unseres Doms, verstehen Sie", fügte er hochmütig hinzu.

„Darauf wäre ich vielleicht von selbst gekommen, Commander", erwiderte Ben. „Die Worte Computer, Umwelt und Erhaltung sind irgendwie verräterisch."

„Ob es sich um eine neue Art von Bombe handelt, die uns getroffen hat", fuhr Larsky bissig fort, „oder um einen Todesstrahl aus dem All, das konnten wir bislang nicht feststellen, fürchte ich. Vielleicht haben Sie ... junge Leute mehr Glück."

„Oh, der Angriff kam nicht von außerhalb", erklärte Cally nachdenklich. „Er kam von innen."

„Von innen heraus?", stotterte Larsky. „Ich hoffe, junge Dame, dass Sie niemanden von meinen Leuten beschuldigen wollen ..."

„Mein Name ist nicht ‚junge Dame'", stellte Cally klar, „und ich beschuldige niemanden. Ich würde mir jetzt gerne mal diese Umweltcomputer ansehen."

„Ah, aber um ins Computerzentrum zu gelangen, brauchen Sie eine Sicherheitsgenehmigung der Stufe eins ..." Dann gab Larsky sich mit einem Mal geschlagen. „Ich zeige Ihnen den Weg."

Das Computerzentrum war das Gehirn des Doms. Es bestimmte nicht nur die Atmosphäre innerhalb der Konstruktion, sondern überwachte und wartete den Dom selbst bis ins kleinste Teilchen Stahl und Glasfaser, führte automatisch Reparaturen aus, wann und wo sie notwendig waren. Es waren die Computer, die den Dom am Leben erhielten. Ohne sie, tja, die tragischen Konsequenzen dieses *ohne sie* waren jetzt überdeutlich.

Cally nahm am Kontrollpult Platz. Larsky schluckte einen Einwand, der ihm auf der Zunge lag, herunter wie eine bittere Medizin. „Die Operatoren haben also die Kontrolle über ihre Rechner verloren“, rekapitulierte Cally. „Dann ist der Dom … dann geschah das Unglück. Danach ließen sich die Computer wieder normal bedienen.“ Ihre Finger tanzten in einem atemberaubenden Tempo über die Tastatur.

„Ich fürchte, Sie benötigen ein Passwort, um Zugang zu unserem System zu bekommen“, sagte Larsky, den brennenden Wunsch auf den Lippen, ein sehr herablassendes „Junge Dame“ hinzuzufügen. Nur gut, dass er es sich verkniff. Seine Augen weiteten sich vor Erstaunen, als Cally tief in die codierten Geheimnisse des Doms eintauchte.

„Tut mir leid, Commander“, sagte Cally mit einem verschmitzten Lächeln. „Ich habe mein eigenes mitgebracht.“

„Sie … Sie haben sich einfach reingehackt.“ Larsky klang beinahe beleidigt.

„Sie hat nicht nur ein hübsches Gesicht, wissen Sie“, sagte Ben. Einige der Operatoren des Doms hatten sich um Cally geschart, um ihr beim Arbeiten zuzusehen; mit einer Mischung aus Neugierde und Bewunderung wanderten ihre Blicke zwischen Ben und Cally hin und her. Oh ja, Ben amüsierte sich prächtig.

Cally jedoch runzelte die Stirn. „Ich bin übrigens nicht die Einzige hier drin. Da ist noch jemand, noch irgendwas. Ihr System ist geknackt worden.“

„Was?“ Jetzt zog auch Larsky die Stirn kraus. „Das ist unmöglich. Wir haben hochmoderne Schutzprogramme installiert.“

„Sie haben Cally nicht aufgehalten, oder?"

„Hören Sie, ich werde die Spur selbst zurückverfolgen." Eine Reihe von Plänen erschien auf Callys Bildschirm. „Es ist irgendwo hier. Was ist das? Grundrisse des Gebäudes und so Zeugs?"

„Ja, genau", sagte Larsky. „Aber warten Sie! Bleiben Sie da mal drauf." Ein völlig unauffälliger Gebäudeplan wurde auf dem Bildschirm sichtbar. So unauffällig wie ein Gauner, der pfeifend und mit den Händen in der Hosentasche umherspaziert. „Untergeschoss drei."

„Was ist damit?", fragte Cally.

„Das Dom-Kontrollzentrum besitzt kein Untergeschoss drei."

Mit einem Mal besaß es auch keinen Plan mehr davon. Das Bild auf dem Monitor fiel auseinander und setzte sich wieder zusammen. Es gestaltete sich um in eine Form, die Cally und Ben bekannt vorkam.

Das Fotonegativ eines menschlichen Gesichtes.

„KAOS", hauchte Ben.

Das Bild lachte rasselnd, hohl. Dann gab es ein Explosionsgeräusch und der Bildschirm leuchtete erst rot, dann schwarz, dann wieder rot auf. Von Schwarz auf Rot auf Schwarz auf Rot.

Unter dem Gesicht setzte ein Countdown ein.

Einhundert.

Neunundneunzig …

Cally schluckte schwer. „Könnte mich bitte jemand zum nächsten Ausgang führen …?"

Jake stand auf den Überresten des großen Feldes und seufzte. Er wusste, dass die Dinge zu glatt gelaufen waren. Zunächst hatte es ihm natürlich ausgereicht, seine Familie inmitten all dieser Zerstörung lebend und in Sicherheit anzutreffen – die Freude und die Erleichterung über das Wiedersehen waren groß genug gewesen, die Probleme, die es zwischen ihnen gab, beiseite zu schieben. Aber es hatte nicht gereicht, sie ganz verschwinden zu lassen. Sie drückten sich in den Ecken herum, die Verärgerung und die Bitterkeit, wie ungeladene Gäste auf einem Fest.

Und die Abfahrt von Cally und Ben zur Grenzzone war ihr Stichwort gewesen.

„Du weißt, dass Frank Sanders getötet worden ist", sagte Pa beinahe im Plauderton.

Jake zuckte zusammen. „Das wusste ich nicht, Pa, nein. Wie geht es Mary? Ist sie …?"

„Es wird schwer werden für sie. Sanders' Land hat es ziemlich böse erwischt. Sie wird eine Menge Hilfe brauchen, um alles wieder so herzustellen, wie es einmal war."

„Da wird sie nicht die Einzige hier sein", erklärte Jake tonlos.

„Na ja, jetzt wird es leichter sein für sie." Pa nickte mit seinem angegrauten Kopf. „Wir werden ihr jetzt besser helfen können."

Alarmglocken begannen in Jakes Schädel zu schrillen, so laut, dass es ihn überraschte, dass niemand anders sie hörte. Vielleicht hörten sie sie ja doch. Seine Mutter sah mit angespannter Miene zu ihm herüber. „Wie meinst du das, Pa?" Auf der Suche nach Klärung. „Jetzt? Wir?"

„Wir, Sohn." Als ob es ganz offensichtlich war. „Du

und ich. Jetzt, wo du zurück bist. Wir können unser eigenes Land bewirtschaften und der armen Mary Sanders aushelfen. Wir können …"

„Nein, Pa, jetzt warte mal eben." Jake wurde das Herz schwer, als er erkannte, dass sein Vater ihn in eine Falle gelockt hatte. Er hatte ja gewusst, dass alles zu glatt gelaufen war. „Das hast du falsch verstanden. Ich bleibe nicht. Ich bin nicht für immer zurückgekehrt. Das ist nur … Ich wollte nach der Katastrophe bei euch sein und bin deshalb drei Tage freigestellt worden, danach gehe ich zurück nach Deveraux."

Sein Vater blinzelte ihn an, als sei er eine außerirdische Spezies. „Du lässt uns wieder allein, nach allem, was geschehen ist? Du wirst deine Familie wieder verlassen, was? Deine Mutter? Deine Schwester?"

Jake verließ der Mut. Den Rest von dem, was sein Vater sagte – oder besser gesagt: schimpfte –, hörte er nicht. Das brauchte er auch nicht. Pa zitierte Passagen aus dem *Buch der Schuld*, das Jake bereits in- und auswendig kannte. Es war ein festgeschriebener Text, seit er das erste Mal zur Spy High aufgebrochen war. Sein Vater war mit dem Land verwurzelt, anstelle von Blut hatte er Erde in den Adern, und was das anging, konnte es zwischen ihnen beiden kein gegenseitiges Verständnis geben.

„Vielleicht wäre es dir lieber gewesen, wenn uns der Dom auf den Kopf gefallen wäre", sagte Pa anklagend, „auf meinen, den deiner Mutter und den deiner Schwester, wenn er uns alle erschlagen hätte. Dann müsstest du dir nicht die Finger dreckig machen und überhaupt hier aufkreuzen!"

„George!“ Seine Mutter war schockiert.

Jake auch. Andererseits aber überraschte es ihn nicht unbedingt. Er dachte, dass er jetzt etwas Platz brauchte. Das war eine gute Idee. Er ging hinaus ins Freie; der Groll seines Vaters war ihm dicht auf den Fersen.

Er wusste, dass alles zu glatt gelaufen war.

„Heikle Situation, was?“

Jake drehte sich um. Jennifer hatte sich auf dem großen Feld zu ihm gesellt. Sie lächelte zaghaft, ermutigend.

„Hast du gehört ...?“

„Laute Stimmen. Dünne Wände. Ich dachte mir, ich seh mal nach, wie's dir geht.“

„Wie's mir geht?“ Jake zuckte mit den Achseln. „Enttäuscht, aber nicht überrascht. Ich denke, es war nur eine Frage der Zeit. Pa wollte nie, dass ich die Farm verlasse. Er wollte mich darauf festnageln, für den Rest meines Lebens hier draußen die Felder zu bestellen und die Ernte einzufahren. Ich hatte jedoch andere Vorstellungen. Wir haben niemals wirklich einen Kompromiss gefunden. Aber es tut mir leid, dass du das mit anhören musstest. Na wenigstens ist Ben nicht hier ...“

„Nein, das braucht dir nicht leidzutun.“ Jennifer hatte sich jetzt neben ihn gestellt, zum Greifen nah, er brauchte nur seine Hand auszustrecken und könnte ihr langes, schwarzes Haar streicheln, so wie er es sich schon seit Langem erträumte. Er brauchte nur seine Hand auszustrecken. „Ich bin gekommen, um dir was zu sagen, Jake. Es ist kein Ratschlag. Ich bin nicht in der Situation, irgendjemandem Ratschläge erteilen zu können. Aber vielleicht solltest du darüber nachdenken.“

„Ach ja?“ Er bedeutete Jennifer fortzufahren.

„Deine Eltern. Deine Familie. Jeder, den du liebst.“ Jennifer sprach langsam, so als versuchte sie sich in einer Sprache, die sie noch nicht fließend beherrschte. Sie sah Jake nicht an, sondern schaute in die Ferne auf die zerstörten Felder. Ihr Blick war getrübt, entrückt. „Verlasse sie nicht im Streit, Jake. Geh nicht, ohne dich mit ihnen ausgesöhnt zu haben. Du wirst es sonst bereuen. Du könntest es für immer bereuen, weil du nie weißt, was noch passiert, wer ihnen wehtun wird oder wann, wer vielleicht … Versöhn dich mit deinem Pa, Jake, solange ihr beide noch da seid und es tun könnt.“

Jennifer wandte sich wieder Jake zu und es herrschte eine Stille zwischen ihnen, die keiner von beiden unterbrach. Jake stellte fest, dass es egal war. Er war glücklich, da, wo er gerade war, mit Jennifer auf dem großen Feld. Er war am Rande von etwas, das er noch nie zuvor empfunden hatte.

Es war ein Moment, an den er noch lange denken würde, auch wenn er schon lange verblasst war.

Aber jetzt lachte Jennifer plötzlich. „Sieh mal! Wir sind nicht ganz so alleine, wie wir dachten!“ Sie bückte sich und hob von dem zerfurchten Boden zwei Mitleid erregende Stoffpuppen auf, eng ineinander verschlungen, als würden sie sich gegenseitig trösten. „Lauscher!“

„Ich weiß, wer die sind.“ Jetzt war es Jake, der lachte. „Sie gehören meiner Schwester und heißen Penny und Globb oder so.“

„Was für Namen. Kein Wunder, dass sie abhauen wollten.“

„Tja, ich nehme mal an, wir bringen sie besser wieder nach Hause.“ Jake sah zweifelnd drein.

„Bist du dir sicher, dass du dazu bereit bist?“

„Das sollte ich wohl besser“, sagte er. „Du hast nämlich Recht, Jen. Pa und ich müssen miteinander reden.“

Jennifer lächelte. „Hier, nimm Penny oder Globb. Ich denke, du solltest Globb nehmen.“

„Warum? Puppen zu tragen passt nicht zu meinem Image.“

„Damit ich …“ Und sie ließ ihre Hand in Jakes gleiten.

„Ich weiß nicht“, überlegte Jake, „vielleicht spricht ja doch etwas dafür, eine der Puppen zu tragen.“

Gemeinsam machten sie sich auf den Weg zurück zur Farm. Langsam.

Schnell, trieb Ben sich selbst an. Schneller als schnell. Er spurtete die Flure entlang, Cally an seiner Seite, Larsky und seine Leute unmittelbar hinter ihm.

Man hätte wohl sagen können, dass die Evakuierung des Dom-Kontrollzentrums ihre entscheidende Phase erreicht hatte.

Der Countdown lief in Bens Kopf ab. Das war Teil seines Trainings: Wenn man unter Druck steht, niemals in Panik ausbrechen, sondern sich immer seine Optionen vor Augen halten und genau wissen, wie viel Zeit man noch hat. „Eine Bombe braucht nur eine Sekunde, um zu explodieren.“ Das war ein Lieblingsspruch von Corporal Keene. In diesem Moment hatte er nicht gerade eine aufbauende Wirkung.

Es waren mittlerweile weniger als zehn Sekunden, die Ben und den anderen noch blieben.

Aber da vorne, oben. In Reichweite. Schiebetüren. Der Hauptausgang. Wenn noch Zeit gewesen wäre, hätte Ben die Türen liebkost. Stattdessen schoss er durch sie hindurch, Cally und alle anderen ebenso – hinaus in die Straßen der Grenzzone.

Zwei Sekunden noch.

Keiner blieb stehen. Keiner hatte Zeit.

Die Explosion fegte durch das Dom-Kontrollzentrum, das Gebäude spuckte Feuer, Glas und Schutt. Die Kraft der Druckwelle riss die Flüchtenden zu Boden, aber kleinere Schnittwunden und blaue Flecken waren ein geringer Preis für atmende Lungen und intakte Gliedmaßen.

„Eine Versetzung", hörte Ben Larsky schnaufen, als er, alle viere von sich gestreckt, auf dem Rücken lag. „Ich beantrage meine Versetzung. Sie bezahlen mir zu wenig, als dass ich mich mit so was rumschlage."

„Bist du okay, Cal?" Ben half seiner Teamkameradin beim Aufstehen. „Du bist wohl froh, dass du mitgekommen bist, hm? Hab ich dir ja gleich gesagt, dass wir bombig viel Spaß haben würden."

„Mit solchen Sprüchen hättest du vielleicht eher da drinnen bleiben sollen."

Ben betrachtete die brennende Ruine des Dom-Kontrollzentrums. „Mir scheint, wir sind hier fertig. Hier werden wir nicht mehr sehr viel erfahren."

„Wir haben schon genug erfahren", sagte Cally düster. „Mehr, als ich wissen will."

„Was heißt das?"

„Das heißt, dass wir in Schwierigkeiten stecken, wir alle hier."

Bens Miene war skeptisch.

„Hör zu, KAOS benutzt einen Virus, um die Computersysteme all ihrer Ziele zu infiltrieren. Das ist doch wohl sonnenklar, oder? Heutzutage ist alles computergesteuert, angefangen bei Regierungsgebäuden über Privathaushalte, den öffentlichen Nahverkehr, die Domwelt, alles. Wenn man diese Computer kontrolliert …"

„… kontrolliert man alles", beendete Ben den Satz. „Aber es gibt doch Anti-Viren-Technologie, oder? Sicherungsprogramme? Schutzschilde? Ich meine, wir sind dem doch nicht hilflos ausgeliefert, oder?"

„Die meisten Viren lädt man sich beim Öffnen einer getarnten E-Mail oder dergleichen aufs System", erklärte Cally. „Oder beim Öffnen eines Phantom-Dokuments wie dem Grundriss eines nicht existierenden Stockwerks im Dom-Kontrollzentrum. Die Sache ist die, Ben, wenn es dir nicht gelingt, den Virus gleich herauszufiltern, bleibt er, wo er ist: und infiziert dein System. Er kann sich nicht einfach aus eigenem Antrieb davonmachen, zurückwandern in den Cyberspace oder so."

„Und?"

„Dieser hier hat aber genau das gemacht! Die Maske, die Bombe, das waren nur Attrappen, nachträgliche Spielereien, ein Schlag auf die Finger für jeden, der zu nahe kommt. Der echte Virus, der Virus, der die Kontrolle über die Systeme des Doms an sich gerissen und das ganze Ding zum Einstürzen gebracht hat, dieser Virus ist schon lange weg."

„Weg? Ich kann dir nicht ganz folgen", sagte Ben. „Weg wohin?"

„Irgendwo anders hin. Wer weiß, wohin", sagte Cally. „Der Cyberspace ist groß und dieser Virus kann gehen, wohin er will. Er kann angreifen, wo immer er will. Wie ich schon sagte, Ben, wir stecken in Schwierigkeiten. KAOS hat einen Supervirus entwickelt, und wenn wir ihn nicht aufhalten", Cally zitterte trotz der unmittelbaren Nähe zum Feuer, „könnte das das Ende sein. Für uns alle."

Er hatte einfach eingehängt (so gut wie eingehängt jedenfalls). Er war ihr mitten im Satz ins Wort gefallen. Er hatte es geschafft, dass sie nun mit offenem Mund ungläubig vor sich hin starrend in ihrem Zimmer in der Spy High saß.

Lori hatte Ben nicht einfach aus einer Laune heraus angerufen. Nicht, um ihm quer übers halbe Land süße Nichtigkeiten ins Ohr zu säuseln. Sie wusste, dass die Kommunikatoren im Multifunktionsgürtel nur für wichtige Angelegenheiten benutzt werden sollten. Aber was Simon Macey zu ihr gesagt hatte, war ihrer Einschätzung nach wichtig, und sie war sich sicher, dass Ben so schnell wie möglich darüber informiert werden wollte.

Sie war noch nicht einmal so weit gekommen, ihm davon zu erzählen.

„Lori, bist du das? Was fällt dir ein, mich einfach so zu

kontaktieren? Ja? Tja, wir haben hier selber gerade mit etwas zu tun, was man als schwierige Situation umschreiben könnte. Die Art von Renne um dein Leben vor der

Explosion-Situation. Nur ich und Cally. Ja, uns geht es gut, obwohl ich jetzt gut und gerne auf die Störung hätte verzichten können. Du. Du bist die Störung. Nichts, Lori, wenn du noch immer sauer bist, ich … na, worum geht es denn dann? Nein, es ist egal, worum es geht, es kann warten. Kann nicht warten? Hör mal, Cally und ich haben zu tun. Wir sind in zwei Tagen wieder da. Dann können wir reden. Nein, Lori. Später. Bis dann."

Sie hatte bei Ben also mittlerweile den Stellenwert einer Störung, richtig? Das war sie also für ihn. Eine Unterbrechung. Eine Belästigung.

Und wenn Ben sie nicht mehr brauchte, dachte Lori missmutig, als sie die Flure der Spy High entlangging, dann brauchte sie ihn auch nicht mehr. Sie konnte ihr eigenes Ding machen, auf ihren eigenen Füßen stehen. Sie würde es ihm schon zeigen.

Lori betrat den Aufenthaltsraum. Das Solo-Team saß um einen Tisch versammelt und lachte gerade über irgendeinen Witz. Lori fragte sich, ob er wohl auf Bens Kosten gerissen wurde – sie hoffte es beinahe.

Simon Macey erblickte sie. Sie sah ihn bedeutungsvoll an.

Dieses Lächeln.

Er trat zu ihr an den Getränkeautomaten. „Wieder ganz alleine, Lori?"

„Nicht ganz", stellte sie fest. „Wovon du vorhin gesprochen hast, Simon …"

„Der Waffenstillstand?"

„Ja, genau. Ich würde es gerne auf einen Versuch ankommen lassen."

SECHS

„Pa?" Jake stand in der Scheunentür.

„Bist du immer noch da, Junge?" Sein Vater hielt nicht inne in seiner Arbeit. Er reparierte eine uralte Maschine, die dort in der Scheune untergebracht war, und schien so beschäftigt, dass er seinen Sohn noch nicht einmal ansah. „Ich habe gehört, wie deine tollen Freunde auf ihren schicken neuen Bikes fortgefahren sind, und dachte, du wärst der Erste, der los ist." Anscheinend war ihm ein neuer Gedanke gekommen. Er hörte auf zu arbeiten. „Es sei denn, du hast deine Meinung geändert. Es sei denn, du willst bleiben."

„Ich gehe, Pa", gab Jake zu. „Die anderen sind nur schon mal vorgegangen, um mir die Möglichkeit zu geben, mit dir zu reden."

Sein Vater nahm die Arbeit wieder auf, mechanisch, monoton. „Du kannst sie noch einholen. Es gibt nichts, was wir zu bereden haben."

„Es gibt wohl etwas. Es gibt mich. Es gibt mich und dich, Pa."

Jake ging einen Schritt weiter in die Scheune hinein. Erzähl's ihm, dachte er. Erzähl Pa von der Spy High. Erzähl ihm, wofür wir in Wahrheit ausgebildet werden: um etwas gegen diese Art von Wahnsinnigen ausrichten zu können, die den Dom zerstört haben, denen es egal ist, wie viele Unschuldige sie verletzen, verstümmeln oder töten als Folge ihrer kranken Ideen. Erzähl ihm von alldem und er wird stolz auf dich sein. Aber Jake war an ein Ehrenwort gebunden, das es ihm verbot, außerhalb der Schule etwas über die Spy High verlauten zu lassen, selbst seinen Eltern gegenüber. „Ich erinnere mich daran, dass du mich immer hierher gebracht hast, als ich klein war", sagte er stattdessen. „Du hast mich immer auf deine Schultern gesetzt, mich hierher gebracht und auf den alten Traktor gesetzt. Weißt du das noch, Pa?"

„Der Traktor ist immer noch da." Das verstand Jake als ein Ja.

„Und du hast mir immer davon erzählt, dass es eines Tages so weit wäre, dass ich an die Reihe käme, den Traktor zu fahren und das Land zu bestellen, dass wir zusammen auf den Feldern arbeiten würden als Vater und Sohn ... Du hast dich darauf gefreut und warst voller Stolz. Das weiß ich."

„Richtig – und ich habe keine Ahnung, warum. Wird jetzt nicht mehr passieren."

„Nein, das wird es nicht, Pa, und irgendwie bedauere ich das. Wirklich." Ein Schulterzucken seines Vaters. Die Schultern waren mittlerweile runder und gebeugter als früher. „Aber als ich klein war, hast du mir mehr beigebracht, als nur Farmer zu sein. Du hast mir selbstständiges Denken beigebracht. Du hast mir das Selbstvertrauen und die Stärke gegeben, meine eigenen Entscheidungen zu treffen. Und ich habe sie getroffen. Sie haben mich von hier fortgeführt. Trotzdem solltest du froh sein, Pa – ich möchte, dass du dich für mich freust. Und wenn es darauf ankommt, so wie jetzt, werde ich immer wieder zurückkommen. Du wirst mich niemals völlig loswerden."

„Wir werden dich also nie los?" War da etwa ein leises Lachen in der Stimme seines Vaters?

„Pa, ich bin nicht du. Ich bin ich. Ich bin Jake Daly. Und ich mache diesem Namen Ehre, sosehr ich kann. Ich sorge dafür, dass unser Name etwas bedeutet. Ich bin vielleicht nicht der Farmersohn, den du dir immer gewünscht hast, aber ich tue etwas Gutes. Ich werde für eine ehrenvolle Sache ausgebildet. Und ich würde wirklich gerne deinen Segen haben, bevor ich gehe."

Sein Vater arbeitete unbeirrt weiter.

„Pa?"

Es nutzte nichts. Keine Pause. Kein Kompromiss.

„Auf Wiedersehen, Pa." Wenigstens hatte er es versucht.

Enttäuscht trottete er zur Scheunentür. Es war, als durchlebe er nochmals eine Szene, die er bereits kannte. Er ging fort, während sein Vater einfach weiterarbeitete.

Doch plötzlich verstummten die Geräusche der Werkzeuge. „Jake, warte." Seine Stimme klang älter, aber es war die Stimme seines Vaters, und das war alles, was zählte.

Sie standen sich im warmen Schatten der Scheune gegenüber.

„Vielleicht begleite ich dich noch ein Stück des Wegs", sagte sein Vater.

Entmutigt betrachtete Ben seine Teamkameraden. Jake: so tief in Gedanken versunken, dass man einen Suchtrupp nach ihm aussenden müsste, wollte man mit ihm während der Rückreise nach Spy High irgendetwas, das annähernd einem Gespräch glich, in Gang bringen. Und Ben war klar, dass er schon ziemlich verzweifelt sein musste, um überhaupt in Erwägung zu ziehen, sich mit Daly freiwillig zu unterhalten.

Jennifer: Aus irgendeinem, ihm unerfindlichen Grund blickte sie mit großen, feuchten Augen und bebenden Lippen in die Welt. Wenn sie glaubte, dass es niemand bemerkte, veränderte sie immer wieder ihre Position so, dass sie in Jakes Blickfeld war; leise und geduldig wartete sie auf irgendetwas und nahm von Bens Gegenwart nicht die geringste Notiz. Vielleicht hatte Jake ja doch noch Glück bei ihr.

Und Cally: In jedem Fall diejenige von den dreien, von der er sich trotz ihrer Meinungsverschiedenheiten im letzten Semester am meisten versprach, aber auch Cally wirkte abgelenkt und nervös. Sie spähte umher, als erwartete sie, jeden Augenblick einen KAOS-Agenten zu entdecken, der mit seiner Negativmaske im Anmarsch war.

Den ganzen Weg von der Grenzzone bis zum Hauptbahnhof von Oklahoma City hatte keiner auch nur ein Wort gesprochen. Ben wusste jetzt schon, dass die nächsten paar Stunden auf einer Ödheit-Skala von eins bis zehn eine Zwölf kriegen würden.

Wenigstens würde ihr Transportmittel nach Boston einige interessante Eindrücke bieten. Der Light Train. Er wartete bereits auf seine Passagiere, glitzernd und strahlend in Silber und Gold, wie eine Schauspielerin bei einer Preisverleihung. Der Light Train war die neueste, fortgeschrittene Version der solargespeisten Transportmittel, die seit über einem halben Jahrhundert immer weiterentwickelt wurden – umweltfreundlich, energiesparend und extrem schnell fuhr er in wenigen Stunden von Küste zu Küste. Ben erinnerte sich an den Werbeslogan: *Reisen Sie mit Lichtgeschwindigkeit.* Eine ziemliche Übertreibung zwar, aber er begriff, worauf man hinauswollte.

Die vier Mitglieder des Bond-Teams kämpften sich durch das Gewimmel von Reisenden auf dem Bahnsteig und bewunderten die Solarsegel am Ende eines jeden Waggons, die sich, sobald der Zug erst einmal die Stadt hinter sich gelassen hatte, auffächern würden wie Pfauenschwänze, gespickt mit unzähligen, winzigen Solarzellen wie Schmucksteine, welche die Sonnenkraft einfingen und speicherten.

„Besser als laufen, würde ich sagen, was, Jake?" Ben stieß seinen Teamkollegen mit dem Ellenbogen in die Seite.

Jake starrte ihn mit ausdrucksloser Miene an.

„Besser als laufen, würde ich sagen, was, Jen?"

Jennifer schien die Frage nicht zu verstehen.

„Cal, besser als laufen, würde ich sagen, was?"

Treffer. Eine Antwort. „Was redest du da, Ben? Laufen wäre wenigstens sicher. Weißt du, was dieser Zug ist? Eine Todesfalle, das ist er, und wir stecken mittendrin, lachen und schwatzen und suchen unsere Plätze. Wir könnten uns genauso gut gleich in eine Todeszelle setzen."

Treffer? Vielleicht sprach doch einiges für Jakes und

Jennifers Schweigen. „Es ist ein Zug, Cally. Jetzt bleib mal locker."

„Hast du mir vorhin nicht zugehört, Ben? Der Light Train ist computergesteuert. Und der KAOS-Virus greift Computer an. Wenn er das System angreift, das den Light Train steuert, während wir an Bord sind, dann kannst du dir den Sherlock-Schild an den Hut stecken. Dann wirst du nicht einmal den morgigen Tag erleben."

Die Türen des Light Trains glitten auf. Leute applaudierten und drängten hinein.

„Tja, Cally, bevor du jetzt anfängst, dir die Klamotten vom Leib zu reißen und das große Wehklagen anzustimmen, vergiss nicht, was KAOS gesagt hat. Eine Woche. Das ist die Frist bis zur nächsten Attacke. Die Explosion im Dom-Kontrollzentrum wurde ja durch ein schon vorher eingeschleustes Virus verursacht."

Cally legte sich spottend eine Hand aufs Herz. „Oh, ich fühle mich jetzt so viel besser, Ben", seufzte sie. „Wie du habe auch ich umfassendes und volles Vertrauen zu den Aussagen eines maskierten Irren, der bereits für den Tod vieler hundert Menschen verantwortlich ist."

„Ja, na ja", stammelte Ben verlegen, „Vertrauen ist schon eine tolle Sache, was?"

„Nicht, dass ich wüsste", sagte Cally. „Ich vertraue niemandem."

Als ob sie ihren Standpunkt unterstreichen wollte, ließ sie ihre Blicke wachsam über den Bahnsteig gleiten. Die anderen Passagiere drängelten sich an Bord, fröhlich, hektisch, vollauf mit sich selbst beschäftigt sahen sie der bevorstehenden Reise mit gespannter Erwartung entgegen.

Ein verschwommener Fleck Menschen, ein verschwommener Fleck Leben, und keines davon hatte etwas mit Cally zu tun.

Ein Mann starrte sie an. Aus einiger Entfernung, durch eine Menschentraube hindurchspähend, wirkte es, als erkenne er sie.

Cally hatte gerade genug Zeit, diese Tatsache zu registrieren und zu sehen, dass der Mann blass war. Ein unscheinbarer Mann, der vor irgendetwas Angst zu haben schien. Cally bemerkte, dass er einen Diplomatenkoffer bei sich trug. Sie konnte sich nicht erinnern, diesen Mann je zuvor gesehen zu haben. Schließlich war er aus ihrem Blickfeld verschwunden und tauchte nicht wieder auf.

Cally runzelte die Stirn. Vielleicht hatte es ja auch nichts weiter zu bedeuten. Vielleicht aber doch. So wie es im Spy-High-Handbuch stand: Nichts ist zu gering, um von Bedeutung zu sein. Kleinste Hinweise können Leben retten.

„Geht es dir gut, Cal?", sprach Ben sie an. „Du siehst aus, als hättest du ein Gespenst gesehen."

„Noch nicht", sagte sie. Das Spy-High-Handbuch besagte: Lass deine Gefühle nie unberücksichtigt. Mittels deiner Gefühle warnt dein Unterbewusstsein dein Bewusstsein, auf der Hut zu sein. „Aber ich habe kein gutes Gefühl."

„Ach, Cal, jetzt mach, dass du einsteigst", sagte Ben und schob Cally sanft auf die Zugtür zu, „oder wir werden noch bis zur Küste laufen dürfen. Mach dir keine Sorgen wegen deines Gefühls, das ist wahrscheinlich nur so ein Mädchending."

„Wie bitte? Stanton, du Sexist ..."

Mit einem Zischen schlossen sich die Türen des Light Trains hinter ihnen.

Sie setzten sich auf die für sie reservierten Plätze in dem Waggon hinter der Lok. Ihre Stewardess informierte sie über die Serviceleistungen, über die Erfrischungen und Unterhaltungsprogramme, die zur Verfügung standen. Cally hörte nicht zu. Sie lauschte auf den Zug, der sich jetzt in Bewegung setzte, den Bahnhof hinter sich ließ und aufs offene Land zuhielt. Sie wartete auf das gedämpfte elektronische Rauschen, mit dem sich die Solarsegel entfalteten, die wie Diamanten in der Sonne glitzerten.

„Ist es jetzt besser, wo wir unterwegs sind?", fragte Ben.

Cally antwortete nicht. Warum auch? Was immer jetzt passieren würde, es war nicht mehr aufzuhalten. Sie saßen in diesem Zug in der Falle. Und die Waggons? Ja, die Waggons sahen aus wie Särge.

Eddie war nicht glücklich und er hatte den ganzen Morgen lang dafür gesorgt, dass Lori wusste, dass er nicht glücklich war. „Weißt du, Lori", erklärte er gerade (und nicht zum ersten Mal), wobei er sie fast gegen den Getränkeautomaten quetschte, „wenn die letzten paar Wochen die ersten Kapitel eines Romans wären, dann hätte ich praktisch nichts zu tun, weißt du, was ich meine?"

„Ich weiß, was du meinst, Eddie", bestätigte Lori. Natürlich wusste sie es.

„Ich meine, ich wäre gerade mal auf ein paar Seiten vorgekommen, vielleicht zehn, und dann hätte ich lediglich für eine bisschen Erheiterung sorgen dürfen, hier und da mal ein Sprüchlein."

„Schön wär's", murmelte Lori, machte ihre harte Bemerkung aber sofort wieder gut, indem sie bestätigte: „Du hast Recht, Eddie." Sie sah auf den Eingang zum Aufenthaltsraum. Sie wartete auf jemanden.

„Ich meine, zieh dir das mal rein: Wenn der Autor des Buches glaubt, er muss eine Figur sterben lassen, keine Ahnung warum, um die Verkaufszahlen anzukurbeln oder so, was glaubst du, wen er wohl auswählen würde? *Ah, hier stecken Sie also, Mr Nelligan, lungern hier nutzlos am Rand herum.* Das würde er sagen. *Sie leisten keinen Beitrag zum Geschehen. Die Leser haben keine Beziehung zu Ihnen aufgebaut. Zeit, Auf Wiedersehen zu sagen.* Ich meine, wenn wir Figuren in einem Roman wären, Lori, dann wäre für mich bereits lange vor der Abschlussprüfung der Ofen aus."

„Du hast Recht, Eddie. Es ist zum Heulen."

Aber sie konnte nicht anders als zu lächeln. Und sie konnte nicht anders als lachen zu wollen. Nicht wegen Eddie. Simon Macey stand in der Tür.

„Und das ist alles so ungerecht", jammerte Eddie. „Ich kann mich nützlich machen. Ich kann etwas Bedeutendes leisten, wenn man mir die Gelegenheit dazu gibt. Ich habe verborgene Talente, ja die hab ich. Und sag jetzt nicht *sehr gut verborgene*. Sag es nicht. Du hast es nicht gesagt. Das mag ich so an dir, Lori, du ignorierst mich nicht einfach wie die anderen, du bist irgendwie verständnisvoll, verstehst du, eine gute Zuhörerin."

„Entschuldige Eddie, was hast du gerade gesagt?“ Simon huschte aus dem Aufenthaltsraum, winkte sie zu sich. „Hör mal, ich muss jetzt gehen. Ich seh dich später.“

„Lori? Häh?“ Eddie wandte sich mit übertriebener Verzweiflung an den Getränkeautomaten. „Ach, wenigstens du wirst mich nicht verlassen, oder? Wollen wir vielleicht mal ausgehen? Sie nennen mich auch die Love-Machine, wusstest du das?“

Simon wartete im Flur auf sie. „Ich dachte mir, du wolltest nicht gerade mit mir reden, wenn Nelligan in der Nähe ist.“

„Oh, Eddie ist immer in der Nähe“, lächelte Lori. „Und warum auch nicht? Dieser Waffenstillstand betrifft ja nicht nur dich und mich, richtig? Es betrifft dein Team und mein Team und Eddie ist ein Sechstel meines Teams.“

„Ja, ja schon gut.“ Simon grinste sie frech an, „für den Augenblick würde ich mich aber lieber auf uns beide konzentrieren. Mal sehen, wie weit wir kommen.“

„Wie weit hoffst du denn zu kommen, Simon?“, hörte Lori sich fragen.

„Wie wäre es mit den Gärten für den Anfang?“

Also spazierten sie durch die College-Gärten und redeten miteinander, obwohl Lori nach einer Weile auffiel, dass sie die Unterhaltung dominierte, ganz so, wie Eddie es in ihrem Gespräch vorhin getan hatte. Sie erzählte Simon Dinge, private Dinge. Und er sog sie auf wie ein Schwamm und ermunterte sie dazu, mehr zu erzählen. Anscheinend störte er sich nicht daran, dass sie eigentlich nur einen Monolog führte. „Nein, ich muss jetzt aufhören, ich muss aufhören“, lachte sie verlegen. „Das kannst du nicht alles hören wollen. Selbst mein Psychiater würde das nicht hören wollen. Nicht dass ich einen habe, Simon, keine Angst! Aber ich hab dich bestimmt zu Tode gelangweilt. Ich bin eher langweilig, fürchte ich."

„Ja? Also wenn das der Fall ist – wer braucht dann noch Aufregung?"

Lori schoss die Röte ins Gesicht. „Oh, Simon …"

„Oh, Lori …" Simon grinste. „Gab es da nicht mal einen Song, der so hieß, vor hundert Jahren oder so?"

„Sei nicht blöd." Voller Scheu.

„Nein, ich glaube, den gab es echt. Sie spielen ihn manchmal auf *Sounds des 20sten Jahrhunderts*. Und wenn es keinen gegeben hat, dann hätte es einen geben sollen. Aber es gab ihn, geschrieben vor einer Ewigkeit, nur weil es dich eines Tages geben würde."

„Jetzt bist du wirklich blöd." Lori lachte, dann seufzte sie. „Weißt du …"

„Noch nicht, es sei denn, du sagst es mir."

„Es ist wirklich schade, dass ich … wir bislang so wenig von dir wussten, Simon", jammerte Lori. „Dass wir nicht wussten, wie du wirklich bist. Wir hätten so viel böses Blut vermeiden können. Die Dinge hätten ganz anders laufen können."

„Ich weiß." Simons Augen glitzerten. Vielleicht wirkten sie ein klein wenig kalt, vielleicht ein bisschen wie Eis. „Überleg mal, wie anders, wenn du ins Solo-Team gekommen wärst anstatt ins Bond-Team."

„Ja."

„Wenn du mich vor Ben kennengelernt hättest."

Lori musste den Blick senken. Sie wusste, was Simon

meinte. Es verwirrte sie und tat ihr weh, dass sie sich zumindest ein wenig wünschte, dies wäre der Fall gewesen. „Aber so war es nicht, Simon", sagte sie langsam. „Ich bin im Bond-Team. Ich bin mit Ben zusammen. Und Ben kommt morgen zurück."

„Morgen?" Simon schien erfreut zu sein. „Dann habe ich ja hierfür noch genug Zeit."

Sie wusste, was „hierfür" war. Lori sah auf, mit bittenden Augen. Um den Kuss zu empfangen oder ihn zu verhindern? Wie auch immer, es passierte. Simon küsste sie. Simons Arme umschlossen sie.

Sie konnte sich nicht mehr aus der Umarmung lösen.

Der Light Train beschleunigte. Er raste pfeilschnell über die Ebenen; seine Solarsegel hinterließen eine gleißend weiße Feuerspur in der Luft, die der Zug geschmeidig durchschnitt. Passagiere, insbesondere die jüngeren unter ihnen, pressten ihre Gesichter gegen die Fenster, waren atemlos begeistert von der hohen Geschwindigkeit.

Cally gehörte nicht dazu.

„Irgendwas stimmt hier nicht", beharrte sie. „Irgendwas ist hier faul."

„Das Einzige, was hier nicht stimmt", seufzte Ben, „sind deine grundlosen Befürchtungen. Lass von dieser Paranoia ab. Entspann dich. Trink etwas." Er prostete seiner besorgten Kameradin mit seinem eigenen Glas zu.

Doch die nahm es ihm postwendend aus der Hand und leerte den Inhalt in einem Zug.

„Hey!" Ben wusste nicht, ob es ihn belustigte oder verärgerte. „Ich meinte doch nicht meine Cola. Was fällt dir eigentlich …?“

„Halt die Klappe und schau her“, herrschte Cally ihn an. „Ich beweise es dir.“ Verblüfft sah Ben ihr zu. Genau wie Jake und Jennifer, denen allmählich aufging, dass Cally es bitterernst meinte. Sie stellte das leere Glas in die Mitte des Tisches zwischen ihnen.

„Und?“ Ben wurde allmählich ungehalten. Wenn tatsächlich irgendetwas nicht in Ordnung wäre, würde er als Teamführer das ja wohl als Erster bemerken. „Was? Sollen wir jetzt alle unsere Hände drauflegen und die Geister beschwören?“

„Benutz deine Augen, Ben.“ Cally war nicht zum Lachen zumute. „Sieh auf das Glas.“

„Es zittert“, beobachtete Jennifer. Und tatsächlich. Das Glas bewegte sich beinahe unmerklich.

Ben griff sich ans Herz. „Ich bin schockiert! Ich kann klar und deutlich die Schlagzeile sehen: *Glas vibrierte durch Zugbewegung. Tragödie im Light Train. Viele Getränke verschüttet.*“

„Schalt dein Hirn ein“, forderte Cally entnervt, als das Glas ein bisschen heftiger ruckelte und auf dem Tisch weiter nach vorne rutschte. „Es dürfte überhaupt keine Vibrationen in diesem Zug geben. Dieser Zug sollte absolut ruhig fahren, eine Wasserlache ohne Kräuselungen sozusagen. Das heißt“, sie warf einen Blick in die Runde ihrer Teamkameraden, „sofern die Geschwindigkeit wie vorgesehen unter Kontrolle ist.“

Der Light Train beschleunigte die Fahrt.

Der Waggon ruckte. Beträchtlich. So, als hätte er auf

einmal die Gleise gewechselt. Für einen kurzen angsterfüllten Moment schrien die Leute auf, als sie mit ihren Gesichtern gegen die Fensterscheiben stießen. Dann lachten sie, um die Schrecksekunde zu überspielen. Das Glas glitt in Callys Schoß.

„Seht ihr jetzt, was ich meine?" Bestürzung und Trotz schwangen gleichermaßen in Callys Stimme mit. „Etwas ist hier nicht in Ordnung. Wir fahren zu schnell. Wir sind außer Kontrolle geraten."

Der Light Train beschleunigte die Fahrt. Jetzt schwankte er von einer Seite zur anderen, als wolle er aus den Gleisen ausbrechen.

Im Waggon erhob sich sorgenvolles Gemurmel, noch keine Panik, aber ein Anflug nervöser Verunsicherung. Die Armlehnen der Sitze wurden fester umklammert. Ein Kind fing an zu weinen.

„Wir müssen den Zug anhalten", erklärte Cally, die inzwischen aufgestanden war und Mühe hatte, das Gleichgewicht zu halten.

Ben erhob sich ebenfalls. „Warte! Du kannst doch nicht einfach ... Sollten wir nicht besser ...?"

Aber Cally knöpfte sich bereits die Stewardess vor. „Es tut mir leid, aber wir müssen den Zug anhalten. Reden Sie mit dem Lokführer und veranlassen Sie ihn, den Zug zu stoppen. Dies ist ein Notfall."

Die Stewardess nahm ihre *Beruhige den unvernünftigen Passagier, ohne zu herablassend zu wirken*-Haltung ein, lächelte nichtssagend und zeigte blendend weiße Zähne. „Bitte kehren Sie an Ihren Platz zurück, Miss." Als wäre es eine im Voraus aufgezeichnete Aufnahme. „Ich kann Ihnen versichern, dass es keinen Anlass zur Sorge gibt." Pinkfarbene Flecken auf ihren Wangen verrieten die Lüge hinter ihren Worten.

„Ja, klar. Hören Sie nur ein einziges Mal zu. Halten. Sie. Den. Zug. An."

„Nun, Miss, bitte kehren Sie …"

„Halten Sie den verfluchten Zug an, sind Sie taub?"

„Ich kann Ihnen versichern, Miss …"

„Na gut, wenn Sie nicht wollen …"

„Cally, nein!"

Cally drückte auf den nächsten Notbremse-Knopf. Die Stewardess reckte sich, um sie davon abzuhalten. Ben machte einen Satz, um sie davon abzuhalten. Doch der Zug bockte erneut, sodass ihre Bemühungen vergebens waren. Eine automatische Stimme teilte mit: „Nothalt aktiviert."

Aber die Geschwindigkeit verringerte sich nicht. Jeder im Zug schien den Atem anzuhalten. Was würde nun passieren?

„Nothalt deaktiviert. Genießen Sie die Fahrt."

Jetzt brach Panik aus. Jetzt erklangen Schreie, Weinen und das verlorene Jammern von Kindern, die geglaubt hatten, ihre Welt sei ein sicherer Ort.

Jetzt war für das Bond-Team die Zeit zum Handeln gekommen.

Jake und Jennifer standen um ihr Gleichgewicht bemüht neben Ben und Cally, während der Zug von rechts nach links geschleudert wurde.

„Glaubt ihr mir jetzt?", Cally konnte sich die Bemerkung nicht verkneifen. Die Stewardess hatte Cally vergessen; inmitten all der verängstigten Passagiere, die sie bestürmten, versuchte sie vergeblich ihr Firmenlächeln beizubehalten. Es war nicht ihre Hand, die Callys Schulter wie ein Schraubstock umschloss.

Sie wirbelte herum. Sie ahnte bereits, dass es der Mann vom Bahnsteig war.

„Ich bin tot!“ Sein Gesicht war zu einer Maske des Entsetzens verzerrt. „Wenn ihr nichts unternehmt, um mich zu retten, sind wir alle tot. Ihr müsst etwas tun!“

„Warten Sie mal kurz“, mischte Ben sich ein. „Wer sind Sie?“

„Er ist hinter mir her!“, stöhnte der Mann, als wäre das eine sinnvolle Antwort. „Er weiß, dass ich hier bin. Er wird nicht ruhen, bis er mich wie all die anderen getötet hat. Helft mir! Rettet mich!“

„Wir …“ Die Dinge entwickelten sich zu schnell, sogar für Ben.

„Ihr seid die Einzigen, die mir helfen können. Ich kenne euch. Ich habe euch schon einmal gesehen.“ Der Mann fummelte an seinem Diplomatenkoffer herum, dessen Inhalt sich auf den Tisch ergoss. „In Dr. Frankensteins Labor.“ Am Boden des Aktenkoffers befestigt war eine Maske. Eine Maske mit einer sich verändernden, schillernden Oberfläche. Eine Maske wie ein Fotonegativ.

„KAOS“, keuchte Cally.

„Nemesis!“, stöhnte der Mann. „Er wird uns alle umbringen!“

Und der Light Train beschleunigte die Fahrt.

SIEBEN

„Bitte kehren Sie auf Ihre Plätze zurück, Ladys and Gentlemen!“ Die Stewardess unternahm einen lauten, wenn auch erfolglosen Versuch, sich durchzusetzen. „Ich kann Ihnen versichern …“, ein Sturm des Protestes, „… dass es keinen Anlass zur Sorge gibt.“ Es wäre ihr leichter gefallen, die Passagiere der Titanic davon zu überzeugen, dass es eine ideale Nacht zum Baden war.

Ben und Jake packten den verängstigten Mann gleichzeitig am Kragen. „Was sagen Sie da?“, drängte Jake. „Sie sind es? Sie sind der KAOS-Agent aus Frankensteins Labor? Der Typ, der froh war, uns sterben zu sehen?“

„Ja, ja, ja“, winselte der Mann jämmerlich.

„Aber jetzt sind Sie wohl nicht mehr der große Macher, was?“, höhnte Jennifer, in Gedanken bei der Genkammer.

„Jetzt verstehe ich auch, warum Sie die Maske brauchen“, spottete Ben.

Cally beobachtete die Stewardess. Sie benutzte einen Kommunikator, anscheinend um zu versuchen, den Lokführer in seinem Führerstand zu erreichen. Die Lokführer fuhren die Züge nicht mehr wirklich, sie überwachten nur noch die Computer, welche die Züge steuerten. Der Führer des Light Trains war offenbar kein Mann der großen Worte.

„Es scheint mir nicht möglich zu sein …" Die Stewardess schüttelte den Kommunikator, als ob das etwas bewirken könnte. „Keine Antwort." Auch ihr Lächeln funktionierte nicht mehr. „Ich muss … Es ist mir eigentlich nicht gestattet, aber dies ist ein Notfall …" Sie torkelte wie eine betrunkene Seiltänzerin den Waggon entlang auf die Verbindungstür, die Tür zum Kontrollraum, zu.

„Was machen Sie hier?", fuhr Ben den angstvoll wimmernden KAOS-Agenten an. „Woher wussten Sie, dass wir in dem Zug sitzen würden?"

„Das wusste ich nicht. Zufall. Ich bin beauftragt worden, mir das Ergebnis unserer Arbeit anzusehen, das Chaos, das wir verursacht haben, aber jetzt spielt das alles keine Rolle mehr. Wir sind auch Opfer!"

Die Stewardess stolperte oder knickte um. Sie verlor jedenfalls das Gleichgewicht und fiel gegen die Verbindungstür. Es gab ein helles, elektrisches Blitzen, das plötzliche Zischen von verbrennendem Fleisch. Die Stewardess schrie. Alle schrien. Aber die Stewardess schrie nur ein einziges Mal.

„Sie ist tot! Sie ist tot!" Es ist bezeichnend für Menschenmengen, vor allem für solche, die in Panik geraten, das Offenkundige festzustellen.

Die Metallwände des Waggons schimmerten und pulsierten mit tödlicher Energie.

„Zeit an die Arbeit zu gehen", sagte Ben entschlossen. „Irgendwelche Vorschläge?"

„Ja, wie wäre es, wenn wir unseren Scherzbold hier dazu zwingen, die Verbindungstür zu öffnen", schlug Jennifer mit finsterer Miene vor.

„Nein! Ihr braucht mich!“, protestierte der KAOS-Agent und packte Jake am Arm. „Ihr braucht mich. Ich kann euch alles über Nemesis erzählen. Nemesis ist jetzt euer Feind, nicht ich.“

Wieder ruckelte der Zug auf den Gleisen. Es schüttelte ihn wie kurz vor einer Detonation.

„Dann reden Sie“, befahl Cally barsch, „und machen Sie schnell.“

Der KAOS-Agent nickte, fuhr sich mit der Zunge über die spröden Lippen. „Nemesis ist ein Computervirus. Ein Supervirus. Wir haben ihn erschaffen, die Wissenschaftler von KAOS. Wir haben ihn mit Intelligenz ausgestattet. Wir haben ihm ein bestimmtes Maß an Unabhängigkeit gegeben.“

„Ein Virus, der denken kann“, sinnierte Cally, fast schon bewundernd.

„Wir haben ihm eine über allem stehende Priorität einprogrammiert – die zu zerstören!“

„Netter Charakterzug“, sagte Jake.

„Aber wir haben zu gute Arbeit geleistet. Wir haben Nemesis zu viel Freiheit gegeben und am Ende wollte er immer mehr. Er begann zu wachsen und sich aus eigenem Antrieb weiterzuentwickeln. Und jetzt ist Nemesis vollkommen eigenständig. Er braucht uns nicht mehr. Er will leben, und um das zu erreichen, müssen alle sterben, die für ihn eine Bedrohung darstellen könnten. Das bezieht mich mit ein. Er weiß, dass ich hier bin. Ich bin ein toter Mann!“

„Das werden Sie in der Tat sein, wenn sie nicht sofort Ihre Finger von mir nehmen“, warnte Jake.

Cally stürzte sich auf ihre Tasche, wühlte darin herum.

„Hey, Cal", rief Ben, „es ist jetzt nicht gerade der richtige Zeitpunkt, um nachzusehen, ob du auch alles eingepackt hast."

Mit einem Triumphschrei förderte Cally eine Computerdiskette zu Tage. „Nur gut, dass ich's gemacht habe."

„Was soll das sein?"

„Eine kleine Sache, an der ich seit der ersten KAOS-Attacke arbeite. Es ist ein Anti-Viren-Programm. Ich bezweifle, dass es gut genug ist, um Nemesis zu eliminieren, aber es dürfte ihn eine Weile beschäftigen, während ich die Computer des Zugs lahmlege."

„Klingt gut", sagte Ben. „Los geht's."

„Wohin?" Der KAOS-Agent brach in hysterisches Gelächter aus. „Ihr kommt doch noch nicht einmal in den Führerstand. Die Türen stehen unter Strom."

„Wer hat irgendwas von Türen gesagt?", erwiderte Ben grinsend. Er zeigte zum Dach. „Wir werden die Route mit der schönsten Aussicht nehmen."

„Also jetzt noch mal langsam zum Mitschreiben", sagte Lori, als sie und Simon Macey übers Collegegelände schlenderten. „Dieser ganze Waffenstillstand war nur ein Vorwand? Nur eine Ausrede, damit du mich näher kennenlernst?"

„Nicht ganz. Du kennst doch das alte Sprichwort von den zwei Fliegen und der Klappe."

„Ein sehr schmeichelhafter Vergleich, ohne Frage."

Simon lachte. „Nein, ich glaube, wir brauchen einen

Waffenstillstand. Es ist nicht gut, wenn sich die beiden besten Teams der Spy High gegenseitig an die Gurgel gehen. Ich glaube, wir brauchen Frieden untereinander. Aber noch mehr brauche ich dich."

Lori schüttelte den Kopf. „Du darfst so nicht reden, Simon." Oder so lächeln. Oder so sanft sein. „Ich weiß nicht. Ben ..."

„... ist nicht hier", sagte Simon. „Es gibt nur dich und mich. Im Moment. Vielleicht auch über den Moment hinaus. Das liegt ganz bei dir, Lori."

Sie schüttelte den Kopf. „Ich brauche Zeit. Ich muss nachdenken. Ben und ich hatten zwar in der letzten Zeit unsere Meinungsverschiedenheiten, aber ich glaube, dass wir noch immer ... Ich meine, dass ich immer noch ..."

„... wenn du noch Zeit brauchst, ist das okay." Simon übte keinen Druck auf sie aus (abgesehen von dem Lächeln).

„Also, kein Rumgeknutsche mehr", fasste Lori zusammen. „Nichts mehr dergleichen. Nicht, ehe ..."

„Euer Wunsch ist mir Befehl, meine Holde." Simon machte eine alberne Verbeugung. „Aber ich kann heute doch noch den Tag mit dir verbringen, oder?"

„Wenn's sein muss", seufzte Lori, war insgeheim aber auch erfreut darüber, „doch ich werde nichts Aufregendes machen. Ich muss noch etwas am Computer arbeiten."

Simon lächelte ein anderes Lächeln; wäre Lori ein wenig wachsamer gewesen, hätte sie bemerkt, dass es ein Lächeln war, das etwas Verschlagenes hatte. „Computer ist gut", sagte er.

Aber er hielt Wort. Auf dem Weg zum Computerraum

der Studenten versuchte er weder sie zu küssen noch sie zu berühren, auch nicht, als sie sich ihre Rechner ausgesucht hatten und Lori sich einloggte. Simon Macey loggte sich nicht ein. Seine Finger schienen geschäftig die Tastatur zu bedienen, aber seine Augen ruhten auf Loris Fingern, auf ihrem Keyboard. Wie ein Schüler, der seinen Lehrer beobachtete. Oder ein Schwindler, der die Arbeit eines anderen kopieren wollte.

Erst nach und nach bemerkte Lori sein reges Interesse an ihr. Sie wandte sich ihm zu und lächelte vertrauensvoll. „Kann ich dir helfen?"

„Sprechen wir jetzt von Computern oder …? Nein, alles in Ordnung. Ehrlich. Es ist nur … Mir ist gerade noch etwas eingefallen, das ich noch machen muss. Sieht so aus, als würden wir uns doch erst später sehen."

„Das Leben kann grausam sein", erklärte Lori mit gespielter Trauermiene.

„Ja, das ist wahr."

Und Simon lächelte. Ob er das tat, weil Lori ihn anlächelte oder weil er jetzt ihr persönliches Passwort kannte, das war schwer zu sagen.

Sie sprühten reichlich Clingskin auf, eine dicke Schicht. Die Trainingswand in Spy High war eine Sache. Aber die Wände des Light Trains, der in einem beängstigenden Tempo von Hunderten von Meilen die Stunde durch die Landschaft raste und von einem psychotischen Computervirus gesteuert wurde, waren wiederum etwas ganz anderes.

„Jacken aus", befahl Ben. „Wir müssen so stromlinienförmig wie möglich sein."

„Schade, dass wir nicht unsere Schockanzüge tragen", sagte Cally.

„Ein guter Geheimagent macht von dem Gebrauch, was er gerade bei sich hat", zitierte Ben.

„Hier spricht er, unser Handbuch-Experte", grunzte Jake. „Denk dran, auf wessen Programm wir uns hier verlassen, Ben."

„Nitronägel", sagte Jennifer. „Wir haben alle einen. Zwei für das Fenster hier, zwei für den Führerstand."

Übereinstimmendes Nicken ringsum. Jennifer und Jake pulten die dünne Schicht explosiven Materials ab, das unsichtbar einen ihrer Fingernägel überzog, und klebten es je an ein Fensterende.

Die anderen Passagiere beobachteten die Aktivitäten des Bond-Teams und rückten immer näher heran, suchten verzweifelt nach irgendeinem Zeichen der Hoffnung. Doch jetzt befahlen ihnen diese höchst eigenartigen Jugendlichen „Zurücktreten! Zurücktreten, Leute, bitte!" Mit welchem Recht sprachen Teenager so mit Erwachsenen? Warum um alles in der Welt sollten sie zurücktreten? Und was sollte diese kaugummiartige Masse am Fenster?

Die Explosion beantwortete alle drei Fragen.

Die Außenhülle des Waggons war nun durchlöchert. Draußen peitschte der Wind entlang, bereit, jeden ins Jenseits zu pusten, der dumm genug war, sich aus dem zerborstenen Fenster herauszuwagen. Instinktiv flohen die Passagiere ans andere Ende des Waggons.

Das Bond-Team machte sich bereit.

„Das schafft ihr nie!“, brüllte der KAOS-Agent. „Das ist Selbstmord.“

„Wir schaffen es!“, sagte Ben. „Ganz sicher.“

„Dann lasst uns mal loslegen“, drängte Cally.

Sie hüpfte auf den Tisch und versuchte, so gut es ging, ihr Gleichgewicht zu halten, während der Wind bereits an ihren Haaren riss und zerrte wic ein ungezogener Schuljunge. Sie drehte dem kaputten Fenster den Rücken zu und duckte sich tief.

Dann sprang Cally aus dem Zug.

Die Reisenden schrien erschrocken auf und drängten sich an das unbeschädigte Fenster, weil sie glaubten, dort im nächsten Augenblick zu sehen, wie Callys Körper ins ewige Vergessen geschleudert wurde. Doch sie sahen nichts dergleichen, keine Cally, nirgendwo. Ihre ungläubigen Blicke wanderten wieder zu den Gefährten des offenbar spurlos verschwundenen Mädchens.

„Wer kommt als Nächstes?“, drängte Ben. „Wir wollen Cally doch nicht den ganzen Spaß allein überlassen.“

Jake folgte dem Beispiel seiner Teamkameradin, dann Jennifer.

„Was ist mit mir?“, winselte der KAOS-Agent und zupfte an Bens Arm wie ein Hund, der um sein Fressen bettelt. „Du kannst mich nicht hier zurücklassen.“

„Warum nicht?“ Ben grinste spöttisch. „Sie gehen nirgendwohin. Ich hingegen …“

Raketenartig schnellte Ben aus dem Fenster.

Der Wind traf ihn wie ein Schlag in den Magen. So unvermittelt, so kalt. Ben konnte kaum atmen, so gut wie nichts sehen. Allein Instinkt und Training befähigten ihn, mit seiner Hand gegen die Wand des Zuges zu schlagen, bevor er seine Chance und damit sein Leben vertan hatte. Er ließ seine Beine baumeln, dann holte er Schwung und brachte seine Schuhe in Kontakt mit dem Metall. Die Clingskin funktionierte. Ben war eine Klette auf dem frostigen Fleisch eines dahinrasenden Zuges.

Die Taten, die man so nebenbei vollbrachte, um die Welt zu retten.

Was aber auf keinen Fall passieren durfte, war, dass er den Anschluss an die anderen verlor. Cally schob sich bereits Stückchen für Stückchen über das Dach des Zuges und hielt dabei ihren Körper so flach wie möglich, fast als gehöre sie zu einem Einsatzkommando beim Nachtmanöver. Jake und Jennifer waren dicht hinter ihr. Sie hatten die Köpfe gesenkt, um sich vor dem aufprallenden Wind zu schützen; Jens Haar strömte an ihr herab wie verschüttete Farbe, aber wenigstens hatten beide schon die Wand des Waggons erklommen.

Ben schob sich nach oben. Es ging nur langsam und mühevoll voran. Die Luft schien sich in Beton verwandelt zu haben. Als würde man von einem Hammer getroffen werden. Er musste die Augen zukneifen, fürchtete auf irrationale Weise, dass der Wind, der hart auf sein Gesicht traf, ansonsten seine Augäpfel nach innen drücken würde. Morgen würde er höllische Kopfschmerzen haben – falls er morgen noch lebte.

Er erreichte das Dach, endlich, ließ seine linke Hand nach oben gleiten, schob sie über die Kante, wollte mit seiner Rechten gleichauf ziehen. In diesem Moment schlingerte der Zug. Bens rechte Hand löste sich und griff in die Luft, ins Nichts. Das Nichts schnappte sich die Hand. Und zog daran.

Ben schrie in einem plötzlichen Anflug von Angst auf, als seine rechte Körperhälfte vom Zug losgerissen wurde, er dem Fahrtwind, der an ihm zerrte, hilflos ausgeliefert war. „Jen! Jennifer! Hilf mir!"

Jennifer erkannte die Gefahr, in der sich ihr Teamkamerad befand, kroch näher, um mit ihrer Hand an ihn heranzureichen. Auch Jake reagierte.

„Halt dich fest, Ben!", schrie Jennifer. „Halt dich einfach nur fest!"

„Was sollte ich wohl sonst machen, häh?" Mit einem Solarsegel, das beängstigend dicht hinter ihm war. Wenn er jetzt losließe, wenn er jetzt völlig vom Zug losgerissen würde, dann würde er mit einer solchen Wucht dagegengeschmettert werden, dass die hübschen, glänzend weißen Lichter mit Rot bespritzt wären, wenn auch nur für ein paar Sekunden. Ben griff nach Jennifers Hand. „Beeil dich! Ich kann mich nicht mehr lange halten!"

Jennifer lag flach auf dem Dach des Zuges. Jake näherte sich ihr von hinten, stemmte sich hoch, so weit, wie er es wagte, und schob sich über Jennifer, bis er ganz auf ihr lag. So fest es ging, presste er sich gegen sie, sodass Jennifer doppelt gesichert war – durch ihre eigene Clingskin und die von Jake –, während sie vorsichtig ihren linken Arm nach Ben ausstreckte und ihre Hand in den Luftsog hineinbewegte.

„Ben, greif zu! Schnell!"

„Das brauchst du ..." Ben nahm all seine Kraft zusammen, wand sich, verrenkte sich, zwang seinen Körper, ihm trotz des Windes zu gehorchen. „… mir nicht …“ Und dass er sich ausgerechnet auf Daly und Chen verlassen musste, darauf, dass sie ihn retteten. Das nannte er demütigend. „… zu sagen.“

Ihre Hände trafen sich. Hielten sich. Jennifer stieß Bens Hand gegen das Dach. Die Clingskin tat, wozu sie bestimmt war. Ben jauchzte erleichtert.

Gedemütigt zu werden war besser als tot zu sein. Wenn auch nicht viel besser.

Aber immerhin gab es keine weiteren Pannen. Ben hievte sich aufs Dach und bedeutete mit einem Nicken, dass sie sich weiter nach vorn durchschlagen sollten, zur Lok. „Danke!“ Er fühlte sich verpflichtet, das zu sagen.

„Was?“

Jake hatte natürlich sehr wohl verstanden.

Als sie sich dem Führerstand näherten, schien der Wind immer schneidender zu werden, immer unerbittlicher. Jetzt einen Fehler zu begehen, würde das Ende bedeuten, ohne Chance auf Rettung.

Die Frontscheibe befand sich direkt vor ihnen. Sie verlief in einer Schräge auf die Nase des Zugs zu. Sie unternahmen das gleiche Manöver wie zuvor, nur dass dieses Mal Jake auf Ben lag, während Jennifer Cally den gleichen Dienst erwies, sodass sie die Nitronägel vorbereiten und platzieren konnten. Ben fragte sich, ob Jennifer diese Situation mehr genossen hatte, als er es jetzt tat. Nein, das war keine Frage. Das hatte sie auf jeden Fall.

Noch nie war er so froh gewesen, eine Nitronagel-Explosion exakt nach Lehrbuch zu sehen.

Das Bond-Team schwang sich in den Führerstand. Alle vier rangen nach Luft und zitterten vor Anstrengung. Erwartungsgemäß war der Lokführer tot – Stromschlag. Sein Körper lag zusammengesunken an der Tür, als hätte er noch versucht nach draußen zu gelangen, nachdem ihm bewusst geworden war, dass er den Zug nicht länger unter Kontrolle hatte.

Cally vergeudete keine Zeit, sondern kämpfte gegen den peitschenden Wind an, um sich selbst am Kontrollpult niederzulassen. Ihre Finger begannen mit fast übermenschlicher Geschwindigkeit zu tippen.

Der Light Train beschleunigte die Fahrt noch weiter, als ob der Nemesis-Virus wusste, dass er bedroht wurde, und fest entschlossen war, den Zug noch entgleisen zu lassen, bevor er gestoppt werden konnte.

Der Boden ratterte, vibrierte. Die überhitzten Räder quietschten auf Gleisen, die für diese Geschwindigkeit nicht gemacht waren.

Cally legte ihre Diskette ein und versuchte wieder und wieder das System manuell abzuschalten. Es musste nur einmal eine Verbindung entstehen. Wenn es doch nur ein einziges Mal eine Verbindung gäbe.

Die anderen wurden alle auf eine Seite geschleudert und landeten der Länge nach auf dem Boden. „Wir brauchen gute Neuigkeiten, Cal", sagte Jake, „und zwar bald."

„Mein Gott", keuchte Cally. Auf dem Bildschirm vor ihr geschah etwas. Etwas nahm Form, nahm Gestalt an. Dieses Etwas – das wusste sie – war Nemesis. Der Virus lebte, so wie der KAOS-Agent behauptet hatte. Er hatte sich selbst eine Identität gegeben. Er hatte sich selbst einen Körper geschaffen. Jetzt starrte er Cally vom Bildschirm aus an, mit unbändigem, unverhohlenem Abscheu, und sie spürte, dass Nemesis sie von seinem vergifteten Nest im Cyberspace aus tatsächlich sehen konnte. Er nahm ihre Konturen auf, übertrug sie in Datensätze, speicherte sie, um für die Zukunft darauf zurückgreifen zu können, genau so, wie auch sie sich den Virus einprägte.

Und die kleine Beth hatte Recht gehabt. Nemesis war eine Spinne. Ein groteskes, metallenes Spinnentier mit einem glitzernden schwarzen Kopf und einer Vielzahl hervorquellender Augen, in denen eine böse Intelligenz loderte und hinter denen binäre Codes und Rechenvorgänge abliefen. Das Maul des Spinnentiers bewegte sich, offenbarte Elektroden wie Reißzähne. Der kalte Hass, der von diesem Wesen ausging, war beinahe von körperlich spürbarer Kraft. Fast hätte Cally aufgeschrien.

Doch in diesem Moment sagte eine unpassend ruhige Stimme: „Automatikabschaltung ausgeführt". Und Nemesis verschwand in den undurchdringlichen Tiefen des Cyberspace. Nicht zerstört, das wusste sie. Noch nicht einmal besiegt. Sondern lediglich auf dem strategischen Rückzug.

Cally machte sich daran, das Tempo des Zuges allmählich zu drosseln.

„Du hast es geschafft!", rief Ben und dann ein zweites Mal: „Cally, du hast es geschafft!" Als ob die Wiederholung die Tatsachen greifbarer machte.

„Hast du denn jemals daran gezweifelt?", fragte Jennifer, obwohl ihr selbst ein Stein vom Herzen fiel.

„Bin ich froh, dass es vorbei ist." Jake rieb sich die

Augenbrauen. „Das nächste Mal nehme ich das Flugzeug."

„Vorbei?" Cally betrachtete zweifelnd den Computerbildschirm. „Oh, es ist nicht vorbei. Ich habe das Gefühl, das war erst der Anfang."

NEZ Dokument FBA 8375

... wollen den Erfolg, die Katastrophe an Bord des Light Trains abgewendet zu haben, für sich verbuchen, und behaupten, dass der Vorfall zeige, dass sich die Politik der Regierung langsam auszahle.

Weiterhin wurden angeblich die Leichen der berüchtigten Techno-Terroristen Sergei Boromov und Pascal Z neben anderen an einem noch nicht bekannt gegebenen Ort im Süden der Vereinigen Staaten entdeckt. Mit großer Sicherheit werden die Behörden das ebenfalls als einen Durchbruch im Kampf gegen KAOS bewerten, zumal vermutet wird, dass Boromov und Z Schlüsselfiguren der Organisation waren. In der Annahme, dass die Berichte über die Todesfälle in Kürze bestätigt werden, bleibt noch immer eine Frage offen: Wurden die Terroristen Opfer einer KAOS-internen Fehde oder gibt es noch einen anderen, bislang unbekannten Grund für die Todesfälle?

ACHT

„Na, ist hier irgendwas vorgefallen, über das wir Bescheid wissen müssten?“

Das war genau die Frage, vor der sich Lori so sehr gefürchtet hatte wie vor einem Zahnarztbesuch, von der sie aber wusste, dass Ben sie unweigerlich stellen würde. Was konnte sie sagen? Die Wahrheit? Lori war dazu erzogen worden, die Wahrheit zu respektieren. Doch die Wahrheit lautete in etwa: „Oh, ja, alles bestens, Ben. Abgesehen von der Tatsache, dass ich in deiner Abwesenheit Simon Macey ziemlich oft gesehen habe und es auch so weit gekommen ist, dass er mich geküsst hat, und ich zurzeit nicht ganz sicher bin, was ich für ihn empfinde – oder für dich.“ Sie konnte sich nicht vorstellen, dass die Wahrheit wirklich gut ankommen würde. Aber sie brachte es auch nicht übers Herz direkt zu lügen. „Eddie?“

„Nee.“ Eddie zuckte mit den Schultern. „Nichts zu berichten, Anführer. Noch ereignisloser und wir würden wahrscheinlich bald als Altenheim durchgehen.“

Lori lachte, ein bisschen lauter als nötig. Sie hoffte, dass Ben ihre gute Gesichtsfarbe und erhöhte Nervosität als Zeichen ihrer Freude über seine sichere Rückkehr nach dem Vorfall im Light Train interpretieren würde. Die allgemeine Wiedersehensstimmung, die bei ihnen im Mädchenzimmer herrschte, half ihr. Dennoch schien es Lori sicherer zu sein, das Thema zu wechseln. „Und nachdem Cally den Zug angehalten hatte, was ist dann passiert? Hat man euch zu den Helden der Stunde erklärt?“

„Eher zu den Männern der Minute“, sagte Ben.

„Und Frauen auch, richtig, Jen?“ Cally wollte, dass der weibliche Beitrag voll anerkannt wurde.

„Beinahe augenblicklich sind Bundesagenten auf der Bildfläche erschienen“, berichtete Ben. „Sie haben den KAOS-Typen gleich verhaftet. Uns haben sie auch auf der Stelle verschwinden lassen und sich dann daran gemacht, die Leute davon zu überzeugen, dass sie nicht das gesehen haben, was sie glaubten, gesehen zu haben. Ihr wisst ja, Deveraux will Stillschweigen darüber bewahren, was wir hier machen. Sieht so aus, als hätte er Freunde in der Regierung, die genauso denken.“

„Haben sie die Passagiere etwa alle einer Gedächtnislöschung unterzogen?“ Lori klang bestürzt.

„Keine Ahnung“, gab Ben zu. „Wenn sie das Gefühl hatten, dass es nötig war, dann schon, nehme ich mal an.“

Lori runzelte die Stirn. „Mir gefällt diese Vorstellung nicht. Es ist irgendwie nicht richtig.“

„Was soll bitte nicht richtig daran sein, traumatische Erinnerungen aus dem Gedächtnis zu löschen?“, warf Jennifer ein. „Es wäre bestimmt besser als eine Therapie, um Leuten dabei zu helfen, über … na ja … jede Art schrecklicher Erfahrung hinwegzukommen.“

„Ich weiß nicht“, grübelte Cally. „Ich glaube, ich bin in diesem Punkt auf Loris Seite. Herumzugehen und das Gedächtnis von Leuten zu löschen schützt uns vielleicht, aber was ist mit dem Recht der Leute, deren Erinnerung entfernt wird? Welches ist hier das höhere Gut?"

„Hey, Dr. Cross", sagte Ben, „spar dir den Rest für den Unterricht, für *Ethik und Spionage*. Während eines Einsatzes ist es nicht an uns, nach dem Warum zu fragen. Aber jetzt müssen wir zu Grant zur Nachbereitung. Wir wollen ihn doch nicht warten lassen."

Alle mit Ausnahme von Eddie und Lori machten sich bereit. „Und dann sollten wir uns treffen, um unsere Strategie für den Sherlock-Schild abzustimmen. Wir haben nur noch zwei Wettbewerbe vor uns: das Spyscape und Last Team Standing. Wir können uns keine weiteren Ausrutscher erlauben."

Lori fragte sich, ob Bens Seitenblick beim Wort „Ausrutscher" beabsichtigt oder zufällig war. Wie auch immer, er schien sie jedenfalls unter Druck setzen zu wollen, so wie Simon es vermutlich nie tun würde. Andererseits war es schön, Ben wieder in ihrer Nähe zu haben. Er gab ihr ein Gefühl, auf das sie nicht verzichten konnte, so glaubte sie.

Vielleicht war es ganz gut, dass ihre soeben zurückgekehrten Teamkameraden für eine Weile von Senior Tutor Grant mit Beschlag belegt werden würden. Lori fühlte sich so verwirrt, als hätte man sie mit verbundenen Augen in einem Raum ohne Türen zurückgelassen. Sie brauchte unbedingt Zeit zum Nachdenken. Sie brauchte Zeit, um eine Entscheidung zu fällen.

„Hast du Lust mit mir im Aufenthaltsraum was zu trinken oder so, während wir darauf warten, dass die fabelhaften vier mit Grant fertig sind, Lori?"

„Hä? Oh, tut mir leid, Eddie.“ Sie hatte fast vergessen, dass er noch im Zimmer war. „Hast du was gesagt?“

„Ich glaube schon“, erwiderte Eddie. „Aber da die anderen weg sind und du mich offensichtlich nicht gehört hast, vielleicht auch nicht.“

„Geht's dir gut?“

„Klar. Apropos Gedächtnislöschung, mich beschleicht das Gefühl, dass meine Mitgliedschaft in diesem Team auch allmählich gelöscht wird. Weißt du, wenn eine Quizfrage lautete: *Nenne die sechs Mitglieder des berühmten Bond-Teams,* dann wäre ich derjenige, auf den niemand kommen würde. So bedauernswert bin ich. Also, Lust mit mir im Aufenthaltsraum was zu trinken, Lori?“

Aber Lori hörte schon wieder nicht zu.

Es war die Art von Zelle, wie man sie in alten Gefängnisfilmen sieht. Kahle Wände. Ein vergittertes Fenster. Betonboden. Ein primitives Bett, das an die Wand gekettet war. Ein roh gezimmerter Tisch und ein Stuhl. Ein Waschbecken, das vielleicht einmal weiß gewesen, mittlerweile aber ekelhaft grau war. Ein Eimer in der Ecke für bestimmte private Momente.

Der Gefangene seufzte erleichtert. „Perfekt“, sagte er.

„Wir sind froh, dass es Ihnen bei uns gefällt“, sagte der Ermittlungsbeamte. „Sie werden ja wohl eine ganze Weile hier bleiben.“

„Oh, ich weiß.“ Der Gefangene trat in die Mitte der Zelle wie ein potenzieller Hauskäufer bei einer Besichtigung. Er blinzelte nach oben zu der einsamen Glühbirne.

„Und das Licht funktioniert über normalen Strom? Kein irgendwie computergesteuerter Schaltkreis dahinter?"

„Nichts dergleichen", sagte der Ermittlungsbeamte. „Alles ist genau so, wie Sie es gewünscht haben." Eine Spur von Ungeduld war in seiner Stimme vernehmbar. „Und Ihr Teil der Vereinbarung, Corbin?"

„Natürlich", sagte der Gefangene. „Ich werde Ihnen alles erzählen. Über KAOS. Über Nemesis. Insbesondere über Nemesis. Ich bin genau wie Sie brennend daran interessiert, ihn zerstört zu sehen."

„Gut. Dann werden wir so bald wie möglich anfangen."

Der Mann, der Corbin hieß, lächelte, vielleicht das erste Mal, seit er den Light Train bestiegen hatte. „Wann immer Sie wollen", sagte er. „Ich bin hier drinnen ziemlich gut aufgehoben." Er lachte leise, als der Ermittler zur Tür ging. „Im Gegensatz zu Euch dort draußen."

Als Cally und Jennifer nach der Besprechung mit Grant in ihr Zimmer zurückkehrten, fanden sie es leer vor. Keine Lori. Jennifer schien froh zu sein.

„Das gibt mir die Gelegenheit zu … Ich wollte dich um Rat fragen, Cally", setzte sie vorsichtig an.

„Rat?" Cally versuchte ihr Erstaunen nicht allzu offensichtlich werden zu lassen, aber das war eine Premiere. Jennifer hatte für gewöhnlich noch nicht einmal die Angewohnheit, irgendjemanden zu fragen, bevor sie den Fernsehkanal wechselte. „Um was geht's?"

„Nicht um was", gab Jennifer mit einer für sie untypischen Schüchternheit zu. „Um wen. Es geht um Jake."

„Um Jake?“ Jetzt wusste Cally, was kommen würde. Vermutlich sollte sie sich geschmeichelt fühlen, dass Jennifer beschlossen hatte, sich ihr anzuvertrauen.

„Ja, um Jake.“ Jennifer breitete ihre Arme weit aus, dann schlang sie sie um ihren Körper, als ob sie plötzlich fröstelte. „Ich glaube, ich mag ihn.“

„Wir alle mögen Jake.“

„Ja, ich weiß, aber ich meine, *ich mag ihn* wie in *ich mag ihn*.“

„Du magst ihn?“ Cally schürzte die Lippen und verharrte in ihrer Position. „So also?“ In Gedanken ermahnte sie sich, mit keinem Wort zu erwähnen, dass sie letztes Semester selber in Jake verknallt gewesen war.

„Ziemlich doll“, sagte Jennifer. „Ich meine, ich muss schon eine ganze Weile an ihn denken – auf diese Art –, noch bevor wir zum Dom aufgebrochen sind. Und dort Zeit mit ihm zu verbringen, ihn außerhalb von Spy High zu erleben, hat mich einfach …“ Sie schüttelte ungläubig den Kopf. „Ich weiß nicht, was ich machen soll.“

„Du weißt nicht …“ Cally lachte schallend. „Wir reden von unserem Jake, nicht wahr, Jen? Derselbe Jake, der unbedingt mit dir zusammen zur Weihnachtsparty gehen wollte, derselbe Jake, der seine Augen nicht von dir lassen kann, wenn du im selben Raum bist wie er? Glaube mir, ich habe Augen im Kopf. Alles, was du tun musst, ist zu ihm zu gehen, und *Hi* zu sagen.“

„Es ist nicht so einfach.“ Jennifers Miene verfinsterte sich. „Es fällt mir nicht leicht … Leute an mich heranzulassen. Es ist … tja … vielleicht bin ich halt einfach so.“ Die Erinnerungen spukten ihr noch immer durch den

Kopf, die Schreie und die Qualen. Sie versuchte, sie zu ignorieren, was ihr leichter fiel, solange es noch hell war. „Ich habe mir schon gedacht, dass Jake mich vielleicht mag, oder zumindest mich mal mochte. Aber ich habe ihn nie ermutigt. Was, wenn es zu spät ist und er jetzt kein Interesse mehr an mir hat? Ich könnte ihm das nicht verdenken, aber ich glaube nicht, dass ich mit einer Zurückweisung zurechtkäme."

„Glaube mir", wiederholte Cally. „Von Jake zurückgewiesen zu werden, ist eine Sache, mit der du nie zurechtkommen musst, Jen. Tante Callys Rat ist: Rede mit ihm. Sag ihm, wie du fühlst. Jake fühlt genauso, da bin ich mir sicher."

„Glaubst du wirklich?"

„Unbedingt. Aber wenn du eine zweite Meinung hören willst, warte, bis Lori aufkreuzt. Ich meine, ehrlich gesagt entspricht meine Erfolgsbilanz beim anderen Geschlecht nicht gerade olympischen Standards, aber Lori könnte locker für die USA ins Rennen gehen. Sie ist diejenige mit den heißen Tipps."

„Ich denke, darauf verzichte ich lieber", sagte Jennifer mit einem Grinsen. „Ich glaube, ich brauche keine heißen Tipps von einer, deren Freund Ben Stanton heißt."

Genau in diesem Moment betrat Lori wieder das Collegegebäude, nachdem sie mehr oder weniger ziellos über das Gelände spaziert war. Und auch mehr oder weniger ergebnislos. Sie war wegen der Sache, die ihr auf dem Herzen lag, zu keiner Entscheidung gelangt. Ben und Simon waren wie zwei gleich schwere Gewichte auf einer Waage und Lori wusste nicht, welche Seite den Ausschlag gab.

Sie war tief in Gedanken versunken. Sie bemerkte nicht einmal die Studenten, die sich in der Empfangshalle aufhielten, bis es zu spät war und sie direkt in sie hineinlief. Eigentlich direkt durch sie hindurch. Schließlich waren diese Studenten, die unaufhörlich die Flure entlangschlenderten, Hologramme. Nur Lori war echt.

„Ist alles in Ordnung, Schätzchen?" Und Violet Crabtree natürlich auch, die pensionierte Geheimagentin, die jetzt ganztags als Empfangsdame arbeitete. „Es ist nur so, dass die meisten Leute glauben, es sei vorteilhaft, darauf zu achten, wo man hinläuft." Augen, die nicht den Eindruck machten, als brauchten sie tatsächlich die Unterstützung von Brillengläsern, sahen Lori durchdringend an.

„Nein, mir geht es gut, Mrs Crabtree, danke", wehrte Lori ab. „Der Hirnschalter steht auf Aus, fürchte ich."

„Das Gehirn eines guten Geheimagenten hat keinen Ausschalter", gluckste die alte Dame. „Und ich sollte das schließlich wissen bei den vielen Jahren, die ich im Einsatz verbrachte, als ich noch jünger war."

Schade, dass sie dich dann nicht aufs Altenteil geschickt haben, dachte Lori ein bisschen gehässig.

„Jungsprobleme, nicht?"

„Wie bitte?"

„Ach, komm schon, junge Dame." Violet Crabtree lächelte und ihre gentechnisch rekonstruierten Zähne erstrahlten in blendendem Weiß. „Ich komme vielleicht allmählich in die Jahre, aber ich kann mich noch immer an Jungsprobleme erinnern. Und die Symptome erkennen."

Das alte Tantchen war scharfsinnig, vielleicht zu scharfsinnig. Lori wurde allmählich Expertin darin, gekonnt das Thema zu wechseln. „Eigentlich dachte ich gerade an Professor Newbolt", log sie mit einem süßen Lächeln.

„Tatsächlich?" Violet Crabtree zog die Augenbrauen in die Höhe. „Tja, ich glaube, der Professor ist ein bisschen zu alt für dich, Lori, auch wenn es vermutlich schmeichelhaft für ihn wäre."

„Nein, ich meinte doch nicht auf die Art." Lori grinste, und dann kam ihr in den Sinn, dass Violet Crabtree vielleicht genau die richtige Person war, um nach Gadges Vergangenheit zu fragen, nach Vanessa. „Ich vermute, dass Sie Professor Newbolt schon seit Langem kennen, oder, Mrs Crabtree?"

„Lange genug", sagte Violet. Sie schüttelte traurig den Kopf. „In seinen besten Jahren war er ein wirklich feiner Mann, ein wahres Genie. Und zu sehen, was jetzt aus ihm geworden ist, ach, manchmal ist es ganz gut so, dass wir nicht in die Zukunft blicken können."

„Hat er eine Enkelin, wissen Sie das?", fragte Lori. „Vanessa?"

Violet Crabtree betrachtete Lori plötzlich mit lebhaftem Interesse. „Wie hast du von Vanessa erfahren?"

„Habe ich gar nicht … Ich habe nur … Gibt es eine Vanessa?"

Zum ersten Mal wirkte die alte Empfangsdame zerstreut, ließ sich ihr Alter anmerken. „Nicht mehr", sagte sie gedankenverloren. „Es gab eine Vanessa, Henry Newbolts einziges Enkelkind, aber jetzt nicht mehr. Niemals mehr."

„Warum?“, hakte Lori sanft nach. Sie spürte, dass eine Tragödie dahinter steckte. „Ist ihr denn irgendetwas zugestoßen?“

„Oh, ja“, sagte Violet Crabtree. „Es ist ihr etwas zugestoßen. Feindliche Agenten waren es. Sie wollten die Erfindungen des Professors für ihre eigenen Zwecke einsetzen, aber sie wussten, dass er niemals freiwillig für sie arbeiten würde. Also kidnappten sie die arme Vanessa. Sie war damals noch ein junges Mädchen, so etwa in deinem Alter, Lori. Wenn ich's recht bedenke, ähnelst du Vanessa auch in gewisser Weise. Ich erinnere mich, dass ich sie einmal bei einer Party im Haus des Professors gesehen habe. Solch ein kluges Mädchen, so lebhaft. Sie entführten sie. Sie raubten sie und benutzten sie dazu, ihren Großvater zu erpressen. Oder zumindest versuchten sie das.“

Lori beugte sich näher an Violet Crabtree heran. Die Stimme der alten Frau war nur noch ein Flüstern. „Versuchten?“

„Es muss ihm das Herz gebrochen haben, aber der Professor konnte nicht zulassen, dass seine Erfindungen in die falschen Hände fielen. Das hätte das Leben von tausenden gefährdet und Vanessa war nur eins, ein einziges, wenn auch kostbares Leben. Er spielte auf Zeit, hoffte, dass die Behörden herausfinden würden, wo man Vanessa gefangen hielt.“ Violet Crabtree seufzte, als sie sich an die tragischen Ereignisse erinnerte. „Und das taten sie auch. Am Ende. Aber es war zu spät. Sie fanden die arme Vanessa, aber sie war schon tot.“

Plötzlich war Lori doppelt froh, dass sie bei Gadges Wahnvorstellungen mitgespielt hatte.

„Der Professor hat sich natürlich niemals wieder völlig von diesem Schock erholt. Wer könnte das schon? Er machte sich Vorwürfe. Wenn er nicht gewesen wäre, so glaubte er, würde sein Liebling Vanessa noch am Leben sein. Es war der Anfang seines Niedergangs."

„Das tut mir leid." Ihre eigenen Probleme erschienen Lori mit einem Mal klein und unbedeutend. „Armer Professor Newbolt."

„In der Tat, aber das ist nicht die einzige tragische Geschichte, die ich über die Spy High zu erzählen weiß." Violet Crabtree schien sich wieder gefangen zu haben. „Also, zunächst gab es einmal eine Zeit …"

„Eigentlich muss ich gehen, Mrs Crabtree." Und das musste sie wirklich. Ben und die anderen würden bereits auf sie warten. „Ich habe eine Team-Versammlung. Danke für den kleinen Schwatz. Es ist nur so, dass unser Spyscape-Wettbewerb ansteht und wir sichergehen wollen, dass wir es auch gut machen."

„Oh, du wirst es sicher schaffen, Lori Angel", strahlte Mrs Crabtree. „Da kannst du mir vertrauen."

Es schien so, als könnte die Empfangsdame womöglich Recht haben.

Der Komplex explodierte in der Ferne, ein orangenes Flackern entflammte den arktischen Nachmittag. Der Schnee gab knirschend unter den Füßen des Bond-Teams nach.

„Besteht irgendeine Chance, dass wir demnächst wieder ein bisschen näher zusammenrücken?", fragte Eddie.

„Unsere Finger am Feuer wärmen, so was in der Art? Denn ich weiß ja nicht, wie das bei euch ist, Leute, aber die Isolierung meines Schockanzugs scheint nicht richtig zu funktionieren. Ihr wisst schon, die gegen Frostbeulen und Affenkälte …"

„Trink eine heiße Zitrone und reiß dich am Riemen, Eddie." Offensichtlich hatte Ben keine Zeit für Geplauder. „Der Spyscape ist noch in vollem Gang. Wir sind noch nicht fertig. Wer hat den Delusiator?"

„Hier ist er", sagte Jake. Er hielt ein kleines elektronisches Gerät in der Hand. Der Delusiator. Das Bond-Team wusste nicht, wozu man ihn benutzte, aber das war auch nicht wichtig. Der Delusiator war ihr Preis. Sie mussten ihn ausfindig machen, ihn bergen und wieder in Sicherheit bringen. Wenn ihnen das gelang, war der Spyscape vorbei. Dann hätten sie zwei Wettbewerbe geschafft und nur einer läge noch vor ihnen.

„Gib ihn mir", sagte Ben, als gehörte er ihm. „Ich übernehme die Verantwortung dafür."

„War da irgendwo ein *bitte* zu hören?", fragte Jake, rückte aber nichtsdestotrotz den Delusiator heraus.

„Höflichkeit während eines Einsatzes hält nur auf", bemerkte Ben.

„Streit auch." Cally schüttelte den Kopf wie eine Lehrerin, die zwei raufende Schüler auseinander hält. „Darf ich euch daran erinnern, dass jede Sekunde zählt? Warum hebt ihr euch das Testosteron nicht für später auf und wir sehen zu, dass wir von hier verschwinden."

„Gute Idee", stimmte Eddie zu, „bevor ich hier noch eine zweite Karriere als Schneemann einschlage. Maceys

Bande musste für ihren Spyscape natürlich ein Winter-Wunderland-Szenario erschaffen!" Er bibberte theatralisch. „Und dabei ist es noch nicht einmal Weihnachten."

„Simon Macey ist selber kalt wie eine Hundeschnauze", sagte Ben. „Dieser Ort hier passt zu ihm wie die Faust aufs Auge."

Kalt? Lori überlegte. Seine Lippen waren jedenfalls nicht kalt gewesen, als er sie geküsst hatte. Aber daran wollte sie jetzt nicht denken. Der Spyscape des Solo-Teams war der härteste, den sie bislang erlebt hatten. Sie mussten eine gute Zeit vorlegen, um sich vor ihren Rivalen an die Spitze zu setzen. „Also, worauf warten wir? Aktivieren wir die Psy-Ski?"

„Ganz recht", sagte Ben. „Psy-Ski an, Leute."

Lori drückte einen Knopf an der Brille, die sie wie auch die anderen trug, um ihre Augen vor dem grellen, vom Schnee reflektierten Sonnenlicht zu schützen. Sogleich schossen Skistöcke aus ihren behandschuhten Händen und Skibretter wuchsen unter ihren Fußsohlen – telepathische Hardware, die von reiner Gedankenkraft geschaffen und erhalten wurde. In Szenarios virtueller Wirklichkeiten wie dem Spyscape war alles möglich, das wusste Lori. Gadge Newbolts Genie könnte hier alles geschehen lassen, außer der einen Sache, nach der er sich mehr als alles andere gesehnt haben musste: Vanessa wieder zum Leben zu erwecken.

„Funktionieren bei allen die Psy-Ski?", fragte Ben.

„Wenn nicht, haben wir ein großes Problem." Jennifer zeigte auf die vereisten Hänge hinter ihnen. „Wir kriegen Gesellschaft."

Miese Typen in Schneeanzügen, die automatische Waffen abfeuerten.

„Glaubt ihr, sie wollen vielleicht den Delusiator zurückhaben?“, überlegte Eddie.

„Dann wissen sie zumindest, hinter was es sich lohnt, her zu sein.“

Und schon setzte sich Ben gekonnt in Bewegung, seine Teamkameraden waren ihm dicht auf den Fersen. Sie durchschnitten den Schnee, die glitzernden Blätter ihrer Psy-Skis schabten über die gefrorene Oberfläche, sie rasten ihrem Treffpunkt entgegen. Die eisige Luft ließ sie nach Atem ringen.

„Ich glaube, von hier an geht's nur noch in Schussfahrt bergab“, rief Eddie.

Der Schnee um sie herum spritzte auf – die Waffen ihrer Verfolger hatten ihr Ziel ins Visier genommen. „Ausweichmanöver!“, befahl Ben. „Und schaltet diese Dumpfbacken aus!“

Jennifer machte eine Drehung aus der Hüfte heraus, zielte und feuerte ein Betäubungsgeschoss ab. Die winzig kleine Patrone traf einen Mann mitten am Oberkörper, er stolperte rücklings und fiel unsanft in den Schnee. Ein Verfolger, der etwas später zu sich kommen würde – mit ziemlich üblen Frostbeulen.

„Jenny!“ Callys Warnung schreckte sie auf. Vor ihr brach der Hang plötzlich ab. Jennifer raste auf eine vorspringende, schneebedeckte Felsnase zu, welche die anderen noch rechtzeitig genug gesehen hatten, um sie zu umfahren. Das war für Jennifer keine Option mehr. Aber sie sah trotzdem kein Problem: Sie straffte ihren Körper und schoss in die Luft wie ein Skispringer, das Geräusch des Gewehrfeuers ringsumher brauste auf wie Applaus. Sie schien sich überhaupt nicht zu bewegen. Der Boden war es, der in Bewegung zu sein schien, der sich vor ihr erhob wie eine Wand, mit der sie jeden Moment zusammenprallen würde. Entspanne deinen Körper, dachte Jennifer. Gleichgewicht. Der Boden bäumte sich auf. Sie hielt den Atem an. Bodenkontakt. Die Erschütterung der Landung schlug in Wellen durch ihren Körper, aber ihre Psy-Ski blieben ihr treu und sie hielt die Spur. Sie stürzte nicht. Gleichgewicht. Wenigstens auf Psy-Ski war Jennifer Chen im Gleichgewicht.

„Das war eine Glanzleistung!“, rief Jake bewundernd.

„Und da ist der Heli!“, rief Eddie. „Heiße Suppe, ich komme.“

Die Verfolger hatten recht überraschend die Jagd aufgegeben und das Bond-Team hielt auf den wartenden Hubschrauber zu. Ben konnte die Gestalten von Corporal Keene und einigen Soldaten ausmachen. Das war die Abmachung: Keene den Delusiator übergeben und der Spyscape war geschafft. Ben hoffte inständig, dass Simon Macey ihnen vom Beobachtungszimmer in der realen Welt aus zusah.

Lori war an seiner Seite. „Aber sollte der Treffpunkt nicht ein Stück weiter weg sein?“, fragte sie. „Ich meine, vielleicht irre ich mich …“

„Sieht fast so aus“, erwiderte Ben. „Das da ist Keene, das steht fest.“

Ein lächelnder Keene. Lächelnde Soldaten. Froh zu sehen, dass das Bond-Team beim Hubschrauber eintraf und ihre Psy-Ski deaktivierte. Ein begeisterter Keene, voll des Lobes. „Gut gemacht, Bond-Team. Gute Arbeit. Also, wer hat den Delusiator?"

„Sehen Sie nicht mich an", sagte Eddie. „Ich habe nur Frostbeulen."

„Hier ist er, Corporal", sagte Ben und holte das Gerät aus seiner Gürteltasche hervor.

„Gut, gut." Keene gratulierte ihnen mit einem Lächeln. „Tja, dann mal her damit und alles ist vorbei. Du bist ein toller Bursche, Ben."

„Oh ja", Ben erwiderte das Lächeln, kühl, „sogar noch toller, als Sie glauben."

Sein Betäubungsgeschoss prallte dumpf auf Keenes Stirn. Der Mann fiel hintenüber wie eine gefällte Eiche. Entsetzensschreie erklangen reihum, außer von Lori, die bereits einige Soldaten außer Gefecht setzte. Die anderen Soldaten griffen zu den Waffen, aber nicht schnell genug. Das Bond-Team kämpfte jetzt Seite an Seite und die Betäubungsschüsse ließen ihre Gegner in den Schnee niedersinken.

Ben hoffte wirklich, dass Simon Macey zuschaute.

„Also, würde es dir etwas ausmachen, mir zu erklären, warum wir gerade die Guten abgeschossen haben?", sagte Jake. „Ich vermute mal, du hattest einen Grund dafür."

„Den allerbesten", erwiderte Ben. „Um es genau zu sagen: Sie sind nicht die Guten. Das war eine Falle. Sieh sie dir an."

Jake und die anderen beugten sich über Keenes Körper. Der nicht länger Keenes Körper zu sein schien. Da, wo noch Sekunden zuvor das Gesicht des Corporals gewesen war, befand sich jetzt nichts weiter als eine blanke, ovale Form, einem Ei nicht unähnlich. „Ein Animat", wurde Jake klar. „Keene war ein Animat. Aber woher wusstest du das?"

„Lori hat mich ins Grübeln gebracht", gab Ben zu. „Das hier war nicht ganz der richtige Treffpunkt. Und dann das, was Keene gesagt hat. Das ist immerhin ein Spyscape des Solo-Teams und Simon Macey würde niemals einem Programm gestatten, mich zu loben – zumindest nicht aufrichtig. Und so erriet ich, dass es eine Falle war. Hab richtig geraten."

„Allerdings", musste Jake beipflichten. „Ein Hoch auf den Anführer."

„Und eine Lehre für uns alle", sagte Ben. „Wenn irgendetwas, das Macey tut, freundlich erscheint, dann führt er irgendwas Übles im Schilde."

Ein Glück für Lori, dass Ben in diesem Augenblick woanders hinschaute.

In einer kargen Zelle, umgeben von Ermittlungsbeamten, erblasste der Mann, der Corbin hieß. „Nein", weigerte er sich. „Nein, nein, nein. Auf keinen Fall, nein."

Die unbewegte Miene des Chefermittlers legte nahe, dass diese Antwort keine Aussichten hatte, akzeptiert zu werden. „Nein? Aber Sie haben mir versprochen, uns zu helfen, Corbin. So lautete die Abmachung."

„Ich habe Ihnen geholfen", protestierte der Gefangene. „Ich habe Ihnen alle Einzelheiten zu den verschiedenen Standorten der KAOS-Stützpunkte geliefert, den besagten eingeschlossen. Aber ich bin ein Informant und kein Reiseführer. Sie können selbstständig handeln." Corbins Lippen kräuselten sich zu einem dünnen Lächeln. „Sie scheinen genug Männer zu haben."

„Oh, das haben wir", sagte der Chefermittler, „und wir haben auch einigen Ihrer früheren Kameraden Besuche abgestattet. Dort haben wir genau das vorgefunden, von dem Sie wussten, dass wir es vorfinden würden, Corbin. Die Agenten von KAOS haben sich entweder in alle Winde zerstreut oder sind tot. Nemesis hat vor uns die Stützpunkte erreicht und alles zerstört. Der Virus hat uns nicht den kleinsten Hinweis darauf hinterlassen, wo im Cyberspace er sich aufhält. Wir haben keine Chance, ihn aufzuspüren."

„Ja, na ja, wir haben Nemesis so geschaffen, dass er gründlich und tödlich ist."

„Mein Problem ist, Corbin, dass das Ultimatum von einer Woche, das Sie und Ihre Agentenkollegen uns gestellt haben, ehe eine weitere Gräueltat geschieht, dem Ende zugeht und dass ich es vorziehen würde, dass auch Nemesis noch vor Ablauf der Frist dem Ende zugeht."

Corbin schüttelte den Kopf in müder Frustration. „Verstehen Sie denn nicht? Sie stellen Fragen, hören die Antworten aber nicht. Nemesis ist nicht mehr zu kontrollieren. Er ist lebendig. Er fällt seine eigenen Entscheidungen. Die *Deadline*, die wir Ihnen gegeben haben, ist in der Tat tot."

„So, Corbin", drängte der Chefermittler. „Sie sagen also, dass Nemesis jederzeit und überall zuschlagen kann, ist das richtig?"

„Ah, die grauen Zellen scheinen zu arbeiten", schnaubte Corbin. „Gebt dem Mann einen Doktortitel."

„Was es umso erforderlicher macht, dass Sie uns zum letzten KAOS-Stützpunkt begleiten, zu dem Stützpunkt, an dem Nemesis konstruiert worden ist, und dass Sie uns dort hinführen, bevor ein weiterer Angriff stattfindet."

Corbin blieb völlig ungerührt. „Sie kennen meine Antwort bereits."

„In diesem Fall", sagte der Chefermittler an einen seiner Mitarbeiter gerichtet, „denke ich, dass wir Mr Corbin in den allgemeinen Gefangenentrakt überführen können. Ich bin mir sicher, dass er sich in seiner neuen, netten Zelle sehr wohlfühlen wird, alles computergesteuert, mit Internetzugang. Wir könnten für ihn sogar noch eine kleine Virtual-Reality-Kapazität einrichten. Veranlassen Sie alles."

„In Ordnung, in Ordnung", unterbrach ihn Corbin. „Ich gehe mit Ihnen, ich führe Sie dorthin, aber wir werden nichts finden, das verspreche ich Ihnen. Nemesis ist zu clever, als dass er sich so einfach fangen ließe. Und wir reisen ausschließlich in Transportmitteln mit geringster technischer Ausstattung. Ich will keine weiteren Light-Train-Erfahrungen." Corbin hielt inne. Er schien über irgendetwas nachzudenken. Seine Augen verengten sich arglistig. „Und noch eine weitere Bedingung ..."

„Sie sind nicht in der Position, Bedingungen zu stellen, Corbin."

„Oh, für die hier ja." Corbin grinste höhnisch. „Wir gehen nicht alleine. Diese Kids, die, die den Light Train gerettet haben, wer auch immer sie sind, ich will sie mit dabeihaben. Sie haben ein Talent dafür, in unerfreulichen Situationen am Leben zu bleiben. Wenn sie nicht Teil Ihres Teams sind, bin ich es auch nicht." Corbin lehnte sich vor, als er den Ermittlungsoffizier mit seinen eigenen Worten schlug: „Veranlassen Sie alles."

Es wäre wahrscheinlich besser für Bens Befinden gewesen, nicht beim Spyscape des Solo-Teams zuzuschauen, aber es war ausgeschlossen, dass er jetzt den Zuschauerraum verließ. Es sei denn, dass plötzlich eine Herde wilder Pferde zur Verfügung stünde, die ihn bereitwillig mit sich fortzerren würde.

Simon Macey und seine Teamkameraden hatten den *Ankh der Macht* bezwungen. Sie hatten die Attacke der Mumien abgewehrt. („Das wäre also abgewickelt", hatte Macey noch die Stirn zu witzeln.) Sie hatten sogar die Passage mit der inneren Pyramidenwand gemeistert (und niemand wagte die Zeit zu erwähnen, insbesondere nicht Ben gegenüber). Alles, was sie jetzt noch tun mussten, war, den Hieroglyphen-Code zu knacken, bevor die Mumien-Nachhut anrollte. Danach mussten sie nur noch durch die Ausstiegsluke klettern, und das Spyscape des Bond-Teams, ihr ganzer Stolz, ein Cyberscape, von dem Ben noch bei seiner Fertigstellung voller Zuversicht behauptet hatte, dass er nicht zu knacken sei, wäre nicht nur geknackt, sondern zerschlagen und auf verheerende Weise in tausend Stücke gehauen worden.

Maceys Team war drauf und dran, beim Wettstreit um den Sherlock-Schild in Führung zu gehen.

„Das ist nicht möglich." Ben wollte es nicht wahrhaben. „So wie die durch die Pyramide getänzelt sind. Wir haben Stunden in dieses Labyrinth-Programm gesteckt. Sie sind da durch, als wäre es eine Einbahnstraße."

„Sie sind noch nicht zu Hause", ermahnte ihn Cally. „Meine Codes werden sie bestimmt nicht so schnell herauskriegen."

Sie hätte „hoffe ich" hinzufügen sollen. Während ihre Teamkameraden herantrampelnde Mumien mit Betäubungsschüssen in Schach hielten, probierten Simon Macey und Sonia Dark Hieroglyphen-Kombinationen aus. Ein Symbol leuchtete auf.

„Eins haben sie!", rief Jennifer.

„Eins ist in Ordnung. Eins ist okay." Zornerfüllt versuchte Ben die Ruhe zu bewahren. „Eins macht nichts. Sie brauchen alle sechs."

„Ach ja? Tja, dann haben sie's schon zur Hälfte geschafft", bemerkte Jake verdrossen, als zwei weitere Hieroglyphen aufleuchteten.

Lori wusste nicht so recht, was sie fühlen sollte, während sie zuschaute. Sie war natürlich loyal ihren Freunden und Ben gegenüber. Sie wollte, dass das Bond-Team siegte. Aber als sie die konzentrierte Anspannung auf Simons Gesicht sah, wollte sie irgendwie, dass er auch gewann. Wie es auch immer ausgehen würde, vielleicht bin der wahre Verlierer am Ende ich, dachte Lori.

„Vier! Das sind vier Symbole!", beobachtete Eddie. „Sie brauchen jetzt nur noch zwei."

„Deine Mathekenntnisse machen also auch langsam Fortschritte, Ed", kommentierte Jake.

„Noch eins“, stellte Cally richtig. „Aber der Code war doch so … Ich versteh's nicht.“

Niemand wagte es auszusprechen, als das vierte Symbol aufleuchtete wie ein erhellender Einfall. Das Solo-Team jubelte triumphierend, als das Spyscape-Programm endete. Keiner im Bond-Team brauchte eine Uhr zu Rate zu ziehen. Wenn du geschlagen worden bist, dann weißt du es.

„Habt ihr's begriffen?“ Ben hatte all seinen Ärger und seine Frustration geschluckt, nach innen gerichtet. Sie infizierten seine Worte wie Gift. „Oh, ich denke, ich schon. Macey und seine Kumpel wären nicht so gut und schnell durchgekommen ohne irgendeine Hilfe. Es ist einfach nicht möglich.“

„Was?“, sagte Lori beunruhigt. „Du glaubst, Simon hat geschummelt?“

„Schlimmer als das.“ Ben sah die anderen reihum an, kalt, streng. „Ich glaube, es gibt einen Verräter im Bond-Team.“

NEUN

„Okay, Mace, wer war es?“ Ben platzte in die Virtual-Reality-Kammer.

„Ben, warte!“ Lori und der Rest des Bond-Teams waren ihm dicht auf den Fersen.

Das Zischen der sich öffnenden Cyber-Wiege lag noch immer in der Luft. Simon Macey hatte sich noch nicht einmal aufgesetzt, war noch immer mit den Vorrichtungen verkabelt, welche die Studenten zwischen die Wirklichkeiten beförderten. Es sah auch nicht so aus, als ob er in der Lage war, sich aufzusetzen. Ben saß praktisch auf seiner Brust, packte ihn am Kragen und brüllte.

„Wer war es, du betrügerischer Drecksack? Wer hat uns ans Messer geliefert?“

Aber Simon Macey lachte nur, auf gurgelnde, halb erstickte Weise. Lachte Ben mitten ins Gesicht.

„Es ist schwer, Zweiter zu sein, was, Stanton? Tja, gewöhn dich dran.“

„Ben, lass ihn. Bitte.“ Lori zog an seinem Arm.

Jake an dem anderen. „Siehst du denn nicht, dass es das ist, was er will. Du spielst sein Spiel.“

„Wenn ich an eurer Stelle wäre, würde ich einen Schritt zurücktreten, Bond-Team.“ Sonia Dark und die anderen waren aus ihren Cyber-Wiegen geklettert. Sie hatten den

Instinkt für Gewalttätigkeiten aus dem Spyscape mit in die Virtual-Reality-Kammer gebracht.

„Oder was dann? Einen Schritt zurücktreten oder was?" Jennifer schien sofort kampfbereit zu sein. „Werdet ihr uns dazu zwingen?"

„Das wird uns ein Vergnügen sein", erwiderte Sonia.

„Was …" Mit einer Stimme wie ein Donnerschlag machte Corporal Keene seine Autorität geltend. „… geht hier vor?"

„Ich glaube, man könnte es eine gesunde Auseinandersetzung nennen, Corporal", sagt Eddie.

„Stanton, lass Macey los, bevor ich das Wort Disziplinarverfahren aussprechen kann und du herausfinden darfst, was es bedeutet."

Ben gehorchte natürlich, aber ungern.

„So ist es besser. Jetzt bekomme ich von jemandem eine Antwort auf meine Frage. Was geht hier vor?"

„Stanton hat versucht mich umzubringen, Sir", stöhnte Macey und befreite sich aus der Cyber-Wiege. „Nur weil wir sie beim Spyscape geschlagen haben."

„Ihr habt uns nicht geschlagen", tobte Ben. „Du hast betrogen. Sie haben betrogen, Corporal."

„Ist das wahr, Macey?"

„Nein, Sir. Natürlich nicht, Sir." Simon war der Inbegriff der Unschuld. „Wir haben nur unser Bestes gegeben. Stanton ist einfach ein schlechter Verlierer."

„Und hast du irgendeinen Beweis dafür, dass ein Verstoß seitens des Solo-Teams vorliegt, Stanton?"

Ben hasste es, es zugeben zu müssen, aber es gab keine Alternative. „Nein, Sir."

„Dann gibt es dazu nichts weiter zu sagen, nicht wahr? Akzeptiere den Ausgang des Wettkampfes mit der würdevollen Haltung, die wir in Deveraux erwarten." Keene zeigte weniger würdevoll mit dem Finger auf Ben und Simon. „Und jetzt schüttelt ihr euch die Hände, bevor ich euch beide noch melde."

„Aber, Sir …" Ben hatte das Gefühl, sich eher die Hand abschlagen zu wollen, als Macey damit zu berühren.

„Schüttelt euch …", Keene war unnachgiebig, „ … die Hände."

Ben tat es. Er umklammerte Maceys Hand, so als wolle er sie zu Pulver zermalmen. Simons Griff war genauso eisern. „Nimm's uns nicht übel, okay, Stanton?" Simon grinste hämisch. Aber in den Augen beider Jungen spiegelte sich wider, dass sie einander vieles übel nahmen. „Aber wenn ich du wäre, würde ich ein bisschen runterkommen. Sei mehr wie Lori. Sie ist die einzig Anständige in eurem Team."

Und das war der Moment, in dem Jake alles sah. Er sah, wie Loris Augen bei der Erwähnung ihres Namens zu Macey sausten. Er sah, wie ihr die Farbe in die Wangen stieg. Er sah, wie sie den Blick abwandte. Schuldbewusst.

„Jake, glaubst du, Ben könnte Recht haben?", fragte Cally. „In unserem Team gibt es doch keinen Verräter, oder? Es ist keiner von uns?"

Er schüttelte heftig den Kopf. „Nein. Mach dir keine Sorgen deswegen, Cally."

Aber er hielt die Augen offen.

„Ich habe Recht. Das weiß ich.“ Ben pirschte im Raum hin und her wie ein Tiger in seinem Käfig. „Jemand muss Informationen über unseren Spyscape an Macey weitergeleitet haben. Es gibt keine andere Erklärung.“

Lori beobachtete ihn nervös. Falls sie überhaupt jemals vorgehabt hatte, Ben von Simons Vorschlag hinsichtlich eines Waffenstillstands zu erzählen, jetzt war nicht die rechte Zeit dafür. „Aber wer würde so etwas tun, Ben?“, fragte sie. Sie war sich sicher, dass niemand aus dem Bond-Team ein Verräter war, und gleichermaßen sicher, dass Simon nicht betrügen würde, auch wenn sie dieses Vertrauen in ihn nicht laut äußerte.

„Vielleicht Daly?“, grübelte Ben. „Um mir eins auszuwischen … Nein. Seinen Teamkameraden hinterrücks ein Messer zwischen die Rippen zu stoßen, ist nicht sein Stil, sogar ich muss das zugeben.“

„Natürlich ist das nicht sein Stil.“ Lori war ehrlich erschüttert. „Wie kannst du so was überhaupt nur denken?“

„Cally?“ Ben zählte die Teammitglieder an den Fingern einer Hand ab. „Wir hatten in der Vergangenheit so unsere Meinungsverschiedenheiten.“

„Die sind aus der Welt geschafft.“

„Vielleicht hat Jennifer ja irgendwie gehört, wie wir ihr Verhalten diskutiert haben, und das ist nun ihre Rache. Oder vielleicht Eddie … Nein, Eddie kann's nicht sein. Das ist wirklich lächerlich.“

„Das ist alles lächerlich“, sagte Lori. „Und was ist mit mir? Du hast mich noch nicht beschuldigt, Ben. Ich muss auch auf deiner Liste der Verdächtigen stehen.“

„Was redest du denn da?“ Ben hielt in seinem Auf- und

Abschreiten inne und betrachtete Lori mit gekränkter Miene. „Ich habe nie auch nur eine Sekunde lang an dir gezweifelt, Lori, noch nicht mal für den Bruchteil einer Sekunde. Warum, glaubst du, bespreche ich das Ganze mit dir? Ich vertraue dir doch völlig. Bedingungslos. Du bist mein Mädchen."

Lori errötete. Sie hoffte, Ben würde es eher als Freude interpretieren und nicht als Schuldgefühl. „Ich bin froh, das zu hören", sagte sie und auch in ihrer Stimme schwang Gekränktheit mit.

Ben ließ sich neben ihr aufs Bett sinken, nahm ihre Hand. „Hör mal, ich wollte dir das schon die ganze Zeit sagen, seit wir zurück sind, wegen der Sache mit dem Anruf neulich, weißt du noch? Es tut mir leid, dass ich so schroff zu dir war. Das hätte ich nicht tun dürfen. Ich war im Unrecht."

Sie hörte nicht oft Entschuldigungen von Ben, Eingeständnisse von Fehlern. Lori empfand das Bedürfnis, ihm irgendwie entgegenzukommen. Vielleicht war das ja ihre Chance zu sagen: Mir tut es auch leid, insbesondere weil ich mich von Simon Macey habe küssen lassen. Andererseits … vielleicht sollte sie erst mal etwas versuchen, das ein bisschen weniger schockierend war: „Schon okay, Ben. Du warst im Einsatz. Ich war diejenige, die sich dämlich benommen hat."

„Na, dann passen wir ja gut zusammen, was?" Ben grinste. „Dämlichkeit ist weit verbreitet. Vielleicht sollten wir Eddie rufen und ein Trio gründen."

„Nein", sagte sie. „Ich bin glücklich und zufrieden nur mit uns beiden."

„Gut. Das beruht auf Gegenseitigkeit." Er spitzte die Lippen zu einem Kuss.

„Aber, Ben." Lori presste einen Finger an seine Lippen. „Noch eines. Diese Sache mit dem Solo-Team. Sag mir, dass du deine Meinung geändert hast. Sag mir, dass du mir zustimmst: Unter uns gibt es keinen Verräter."

Ben seufzte. „Und ich muss es auch meinen?" Lori nickte. Er seufzte erneut, zuckte mit den Achseln. „Du hast Recht, Lo. Ich bin wieder im Unrecht. Es gibt keinen Verräter. Das ist unmöglich. Aber", und dieses Mal lag Bens Finger auf Loris Lippen, „Macey hat unser Spyscape irgendwie in die Finger gekriegt. Darauf würde ich wetten – um Geld."

„Natürlich nicht." Simon war fassungslos. „Wir wollen das Bond-Team schlagen, klar, und das, obwohl du dazugehörst, Lori, aber wir würden deswegen nicht betrügen. Das ist unmoralisch. Ich meine, am Ende würden wir uns nur selbst betrügen."

Lori lächelte erleichtert. „Das wusste ich doch", sagte sie. „Ich wollte nur noch mal hören, dass du es selbst sagst."

„Ich sage alles, was du willst! Ben ist also nicht sehr erfreut darüber, dass wir euch überholt haben?"

Lori sah nicht so aus, als wollte sie darauf antworten.

„Ist schon okay", beschwichtigte Simon. „Was auch immer du sagst, es bleibt innerhalb dieser vier Wände."

In einer Umgebung, in der Privatleben Seltenheitswert hatte, waren die Klassenräume der Spy High leer stehend für die Studenten oftmals von größerem Nutzen, als wenn dort Unterricht stattfand.

„Lori?“

„Was glaubst du? Wir können die Idee mit dem Waffenstillstand erst mal auf Eis legen, bis der letzte Wettkampf vorbei ist.“ Lori wandte ihren Blick von Simon ab, dachte an Ben und sich, an ihr Beisammensein vor Kurzem. „Und ich glaube, wir sollten das zwischen uns auch abkühlen lassen, Simon.“

„Was? Aber wir werden doch gerade erst warm miteinander.“

„Ich bin Bens Freundin, Simon. Und das will ich auch sein.“

„Bist du dir da sicher?“ Simon trat wieder in Loris Blickfeld. „Sieh mir in die Augen, Lori.“ Und in das Lächeln. „Bist du dir sicher? Du schienst dir darüber nicht so im Klaren gewesen zu sein, als wir uns geküsst haben. Ich meine, es war schon ein *Wir*-Kuss, oder? Wir waren beide daran beteiligt. Vielleicht wenn wir die Vorstellung noch mal wiederholen würden ...“

Lori schüttelte den Kopf, wenn auch weit weniger überzeugend, als sie gehofft hatte. „Nein, Simon, ich ...“

„Bond-Team ins Besprechungszimmer Eins, bitte.“ Die Lautsprecheranlage. „Bond-Team ins Besprechungszimmer Eins.“

Die Studenten verharrten, runzelten die Stirn. „Was hat das zu bedeuten?“, fragte Simon.

Lori schüttelte den Kopf. „Ich habe keine Ahnung, aber es bedeutet, dass ich gehen muss, und das ist wahrscheinlich auch besser so.“

„Meine Gefühle für dich ändern sich nicht, Lori", sagte Simon. „Ich weiß, dass du auch etwas für mich empfindest. Ich werde warten. Wenn Ben es versaut, weißt du, wo ich zu finden bin."

Voller Unbehagen verlagerte Lori ihr Gewicht von einem Fuß auf den anderen. „Ich muss los."

„Wir sehen uns, Lori", rief Simon ihr hinterher. „Bald."

Mit gesenktem Kopf schoss Lori aus dem Klassenraum. Gerade noch rechtzeitig sah sie Jakes Füße. Fast wäre sie mit ihm zusammengeprallt. Sie schrie auf, mehr aus Furcht, dass er in den Raum hinter ihr schauen und Simon Macey entdecken würde, als aus Angst, dass sie ihn verletzt haben könnte. „Jake", meckerte sie. „Was machst du denn hier?"

„Nach dir suchen", sagte er schlicht. „Sieht so aus, als müssten wir an einer Besprechung teilnehmen."

„Ich weiß." Lori packte Jakes Hand und zog daran. „Also, worauf warten wir noch?"

Sie hatte Glück. Jake folgte ihr und schaute nicht dahin, wo sie nicht wollte, dass er hinsah. Gefahr gebannt, dachte Lori.

Doch zu Loris Pech brauchte Jake Simon gar nicht zu sehen. Er hatte bereits genug gehört.

Es ist wie in einem dieser alten Kriegsfilme, die sich Vater immer auf Twentieth Century Gold angesehen hat, dachte Eddie. Fallschirmjäger, die in ultrageheimer Mission im Tiefflug hinter die feindlichen Linien gebracht wurden; mit den Fallschirmen auf den Rücken saßen sie in zwei Reihen zu beiden Seiten des Flugzeugs, starrten einander mit finsteren Mienen an und kauten Kaugummi. Nur dass das Bond-Team nicht in einem Flugzeug saß, sondern stattdessen dicht gedrängt auf der Ladefläche eines Trucks, der vermutlich schon während des Zweiten Weltkrieges im Einsatz gewesen war – alles auf niedrigstem technischem Standard, um Nemesis am Herumschnüffeln zu hindern.

Es war auch nirgendwo ein Fallschirmjäger in Sicht. Sie mussten vorliebnehmen mit einigen ähnlich hartgesottenen Armeetypen, die Keene begleiteten. Sie hatten sich den Teenagern gegenüber aufgereiht, mit solch furchterregenden Gesichtern, dass Eddie sich nicht einmal traute, ihnen auch nur in die Augen zu schauen, für den Fall, sie könnten sich dadurch beleidigt fühlen und ihm zur Erheiterung aller mit bloßen Zähnen die Eingeweide herausreißen. Auch Keene saß ihnen gegenüber oder zumindest ein funktionierendes Standbild von ihm. Der Mann mit dem Kopf eines Wiesels, der sich ihnen als Chefermittler vorgestellt hatte, hatte sich nach vorne zum Fahrer gesetzt – zusammen mit dem Typen, der dafür verantwortlich war, dass sie überhaupt alle hier waren (was „hier" auch immer bedeutete), dem ehemaligen KAOS-Agenten, auch bekannt als Corbin.

Oh ja, ob Eddie noch vor der Schlafenszeit von einem psychotischen Computervirus gegrillt wurde oder nicht, hing allein von Corbin ab.

„Natürlich", hatte die Stimme von Jonathan Deveraux gesagt, während er vom Bildschirm im Besprechungszimmer Eins auf das Bond-Team herabblickte, „zwingt euch niemand zu gehen. Corporal Keene und eine Gruppe handverlesener Männer werden euch begleiten, aber dennoch birgt diese Operation bedeutende Risiken. Das lässt sich nicht leugnen."

Und bedeutenden Ruhm, so konnte Eddie Ben beinahe denken sehen. Bedeutende Gelegenheit, den Spyscape wieder gutzumachen.

„Wir verstehen, Sir", sagte Ben, mit der Haltung eines edlen Anführers. „Wir wollen gehen."

„Das stimmt", echote Jake.

Im ersten Moment hatte sich Eddie darüber gewundert. Doch dann fiel ihm wieder der Dom ein, Jakes Dom, und die Zerstörung, die alle außer ihm und Lori mit eigenen Augen gesehen hatten. Damals, als er mal wieder auf die Reservebank abgeschoben worden war. „Wir sind bereit, Mr Deveraux, Sir", hatte er gesagt, obwohl es den Anschein hatte, als hätte keiner mehr zugehört.

Da waren sie also. Eddie saß hinten im Truck und lugte durch die flatternde Plane nach draußen. Er erhaschte einen Blick auf verkrüppelte Bäume. Ein holpriger Weg, irgendwo in der Pampa. „Warum können die Hauptquartiere der Schurken nie an irgendeinem Ort sein, von dem es Urlaubsprospekte gibt?", murmelte Eddie. Der Truck ruckelte heftig. „Oder zumindest, wo sie anständige Straßen haben. Ich fühle mich, als hätte ich zwölf Runden mit einem türkischen Masseur hinter mir."

„Eddie", sagte Cally matt, „sagen dir die Wörter ‚halt' und ‚die Klappe' was?"

„Von Tag zu Tag mehr", brummte Eddie, wobei er sich fragte, wie viel endloser die Fahrt noch werden konnte.

Sogar ein Angriff durch Nemesis wäre dem Tod durch Langeweile noch vorzuziehen.

Der Truck bremste. Das Standbild von Keene bewegte sich plötzlich und bellte Befehle, auf die sich offenbar nur jene mit einem Hang zum Militärischen einen Reim machen konnten. Die Soldaten kletterten geschlossen vom Truck herunter. „Ich bin schon mächtig gespannt auf ihren Willkommenscocktail", bemerkte Eddie.

„Kommt." Ben scheuchte seine Teamkameraden auf. „Wir sind anscheinend da."

Es sah nicht sehr viel versprechend aus. Der Weg endete hier. An seiner Stelle erhob sich eine große Erdanhöhe vor ihnen, wie ein Hügel mit ziemlich verkümmertem Pflanzenbewuchs.

„Entgeht mir hier irgendetwas?", wunderte sich Eddie. „Kann man das KAOS-Hauptquartier nur mit Röntgenbrillen sehen, oder was?"

„In Ordnung, Corbin, keine Tricks", riet der Chefermittler.

Corbin neigte leicht den Kopf, um sich zu vergewissern, dass das Bond-Team noch da war, dann lief er zu einem nahe stehenden Baum, presste seine Handfläche an den Stamm und drückte dagegen. Augenblicklich tat sich die Erdanhöhe auf, wie ein Mund, der sich zu einem dunklen, geheimnisvollen Lächeln öffnete. Das Gras und das Erdreich waren auf Stahl befestigt. Sie wurden zu Türen. Und hinter der Tür lag ein Gang. Wie der Eingang zu einer Krypta. Auf einmal erschien es Eddie ganz verlockend, auf einem Truck festzusitzen.

Offenbar war Corbin der gleiche Gedanke gekommen.

„Bitte, ich habe getan, was ich versprochen habe", wandte er sich an den Chefermittler. „Von hier aus finden Sie den Weg alleine, ich warte im Truck."

Der Chefermittler lachte leise. „Das Vehikel bleibt, wo es ist", sagte er. „Sie nicht. Bitte." Er deutete mit einer Handbewegung auf den klaffenden Riss in der Erde. „Nach Ihnen."

Mit großer Wahrscheinlichkeit hätte Corbin in diesem Moment versucht zu türmen, wären da nicht Keenes Männer gewesen, die ihre automatischen Waffen auf ihn gerichtet hielten. Er lächelte schmallippig, humorlos. „Als ob sie etwas nutzen würden, wenn Nemesis uns findet." Ob er die Soldaten oder die Waffen meinte, das führte er nicht näher aus.

Widerwillig bewegte er sich auf die KAOS-Festung zu. „Ich will, dass die Kids ganz in meiner Nähe bleiben. Sie haben erlebt, was dieses Ding anrichten kann."

„Keine Sorge, Corbin", versprach Jake und es klang mehr wie eine Drohung. „Wir werden bei Ihnen bleiben. Des dreizehnten Doms wegen."

Corbin betrat als Erster den Komplex, das Bond-Team und der Chefermittler folgten, alle flankiert von Keene und seinen Männern, von denen der Corporal zwei am Eingang postiert hatte. „Für den Fall, dass wir abhauen wollen?", flüsterte Lori Ben zu.

Die Dunkelheit der Erde verschluckte sie.

Die Lampen an den Helmen und Waffen der Soldaten wurden angeknipst. Die Zivilisten trugen ihre eigenen Lichtquellen, alle außer Corbin, der auch ohne die Hilfe von künstlichem Licht zu wissen schien, wo es langging.

Weiße Strahlen stachen in die Finsternis, deuteten das Vorhandensein von Metallklötzen an, Maschinen vielleicht oder Rohmaterial, zeigten tiefe Winkel voll Dunkelheit an, unbekannte Gruben und Höhlen, in denen alles Mögliche auf der Lauer liegen konnte. Eddie ertappte sich dabei, dass er hoffte, Keenes Soldaten hätten nicht nur furchterregende Gesichter.

„Wartet!", rief Cally aus.

Alle blieben stehen und drängten sich zusammen. Die Spannung hinter den Lichtbündeln war beinahe spürbar. „Was ist?", fragte Keene.

„Ich dachte, ich hätte was gesehen. Da hinten. Etwas, das sich im Dunkeln bewegt hat." Doch sie klang nicht mehr sehr überzeugt. „Ich dachte … Es sah aus wie ein Mann."

Corbin lachte hohl. „Hier drinnen bewegt sich nichts außer uns, nichts Lebendiges. Das ist unmöglich. Nemesis lässt nichts unerledigt."

„Vorwärts, Corbin", befahl Keene.

„Aber ich hab ihn gesehen, ich bin mir sicher", wisperte Cally, mehr zu sich selbst als zu Lori, die beschwichtigend ihren Arm drückte. „Es war ein Mann, bleich wie der Tod."

„Je früher wir hier wieder rauskommen, desto besser", murmelte Jennifer. Die Dunkelheit glich zu sehr ihren Träumen. Wären die anderen nicht dabei, wäre Jake nicht dabei, würde sie wahrscheinlich mittlerweile schon lauthals schreien. Und nicht fähig sein, wieder aufzuhören.

„Ende der Straße", sagte Corbin, eine Fläche von undurchdringlichem Schwarz vor sich. Die Taschenlampen offenbarten eine Stahlwand und eine Tür. „Dahinter sind die Hauptlabors."

„Dann nichts wie rein." Der Chefermittler war Feuer und Flamme.

„Das sehe ich anders." Corbin schüttelte den Kopf. „Die Fingerabdruckerkennung der Tür ist aktiviert. Sie wird Ihre Signatur nicht erkennen."

„Sie wird nicht unsere Fingerabdrücke lesen."

„Oh, nein. Nein." Zum ersten Mal wirkte Corbin aufrichtig erschrocken. „Wenn ich meinen benutze und Nemesis schaut zu, dann sind wir tot. Nein. Wenn ich diese Tür aktiviere, dann töte ich uns alle. Sie können mich nicht dazu zwingen!"

„Keene", sagte der Chefermittler. „Zeigen wir Mr Corbin, dass wir sehr wohl können."

Keene gab ein Zeichen. Zwei Soldaten schnappten sich Corbin und pressten seine linke Hand gewaltsam gegen die Kontrolltafel in der Wand. „Nein! Nein! Das dürfen Sie nicht!" Das verzweifelte, fast kindliche Flehen des Mannes versank in der Dunkelheit wie Kieselsteine in einem Teich, eine leichte Kräuselung und dann war es verschwunden. „Sie haben uns umgebracht!", schluchzte Corbin. „Sie haben uns alle umgebracht."

Die Mitglieder des Bond-Teams tauschten verunsicherte Blicke aus. Wenn es jemand anders als Corbin gewesen wäre, hätten sie vielleicht Mitleid empfunden.

Die Labortür glitt auf.

„Haltet ihn fest", wies der Chefermittler die Soldaten an. „Dann sehen wir mal nach, was wir hier haben." Er trat durch die Tür.

Corbin wand sich in dem Griff seiner Wächter, um das Bond-Team ansehen zu können. „Ihr wisst, was jetzt passieren wird, nicht wahr?" Sein gehetzter Blick huschte von einem zum anderen. „Es wird so sein wie im Zug. Wir sind Ratten in einer Falle. Nemesis weiß es. Versteht ihr mich? Nemesis ist hier."

Aber das Labor machte einen anderen Eindruck. Seit Längerem schien nichts und niemand Lebendiges mehr in den Räumen gewesen zu sein. Lange Tische mit Computern standen dort, Reihen von Kontrolltafeln, seltsame technologische Konstruktionen, deren eigentlicher Zweck nur erraten werden konnte, aber nirgendwo zeigte sich auch nur das leiseste Anzeichen elektronischer Aktivität. Alles war zerschlagen, kaputt, zerstört. Überall lagen Trümmer. Als wäre im Herzen des Labors eine Bombe explodiert. Nur ein schwaches, blasses Licht schwebte in der Luft wie ein Geist. Es war zumindest so hell, dass sie die Taschenlampen ausknipsen konnten. Die Mitglieder des Bond-Teams verstauten ihre Lampen wieder in den Gürteltaschen.

„Sieht aus, als wär hier 'ne richtig heiße Party abgegangen", sagte Eddie. „Bin irgendwie froh, dass ich nicht auf der Gästeliste stand." Die anderen machten Gesichter, als würden sie das Gleiche empfinden.

„Hier wurde also Nemesis geboren." Die Stimme des Chefermittlers schallte dünn und vergänglich durchs Labor. „Dann schauen wir mal, ob wir irgendetwas finden, was wir benutzen können. Corbin, zu mir. Ich will wissen, ob wir irgendeines dieser Geräte wieder zum Laufen kriegen."

Außer den beiden Soldaten, die Corbin so unsanft behandelt hatten und nun dauerhaft abgestellt zu sein schienen, stets in seiner Reichweite zu bleiben, schwärmten Keene und alle seine Männer aus, um das Labor näher in Augenschein zu nehmen, seine dunklen Ecken und weiten Flure.

Corbin wandte sich erneut an die Mitglieder des Bond-Teams, als stellten sie eine Art letzte Chance für ihn dar. „Hört mir zu, Kids", drängte er, „ich verlasse mich auf euch. Redet mit ihm. Er hat keine Vorstellung, was mit uns geschehen wird, wenn wir hier bleiben. Hierzubleiben ist völlig sinnlos. Nemesis hat alles zerstört, das seht ihr ja. Das könnt ihr doch sehen, oder?"

„Alles, was ich sehen kann, ist ein Loser, der uns zerstört hätte, wenn er dazu in der Lage gewesen wäre", sagte Jake, „und der um ein Haar meine Familie zerstört hätte. Sie tun uns ja so leid, Corbin."

„Du. Computer-Girl." Cally. „Du weißt, wovon ich spreche, oder? Du hast Nemesis schon einmal gestoppt. Das wird er nicht vergessen. Er wird dich holen wollen. Er wird dich jagen, bis er dich hat."

„Ja?" Kühl begegnete Cally Corbins verzweifeltem Blick. „Aber ich vermute mal, er wird Sie zuerst wollen." Sie hoffte, dass ihre Teamkameraden nicht ihr Schaudern bemerkten. Sie erinnerte sich an die digitalen Augen, die sich Hass downloadeten und die sie gesehen hatten. Nemesis wusste, wer sie war.

„Sir? Sir! Hierher!" Einer der Soldaten hatte etwas entdeckt.

Jemanden.

Sie eilten zu ihm und bildeten einen Kreis um die Gestalt, die unbemerkt neben einem zusammengebrochenen Kontrollpult gelegen hatte. Der Laborkittel des Mannes war zerfetzt. Drähte wanden sich wie magersüchtige Schlangen um seine Gliedmaßen, wie Stricke, die seinen Körper zusammenhielten. Weitere Drähte schlängelten sich um seinen Hals und zogen sich als Geflecht über seinen Kopf, seinen Schädel.

„Was hat das zu bedeuten, Corbin?", fragte der Chefermittler scharf.

Corbins Kopf zuckte hin und her, als erlitte er einen plötzlichen Anfall. „Ich weiß nicht. Ich … Es ist Patten, einer der Väter … des Virus."

„War." Der Chefermittler kniete sich neben den Körper. „Er ist gar nichts mehr außer tot. Aber was ist das?"

Der suchende Finger des Chefermittlers folgte den Kabeln, die den Kopf des Mannes umspannten. Sie schienen sich in seinen Kopf eingegraben zu haben. Das Haar war an einigen Stellen verschmort und die Haut schwarz und verbrannt.

„Corbin. Was geht hier vor?"

Der Chefermittler hob den Kopf. Man sah deutlich seinen Adamsapfel, der in der Kehle nervös auf- und abhüpfte. Die Arme des toten Mannes schossen nach oben wie Kolben, tote Hände umschlossen den Hals des Ermittlers wie zwei Schraubstöcke. Tote Finger, angetrieben von etwas anderem als Fleisch und Blut, drückten unbarmherzig zu.

Der Chefermittler würde nun keine Fragen mehr stellen.

„Zurück!“, schrie Ben und zerrte Lori mit sich.

Kugeln durchlöcherten den beunruhigend agilen Toten. Für einen Leichnam macht Laserfeuer jedoch keinen Unterschied. Patten erhob sich.

„Was habe ich gesagt!“, kreischte Corbin. „Wir werden alle sterben!“

„Bleibt zusammen“, zischte Ben seinen Teamkameraden zu. „Gebt einander Rückendeckung.“

„Du sagst es“, erwiderte Jake zähneknirschend.

Ein Schrei aus den hinteren Räumen, noch einer. Zwei Salven Laserfeuer. Von kurzer Dauer. Zwei Soldaten waren hineingegangen. Zwei tote Wissenschaftler kamen heraus, gespickt mit Drähten wie Patten.

Drähte wie die Fäden eines Marionettenspielers.

„Nemesis“, keuchte Cally. „Er steuert sie.“

„Zeit für den Abflug?“, schlug Eddie vor.

Doch die Schatten bewegten sich, kamen bedrohlich näher. Die toten Wissenschaftler von KAOS griffen mit bleichen Händen nach den Eindringlingen.

„Wir sind umzingelt!“, rief jemand.

„Eine echt heiße Party“, stöhnte Eddie.

ZEHN

„Feuert drauflos!", schrie Keene. „Macht sie fertig!" Laserschüsse pulsierten durch die Luft und trafen die herannahenden Zombie-Wissenschaftler. Der Feuerschwall brachte sie ins Wanken, sie taumelten hin und her, als würde plötzlich ein scharfer Wind wehen. Er behinderte ihr Vorwärtskommen, aber er hielt sie nicht auf. Die Toten kamen unbeirrbar auf sie zu.

„Bildet einen Defensiv-Kreis", schnauzte Keene. Zum Bond-Team: „Bleibt hinter uns. Bleibt in dem Kreis."

„Da fühl ich mich gleich viel besser", grunzte Eddie. „Erinnert sich hier irgendjemand an Custers letzte Schlacht? Hat irgendjemand einen Plan?"

„Wie sieht's für den Anfang mit *Lass dich nicht erwischen* aus?", sagte Jake.

Aber in einem begrenzten Raum den mörderischen Händen der Zombies zu entwischen war leichter gesagt als getan. Der Soldat, der vor Jennifer stand, war offensichtlich nicht an einen Feind gewöhnt, der nicht brav umfiel, sobald er getroffen worden war. Er verlor die Geduld, rückte nach vorne, sodass sich eine Lücke im Kreis auftat.

Er konzentrierte sich ausschließlich auf ein Ziel und versäumte es, die anderen Gegner im Visier zu behalten. Also nahmen sie stattdessen ihn ins Visier, packten seine Arme, verdrehten sie wie Gummi und setzten den Angst- und Wutschreien des Soldaten ein für alle Mal ein Ende.

Jennifer schlang schützend ihre Arme um ihren Körper, als sie sich zu ihr umdrehten, aber sie beachteten sie nicht weiter, sie schien ihnen egal zu sein. Die Zombies hielten ihre verloschenen Augen ausschließlich auf ein Mitglied des Bond-Teams gerichtet und steuerten zielstrebig darauf zu. Cally.

„Oh, nein, das tun Sie nicht, Mr Tod!" Jake schleuderte einen Metallstuhl gegen einen der Zombie-Köpfe. Der Hieb zerschmetterte den Hals des Angreifers, sodass der Kopf nur noch schlaff herunterbaumelte, lose, die Augen zum Boden hin. Die mörderischen Arme schlugen wild um sich.

Und jetzt kam die Schlacht richtig in Gang. Soldaten und Wissenschaftler kämpften Faust gegen Faust, Leben gegen Tod. Die Geschlossenheit des Kreises war gebrochen. Es herrschte Chaos.

„Bond-Team zu mir!" Keene versuchte seine Studenten zu beschützen, aber Patten rang mit dem Corporal, Hände wie aus Eisen langten nach seinem Hals. Nur ein Laserschuss aus kürzester Entfernung vermochte den toten Mann ausreichend durchzurütteln, sodass Keene sich aus der Umklammerung befreien konnte.

„Denkt an das Ninja-Programm", instruierte Ben seine Teamkameraden. „Vermeiden und ablenken. Lasst euch nicht von ihnen berühren."

„Sie haben eine Schwäche", fügte Lori hinzu. „Sie sind langsam. Wir sind schnell. Nutzt das aus."

Zombie-Hände griffen zu. Verschiedene Kampftechniken setzten sie außer Gefecht. Lori hatte Recht. Wenn sie sich schnell genug bewegten und improvisierten, konnten sie zumindest einen vorübergehenden Vorteil wahren. Das Bond-Team griff an, gut gezielte Schwinger mit den Beinen ließen ihre Angreifer durch die Luft segeln und ungelenk zu Boden gehen, Fäuste und Unterarme wehrten Angriff für Angriff ab. Wurden mit der Zeit aber auch immer schlapper. Und einer nach dem anderen fielen die Soldaten.

„Cally!" Jennifer versuchte sich über die Schreie und das Lärmen hinweg Gehör zu verschaffen. „Sie wollen Cally!"

„Ich wusste gar nicht, dass ich so beliebt bin", bemerkte Cally, während sie einem Angreifer auswich und einen anderen mit einem Tritt zu Fall brachte. „Aber ich könnte hier schon etwas Hilfe gebrauchen."

Das Bond-Team schloss seine Reihen.

„Nemesis weiß, dass von dir die größte Bedrohung ausgeht", wurde Jake klar. „Du hast ihn im Zug aufgehalten. Er denkt, du könntest ihn vielleicht auch ein weiteres Mal aufhalten."

„Und Cal", stöhnte Eddie und drängte mit einem Hagel von Schlägen einen Zombie zurück, „irgendwie hoffen wir das auch." Tote Finger streiften seine Schulter. „Und mach schnell, ja?"

Corbin dachte nicht daran zu warten. Seine Angst war in Gerissenheit umgeschlagen, der Überlebensinstinkt eines gefangenen Tieres geweckt. Als die beiden Soldaten, die ihn bewachten, sich auf einmal mit der weit wichtigeren Angelegenheit, ihr eigenes Leben zu retten, befassen mussten, sah er seine Chance. Nur für einen kurzen Augenblick hatte das Hin und Her des Kampfes einen Fluchtweg zur Labortür eröffnet. Corbin spurtete los.

Er hatte eigentlich nicht damit gerechnet, bis dorthin zu kommen, doch er schaffte es. Jetzt konnte er es allen zeigen, seinen früheren Mitstreitern, diesen hirnlosen Soldaten, diesen nervigen Kids, allen.

„Corbin!“

Der Corporal schrie ihm hinterher. Tja, lass ihn doch schreien. Benutz die guten alten Stimmbänder, solange es noch geht, solange du sie noch hast. Corbin winkte zum Abschied und schlüpfte aus dem Labor.

Die Tür funktionierte über Fingerabdrücke. Das hatte er ihnen gesagt. Und er hatte sie auch gewarnt, aber sie hatten ihn trotzdem dazu gezwungen, sie zu öffnen. Niemand musste ihn dazu zwingen, sie wieder zu schließen. Alle anderen würden drinnen bleiben.

Und was war mit ihm? Noch nicht in Sicherheit. Tiefe Dunkelheit hier draußen, in der sich die Toten verstecken konnten. Noch nicht in Sicherheit.

Corbin rannte, raste auf den in der Ferne liegenden Ausgang zu, auf die Freiheit der Welt da draußen zu. Vor ihm befanden sich die offenen Türen des Komplexes, das Licht am Ende eines besonders beängstigenden Tunnels.

Jeden keuchenden, winselnden, herz- und fußstampfenden Moment lang rechnete Corbin damit, dass weiße Hände aus der Dunkelheit hervorschnellten, um ihn zu packen und zu verdrehen und ihn in Stücke zu reißen. Aber das geschah nicht. Nemesis musste den Schwerpunkt seiner Aufmerksamkeit auf das Labor gelegt haben.

Beinahe jaulend vor begeisterter Erleichterung, platzte Corbin nach draußen ins wohltuende Sonnenlicht und fröhliche Vogelgezwitscher.

Es schien Corbin nicht aufzufallen, dass die Soldaten, die Keene am Eingang des Komplexes postiert hatte, fehlten. In seinem völlig überreizten Verstand hatte nur ein Gedanke Platz.

Der Truck. Der Truck bedeutete Flucht. Der Truck bedeutete Sicherheit.

Voller Freude warf er die Arme in die Luft. Da war der Truck. Und hier war er, kletterte auf den Fahrersitz. Da waren die Schlüssel, bequemerweise steckten sie noch immer im Zündschloss. Nicht, dass er die Schlüssel gebraucht hätte. Er hätte den Truck auch kurzschließen können. Er drehte den Schlüssel: Der Motor sprang gleich beim ersten Mal an. Vielleicht würde er die Organisation neu gründen, dieses Mal mit sich selbst als unangefochtenem Anführer natürlich. Er lebte und er war in Sicherheit und alles war möglich.

Nur dass es das nächste Mal keinen Nemesis gäbe. Zu gefährlich. Zu unberechenbar. Er fragte sich, ob diese seltsamen Kids wohl schon tot waren. Nein, nächstes Mal würde es keine Fehler geben und keine unerledigten Angelegenheiten.

Wie die Soldaten am Eingang. Corbin erinnerte sich jetzt an sie. Wo waren sie hin?

Vielleicht im Truck? Vielleicht waren sie es, die sich hinter seinem Rücken bewegten.

Der Schweiß auf seiner Haut wurde zu Eis.

Vielleicht waren sie es doch nicht.

Corbin erstarrte. Er wagte es nicht, hinter sich zu schauen.

Bis zwei tote, weiße Hände seinen Kopf ergriffen und ihn herumdrehten. Einmal ganz herum.

Sie konnten nicht länger durchhalten. Cally wusste es ebenso gut wie die anderen. Auch die Soldaten, von denen immer mehr von den offenbar unaufhaltsamen Angreifern überwältigt wurden, wussten es. Die schwindende Schar Überlebender stand mit dem Rücken zur Wand – sowohl im übertragenen als auch im wörtlichen Sinne. Sogar die Zombies schienen zu spüren, dass ihr Triumph nur eine Frage der Zeit war.

Wenn sie nur die Steuerung zerstören könnten, dachte Cally, sie irgendwie unterbrechen. Aber *irgendwie* würde nicht ausreichen. Wenn sie doch nur mehr Zeit hätte, um zu planen, eine Idee zu entwickeln. Aber auch die Zeit war nicht auf ihrer Seite.

„Cal!“, schrie jemand.

Hinter ihr. Sie drehte sich rasch um, doch schon hatten Hände wie kaltes Fleisch sie geschnappt, umklammerten ihren Hals. Es war Patten, der sie in die Knie zwang. Sie vermochte nicht, ihn abzuschütteln.

„Helft mir!“ Cally röchelte ihre Bitte hervor. „Irgend… jemand … Hilfe.“

Patten quetschte ihren Hals, als sei er eine Tube Zahnpasta. Sie hörte ihren Halswirbel knacken.

„Irgend … jemand …“ Die Welt um sie herum wurde langsam schwarz.

Und dann erreichte sie eine Nachricht. Es war Pattens Stimme, doch die Worte kamen von jemand anders: „Organische … Formen … unrein."

Und in die Augen des Wissenschaftlers trat ein Funken sadistischen Vergnügens, diese starren Zombie-Augen, jetzt unmittelbar vor ihrem Gesicht. Ein Funken, der pulsierte und pochte wie ein gelbes Herz. Und auch nicht in den Augen, sondern dahinter. Dahinter.

Es kam nicht infrage, dass Cally jetzt starb. Die anderen verließen sich auf sie.

Sie klammerte sich an ihr Bewusstsein wie ein Ertrinkender an seinen Rettungsring. Keene – war es Keene? – schlug kraftlos auf Pattens Schädel ein, zersplitterte ihn wie einen Baumstamm. „Augen", krächzte Cally. „Hinter den Augen … Schießt …"

Keene kapierte. Ein gleißender Funke blitzte neben ihrem Gesicht auf, begleitet von einem ohrenbetäubenden Lärmgewitter. Patten machte einen Satz nach hinten, seine Sehfähigkeit zur Hälfte reduziert. Er lockerte seinen Griff und Cally japste nach Luft. In der Höhle, wo sein Augapfel gesessen hatte, waren Hirn und Schaltkreise miteinander verschmolzen. Er war wieder tot.

„Control-Chip", hustete Cally. „Das ist die Antwort."

„Die Augen!", rief Keene aus. „Zielt auf die Augen!"

Als ob sie die Worte des Corporals verstanden hätten – und vielleicht hatten sie das ja –, hielten Pattens Zombie-Gefährten für einen kurzen Moment inne, schienen beinahe rasche, Rat suchende Blicke auszutauschen. Die überlebenden Soldaten zögerten nicht, nicht für einen Augenblick. Sie zielten. Sie schossen.

Augäpfel knallten durch die Luft wie Champagnerkorken.

Und die Zombies fielen der Reihe nach um, so als verspürten sie auf einmal das Verlangen beerdigt zu werden, als hätten sie die plötzliche Eingebung, dass die Toten kein Recht dazu hatten, die Lebenden derart zu attackieren. Als wären die Marionettenfäden mit einem Mal durchtrennt.

Hoffnungsvolles Gebrüll der Überlebenden. Das Blatt wendete sich.

„Klasse geschossen, Jungs", bewunderte Eddie. „Sieht so aus, als würdet ihr die ganze Reihe Schießbudenfiguren einsacken."

„Cal, geht's dir gut?" Jennifer und Jake knieten neben ihr, halfen ihr in eine aufrechte Sitzposition.

„Mir ging's schon mal besser", krächzte sie heiser.

„Das hast du gut gemacht, Cal", lobte Keene. „Ihr alle. Ich glaube, wir haben die Situation jetzt wieder im Griff."

Der Laborboden war übersät mit Zombiekörpern, vom Chefermittler und der Mehrheit von Keenes Männern ganz zu schweigen.

„Hey, Corbin ist weg", bemerkte Ben. „Und er hat uns eingeschlossen."

„Mach dir keine Sorgen, Stanton", sagte Keene. „Er kommt nicht weit."

„Wir auch nicht, Corporal", sagte Ben. „Zum Öffnen der Tür benötigen wir Corbins Fingerabdrücke."

„Ben ... das ist ... schon ... okay." Cally hatte das Gefühl, ihre Stimmbänder wären durch die Mangel gedreht worden. „Die anderen ... Wissenschaftler ... müssen ebenfalls ... Zugang ... gehabt haben."

„Die anderen Wissenschaftler?"

Cally deutete auf die Haufen weißbekittelter Körper. „Du hast ... freie Auswahl."

Es war ein müdes und entmutigtes Bond-Team, das mit Corporal Keene nach Spy High zurückkehrte. Sie hatten Corbins Leiche im Truck vorgefunden, zusammen mit zwei weiteren Toten, die allerdings erst durch einen Laserschuss ins Auge an die Tatsache erinnert werden mussten, dass sie tot waren. Aber die ganze unglückselige Expedition zu KAOS' letztem Laborkomplex hatte keine neuen Erkenntnisse gebracht, keine Hinweise darauf gegeben, wie Nemesis ausfindig zu machen und zu vernichten sei. Alles, was die Aktion gebracht hatte, waren Tote.

„Das ist das Risiko, das wir alle in unserer Branche eingehen", sagte Keene auf der Heimreise. „Seid dankbar, dass ihr nicht dran glauben musstet." Eddie fragte sich, warum der Corporal sich nicht als Motivationstrainer versuchte.

„Duschen und schlafen", stöhnte Ben, als sie sich mit müden Knochen auf ihre Zimmer schleppten. „Und vielleicht beides zur gleichen Zeit."

„Ich glaube, ich könnte zuerst etwas zu trinken gebrauchen, oder so", sagte Jennifer. „Hat irgendjemand Lust, mitzukommen? Du, Jake?" In ihrer Frage schwang heimliche Hoffnung mit.

Jake schien hin- und hergerissen. „Nein, ich denke nicht, Jen. Tut mir leid. Ich glaube, ich hau mich auch einfach nur aufs Ohr."

„Oh. Okay." Jennifer versuchte angestrengt, ihre Enttäuschung zu verbergen, fragte sich aber, ob Jake sie wirklich so toll fand, wie Cally behauptet hatte; hätte er dann nicht Ja gesagt, um Zeit mit ihr zu verbringen? „Okay. Macht nichts." Die anderen hatten offenbar auch kein Interesse. „Dann geh ich eben alleine."

„Nee, das kann ich nicht zulassen. Ich leiste dir Gesellschaft, Jen." Eddie meldete sich freiwillig.

„Klasse, Eddie. Danke." Jennifer sah, dass Cally mitfühlend die Augenbrauen in die Höhe zog. Vielleicht war es ihre Müdigkeit und die Überanstrengung, die ihre Sicht verschwommen machte, aber Jennifer glaubte zu sehen, dass in dem Augenblick, als sie sich mit Eddie zum Gehen wandte, Jake Lori leicht an der Schulter berührte und ihr etwas ins Ohr flüsterte. Aber das musste sie sich eingebildet haben. Was würde Jake von Lori wollen, das so geheim gehalten werden musste?

Lori stellte sich die gleiche Frage, nachdem sie Ben und Cally angelogen hatte, dass sie sich nun doch noch entschieden habe, mit Jake etwas trinken zu gehen. Sie kamen nie im Aufenthaltsraum an. Die Arbeitszimmer in Deveraux waren nicht nur nützlich, um Fahrstühle darin unterzubringen, sondern auch, um Streitigkeiten auszutragen.

„Also, Mr Geheim und Dringlich?" Lori sah, dass Jake etwas auf dem Herzen hatte. „Was ist los? Das sieht dir gar nicht ähnlich, Jake!"

„Sich mit dem Feind einzulassen sieht dir auch nicht ähnlich, Lori, aber genau das läuft hier gerade, richtig?"

„Was? Was meinst du?" Einige Sekunden lang, in denen Jake schwieg, kam Lori tatsächlich nicht dahinter. Es bedurfte einer Weile, bis sich ihre Definition von Feind dahingehend ausgedehnt hatte, dass sie auch Simon Macey umfasste. Aber als sie so weit war, wusste Lori genau, was Jake meinte. Sie steckte in Schwierigkeiten. „Ich verstehe nicht“, bluffte sie ungeschickt. „Vielleicht sollte ich besser …“ Lori ging auf die Tür zu.

„Simon Macey“, sagte Jake, woraufhin sie abrupt stehen blieb, als wären seine Worte irgendeine Art von Versteinerungszauberspruch. „Erzähl mir von dir und Simon Macey, Lori.“

„Jake?“ Lori drehte sich halb zu ihm um, traute sich aber nicht, ihn direkt anzusehen. „Es gibt kein *ich und Simon Macey*. Wie sollte das möglich sein?“

„Ich weiß es nicht, Lori“, überlegte Jake, „anfangs habe ich gedacht, dass Ben mal wieder eine Riesenwelle macht mit seinem Gelaber von wegen eines Verräters in unserem Team, weißt du, nur um eine Ausrede für die Tatsache zu haben, dass wir mal besiegt worden sind. Und ich war ziemlich sicher, dass unser nobler Anführer mich beschuldigen würde, mit Macey gemeinsame Sache zu machen, und dann – was finde ich da heraus?“ Seine Stimme wurde eisig. „Es gibt tatsächlich einen Verräter, aber ich bin es nicht. Du bist es, Lori.“

„Ich bin kein Verräter, Jake.“ Loris Augen blitzten dabei entrüstet auf. „Du irrst dich.“

„Lori“, seufzte Jake. „Ich habe deine Reaktion nach dem Spyscape gesehen. Ich habe dich und Macey gehört, bevor wir mit Keene aufgebrochen sind.“

Lori schüttelte den Kopf. „Ich weiß nicht, wovon du redest.“

„Lori, ich habe nicht genug Fantasie, um mir das alles aus den Fingern zu saugen", beharrte Jake. „Ich meine, ich habe gehört, was ihr gesagt habt, ihr beide. Seine Gefühle für dich werden sich nicht ändern. Er weiß, dass du auch etwas für ihn empfindest. Und jetzt sag mir, dass ich mir das ausdenke."

„Du denkst dir das aus." Aber sie sprach zum Fußboden.

„Du hast dich also nicht heimlich mit Simon Macey getroffen? Hast ihm keine Informationen über unseren Spyscape und was weiß ich nicht noch alles zugespielt?"

„Nein. Nein. Nein. Du irrst dich, Jake." Aber ihre Körpersprache gab ihm Recht. „Und ich glaube, dass diese Unterredung damit beendet ist."

„Ich hätte auch schnurstracks zu Ben laufen können." Jake versuchte es auf einem anderen Weg. „Ich hätte es ihm sagen können, ohne vorher mit dir zu sprechen, Lori. Legt diese Tatsache nicht einen Schluss nahe? Ich will nur helfen. Ben hat in einer Hinsicht Recht. Simon Macey kann man nicht trauen."

Man kann, dachte Lori, wenn die anderen das doch nur einsehen würden. „Ich brauche keine Hilfe, Jake."

Sie machte dicht. Sie stand an der Tür. „Ich könnte es noch immer tun", warnte er. „Ich könnte jetzt gleich zu Ben stiefeln und ihm brühwarm alles erzählen. Ist es das, was du willst, Lori?"

„Jake", sagte sie, „tu, was immer du willst." Und damit schloss sie die Tür hinter sich.

Warum tat er es also nicht? Zu Ben gehen. Es wäre ein vernichtender Schlag für das Stanton-Ego zu erfahren, dass seine Freundin, mit deren Loyalität und Talenten er Jake gegenüber immer geprahlt hatte, in Wahrheit eine Verräterin war und Simon Macey sie bereits in der Tasche, wenn nicht noch sonst wo an seinem Körper, hatte. Es wäre eine großartige Rache für all die Beleidigungen von Ben.

Aber Rache half dem Team nicht, stärkte nicht die Moral. Rache war etwas für die Verbitterten. Er konnte es weder Ben noch irgendjemand anderem erzählen, auch wenn es offensichtlich war, dass Lori log. Aber Jake brachte es auch nicht fertig zu glauben, dass Lori sie kaltblütig ans Messer lieferte. Lori doch nicht. Sie war zu … Er suchte nach dem richtigen Wort … gut.

Trotzdem konnte er die Sache nicht einfach auf sich beruhen lassen. Er musste etwas unternehmen.

Jake seufzte. Sah so aus, als müsste sein Bett noch eine Weile auf ihn warten.

Eddie und Ben schliefen tief und fest. Wahrscheinlich müsste schon Nemesis persönlich die Wand durchschlagen, damit einer von beiden sich rührte, und dann würden sie sich vermutlich einfach nur auf die andere Seite drehen. Trotzdem trug Jake Clingskin so leise wie möglich auf, dann öffnete er das Fenster, so weit es ging.

Er wollte auf seinem Weg nach draußen schließlich nicht mit den Füßen durch die Scheibe gehen.

Da sie nicht so steil wie die Übungswand und auch nicht in Bewegung war wie der Light Train, würde das Herumklettern an der Fassade des Deveraux Colleges beinahe ein

Spaziergang werden. Jake war bis aufs Äußerste konzentriert. Drei Stockwerke tief in die Sträucher zu fallen, wäre eine eher peinliche Art, sich das Genick zu brechen.

Er kroch vorsichtig zwischen den Fensterreihen die Wand entlang, um sich außer Sichtweite zu halten, falls irgendjemand noch wach war und einen bewundernden Blick in die Nacht hinauswerfen wollte. Verliebte vielleicht. Oder Verschwörer.

Jake wusste, wo Simon Maceys Zimmer lag. Er zählte die Fenster, ausgehend von seinem eigenen. Schließlich wollte er nicht irgendjemandem hinterherschnüffeln. Als er sein Gürtelmikrofon anschaltete und seinen Kopfhörerknopf einsetzte, war er sich sogar nicht einmal mehr sicher, ob er Simon Macey noch belauschen wollte: Das Gürtelmikrofon konnte einen Herzschlag durch eine ein Meter dicke Betonwand hindurch einfangen und übertrug die schlabbernden Geräusche von Macey und Sonia Dark, die sich unangenehm dicht auf der Pelle hockten und gegenseitig Trost spendeten. Aber immerhin, Jake glaubte, sich glücklich schätzen zu können: Wenigstens brauchte er nicht zuzusehen.

Jake verlagerte sein Gewicht und hätte wohl geseufzt, wäre es nicht eine ausgesprochen schlechte Idee gewesen, irgendein Geräusch zu verursachen, während er da draußen an der Mauer vor dem Fenster von irgendjemandem klebte. Er verschwendete seine Zeit. Er hatte gehofft, dass, falls das Zimmer leer wäre, er hineinschlüpfen und Hinweise dafür finden könnte, dass Macey irgendetwas mit Lori zu tun hatte – irgendeinen Beweis, mit dem er sie konfrontieren könnte. Wenn er wenigstens Macey dabei erwischt hätte, wie er in der Annahme, vor neugierigen Ohren sicher zu sein, irgendetwas Belastendes von sich gab. Nichts von beidem zeichnete sich ab, und wenn er noch länger Simon und Sonia bei ihrem Geknutsche zuhören müsste, würde sich sein Magen des Abendessens entledigen.

Endlich eine erleichternde Pause. Hoffentlich ist sie von Dauer, so betete Jake. Macey lachte, so wie Trickbetrüger es wahrscheinlich tun, wenn sie alte Damen übers Ohr gehauen haben. „Was ist so lustig?“, fragte Sonia Dark. Die Frage, die sich auch Jake stellte.

„Ich denke nur gerade wieder an Stantons Gesichtsausdruck. Unbezahlbar. Wenn es ein Foto davon gäbe, würde ich es mir rahmen lassen.“

„Echt?“ Sonia Dark klang nicht sehr beeindruckt. „Simon, manchmal glaube ich, dass dir deine Konkurrenz zu Ben Stanton wichtiger ist als ich.“

„Dann liegst du manchmal falsch, Babe.“

Keine Versöhnung, bettelte Jake im Stillen. Bitte, keine Versöhnung!

„Echt?“, wiederholte Sonia, nicht überzeugt. „Tja, ich finde, du zeigst zu viel Interesse an Lori Angel.“ Vielleicht würde Jakes kleiner Clingskin-Ausflug ja letztlich doch nicht völlig umsonst sein. „Ich weiß, was du gesagt hast. Aber für mich sieht es so aus, als würdest du anfangen, es zu genießen, mit ihr zusammen zu sein.“

„Das tue ich“, gab Simon zu, „denn die ganze Zeit über

ist sie uns sehr nützlich. Ich meine, ihr Passwort für den Spyscape herauszubekommen, war schon irgendwie ziemlich klasse, oder nicht? So eine kleine Vorschau auf das

Ganze hat uns nicht geschadet, oder? Und es wird noch viel mehr bringen, noch viel mehr Informationen, die ich aus ihr herausquetschen kann."

„Es ist genau dieses *Herausquetschen*, das mir Sorgen bereitet."

„Das sollte es nicht." Ein feuchter schmatzender Kuss. Jake fragte sich, ob er genug gehört hatte. „Wir alle müssen Opfer bringen für die Sache und meines ist, dass ich eine hirnlose Tussi wie Lori ertrage. Aber mach dir keine Sorgen. Es dauert nur noch bis nach Last Team Standing, dann denke ich, sollte jemand Stanton darüber aufklären, was sein blauäugiges Schätzchen so getrieben hat, was? Alles natürlich nur im Sinne von Kameradschaft und Teamgeist."

Noch mehr Gelächter. Jake bevorzugte jetzt doch das Geknutsche.

„Du magst sie also wirklich nicht, Simon?"

„Habe ich das nicht schon gesagt? Okay, ein letztes Mal."

Es war wahrscheinlich nur gut so, dass Simon Macey nicht Jakes Miene während dieses letzten Males sehen konnte. Er hätte die Nacht kein Auge zugetan. Jakes Wut ließ sein Inneres erkalten, wie ein Eisberg. Macey war eine noch miesere Ratte, als er gedacht hatte. Lori wurde manipuliert und hatte keine Ahnung davon. Es war offensichtlich, dass er Ben nichts erzählen konnte. Es würde an ihm sein, etwas zu unternehmen, um die ganze Situation zu retten.

Die Frage war nur was.

ELF

Heute war der Tag der Tage. Sie konnte nicht länger warten. Sie musste Gewissheit haben. Welchen Rat hatte Cally ihr noch mal gegeben? Alles, was du tun musst, ist zu ihm zu gehen und „Hi!" zu sagen … Sprich mit ihm … Sag ihm, wie du fühlst. Jennifer hatte das Gefühl, endlich so weit zu sein, diesen Ratschlag zu beherzigen. Die Träume suchten sie noch immer heim, durchstreiften ihre Nächte, aber sie waren inzwischen weniger schmerzhaft, so wie jedes Mal, wenn der Jahrestag vorbei war. Ihr Kopf war wieder klarer und sie war in der Lage, über andere Träume nachzudenken – über die Zukunft anstelle der Vergangenheit. Sie, Jake und die anderen hatten eine weitere Begegnung mit Nemesis überlebt. Sie waren eine Weile vom Unterricht beurlaubt worden, um sich von den Strapazen im KAOS-Komplex zu erholen. Das Timing war also perfekt. Es würde sich keine bessere Gelegenheit bieten.

Heute war der Tag der Tage.

Lori und Cally hatten das Zimmer bereits verlassen, ehe Jennifer sich ein Herz gefasst hatte und ihrem Beispiel folgte. Ihr war nicht nach Frühstücken zumute. Ihr war nach gar nichts zumute, bis sie ein für alle Mal geklärt hatte, ob es da am Horizont der Gefühle eine Chance für

Jennifer und Jake gab oder nicht. Sie lief schnurstracks zum Zimmer der Jungen, klopfte an die Tür und hoffte, dass Jake öffnete. Dann würde sie „Hi!“ sagen und er würde wissen, was sie meinte. Er würde „Hi!“ erwidern und sie würden beisammen sein und reden …

„Lori, bist du …?“ Die Tür öffnete sich. „Jennifer?“

„Ben?“ Und noch immer im Schlafanzug.

Zwei enttäuschte und leicht verblüffte Mitglieder des Bond-Teams starrten einander an.

„Entschuldige, ich habe Lori erwartet.“ Ben grinste verlegen. „Wir haben beschlossen … du weißt schon, mehr Zeit miteinander zu verbringen. Irgendwie, mehr wie, zusammen sein. Ist sie noch …?“ Vage deutete er mit dem Daumen in Richtung des Mädchentraktes.

„Eigentlich nicht“, sagte Jennifer. „Ich habe sie nicht gesehen.“ Und warum erschien ihr diese einfache Feststellung mit einem Mal verdächtig?

„Oh, okay.“ Ben machte den Eindruck, als würde es ihm nichts ausmachen. „Bist du … Hast du …?“

„Jake“, erklärte Jennifer. „Ich wollte eigentlich Jake besuchen.“

„Wozu?“ Sah sie da etwa ein wissendes Grinsen auf seinem Gesicht? Wollte Ben sie aufziehen?

„Was? Muss ich erst ein Formular ausfüllen, bevor ich einen Teamkameraden sehen kann?“ Falls er sie aufzog, würde er es gleich aus der Horizontalen heraus tun.

„Nein“, sagte Ben, „aber du bräuchtest Adleraugen, wenn du ihn von hier aus sehen wolltest. Jake ist nicht da. Hier gibt's nur mich, fürchte ich.“

„Oh.“ Nicht die Flinte ins Korn werfen, drängte Jennifer sich selbst. Heute war doch der Tag der Tage. „Weißt du, wo …?“

Ben schüttelte den Kopf. „Tut mir leid, keine Ahnung. Ich würde dich ja reinbitten, damit du auf ihn warten kannst, aber ich muss mich anziehen, bevor Lori kommt.“

„Ja, klar“, sagte Jennifer. „Du willst ihr ja keinen Schrecken einjagen.“

Kein guter Start also. Sie wanderte die Flure entlang. Kein Jake in der Nähe und auch keine Lori, als ob das etwas bedeutete. Vielleicht frühstückten sie beide. Getrennt, hoffte sie, oder am selben Tisch, aber nur weil sie Mitglieder im selben Team waren und nicht weil sie Händchen hielten oder so was in der Art.

Sie hatte Recht. Sie hielten nicht Händchen. Aber sie waren zusammen. Jennifer sah sie vom Fenster aus und zog scharf die Luft ein – Lori und Jake, auf dem Gelände außerhalb der Schule.

Er sprach ernsthaft auf sie ein, drängend, bittend. Seine Hände wollten sie berühren. Sie schüttelte ihren Kopf und versuchte ihn zu ignorieren, wegzusehen. Bis er irgendetwas anderes sagte und es einen Moment der totalen Stille gab. Bis er ihn beendete, indem er zärtlich seine Hände auf ihre Schultern legte. Bis sie nickte und ihn unter Tränen gewähren ließ. Bis sie zusammen fortgingen und Jennifer nicht sehen konnte wohin.

Es war wie eine Pantomime gewesen oder wie ein Stummfilm: die Art von Unterhaltung, die keiner Worte bedarf, um Bedeutung zu vermitteln. Jennifer konnte sich auch so ihren Reim darauf machen. Es war das letzte Mal, dass sie auf Callys Rat hörte. So viel dazu, dass heute der

Tag der Tage war. Der einzige Tag, der in Jennifers Leben wirklich zählte, lag Jahre zurück und seine Folgen hatten noch immer Auswirkungen auf sie. Der Gedanke an Jake war nur eine Ablenkung davon gewesen, eine Täuschung. Ein gebrochenes Versprechen wie all die anderen.

Sie würde alleine in die Holo-Sporthalle gehen. Kampfsportprogramm. Vorbereitung. Sie würde kämpfen.

Sie brauchte Jake ohnehin nicht.

Jennifer Chen brauchte niemanden.

Eddie grub seine Zehen in den weißen Sand, reckte sich ausgiebig und räkelte sich in der strahlend heißen karibischen Sonne. „Das ist Leben, was, Cally?“ Er rollte sich auf die Seite und zwinkerte Cally zu, die sich neben ihm im Sand ausgestreckt hatte. Sie leugnete es nicht. Eddie ließ seinen Blick über die vollkommene palmengesäumte Bucht wandern: Nur wenige Meter entfernt glitzerte einladend das klare, ruhige Wasser der See, und es war keine weitere Menschenseele in Sicht. Er und Cally hatten das Paradies ganz für sich allein. „Das hier ist so gut wie in echt. Das einzige Problem ist, dass du deine Bräune nicht mit zurück in die reale Welt nehmen kannst.“

„Damit kann ich leben“, sagte Cally mit geschlossenen Augen.

„Du klingst heute schon viel besser“, bemerkte Eddie. „Keine bleibenden Schäden an der Stimme also, Cally?“

„Anscheinend nicht“, antwortete Cally, „obwohl das Gleiche nicht für deine Ohren gelten wird, wenn du nicht gleich mal die Luft anhältst, Eddie.“

„'tschuldige." Eddie rollte sich wieder auf den Rücken, blinzelte durch seine Sonnenbrille in die Sonne. „Frieden und Stille, Ruhe und Erholung, darum geht's in dem Freizeitprogramm. Dachte, dir würde das gefallen. Darum habe ich vorgeschlagen, dass du mitkommst, Cal."

„Ich bin dir dankbar, Eddie. Echt."

„Also eigentlich ..." Dieses Mal setzte Eddie sich auf, machte einen krummen Rücken und warf einen leicht verlegenen Blick in Callys Richtung. „Um ehrlich zu sein, Cal, war das nicht der einzige Grund."

Cally schlug die Augen auf. „Wenn du auf irgendwelche komischen Ideen kommst, Eddie, vergiss es. Nacktbaden kommt zum Beispiel nicht infrage."

„Nein, Cal." Eddie klang verletzt. „Nichts dergleichen. Obwohl wir Weihnachten ziemlich viel Spaß hatten, nicht? Ich meine, ich schon."

„Ich weiß, dass du Spaß hattest", brummte Cally, „aber Weihnachten war eine einmalige Sache, Eddie. Ein frohes Fest und so. Nichts Ernstes. Ich dachte, wir wären uns beide darüber im Klaren. Ich mag dich als Freund, aber ..."

„Vergiss das *Aber*", sagte Eddie. „Freund reicht völlig aus, weil das, was ich heute Morgen wirklich vorhatte, war, mit dir zu reden, Cal. Wie mit einem guten Freund."

„Ja?" Neugierig setzte sich Cally auf. Erst Jennifer, jetzt Eddie. Sah so als, als würde sie aus dem Stand eine Karriere als Bond-Team-Sorgentante machen. „Okay, du hast meine ungeteilte Aufmerksamkeit, Eddie. Schieß los."

„Glaubst du, dass ich Gewicht habe im Bond-Team?"

Cally überlegte. „Kommt drauf an, Eddie. Wie viel wiegst du?"

„Nein, ich mein's ernst." Eddie seufzte und zuckte niedergeschlagen mit den Achseln. „Das ist genau, was ich meine. Du nimmst mich nicht ernst, niemand tut das. Warum behandeln mich alle wie den Teamtrottel?"

„Weil du dich immer so verhältst?", gab Cally zu bedenken. „Genauso kommst du rüber, Eddie, und das muss dir klar sein. Eher wie ein Clown als wie ein Geheimagent."

„Du glaubst also, ich habe kein Gewicht im Team?"

„Das habe ich nicht gesagt. Es ist nur deine Persönlichkeit."

„Toll. Nur meine Persönlichkeit." Betrübt runzelte Eddie die Stirn. „Weißt du, als ich mich bei Deveraux eingeschrieben habe, war ich mir sicher, dass ich mir einen Namen machen würde. Ich wollte der Spion mit dem Lächeln sein. Doch seitdem sind meine Noten in allen Fächern so tief nach unten gerutscht, dass ich sie bald im Keller suchen darf. Ich wurde nicht benötigt, als Frankenstein bekämpft wurde, und ich musste hier bleiben und Däumchen drehen, als du mit den anderen zu Jakes Dom gefahren bist. Scheint mir ein bisschen viel Lächeln und zu wenig Spion zu sein."

„Du bist zu hart gegen dich selbst, Eddie, meinst du nicht?" Cally schob ihre Sonnenbrille hoch und sah Eddie mitfühlend an. „Hör mal, ich selbst hatte letztes Semester auch nicht das Gefühl, sehr gut nach Spy High zu passen. Insbesondere Ben hatte es mir schwergemacht, weißt du noch? Aber du darfst nicht den Glauben an dich verlieren, an deine Fähigkeiten. Zweifel sind natürlich. Die Art, wie du damit fertig wirst – das macht dich stark. Und übrigens, ich mag dich genauso, wie du bist. Ich würde nicht wollen, dass du dich irgendwie veränderst."

„Nein?" Eddie wirkte etwas aufgeheitert. „Noch nicht mal ein paar mehr Muckis am Bizeps?"

Cally grinste. „Einige von uns üben schon genug Druck auf das Team aus. Wir brauchen einen Witzbold in unserer Mannschaft, jemand, der uns bei Verstand hält, wenn die Welt um uns unterzugehen scheint. Das ist dein Job, Eddie, und keiner macht ihn so gut wie du."

„Ach, das sagst du doch nur so, Cally."

Falsche Bescheidenheit. Und in Windeseile wurde Eddie wieder ganz der Alte. Cally beschloss, ihm eine letzte Ermunterung mitzugeben. „Nein, es ist wahr. Und du wirst das vielleicht nicht glauben, aber wenn wir in Gefahr sind, gibt es niemanden, den ich lieber im Rücken habe als dich."

„Echt? Tja, ich seh die Dinge auch ziemlich gelassen, wenn du vor mir bist, Cal. Vielleicht sollten wir jetzt so eine Art Positionstraining machen, weil man ja nie wissen kann, wann wir wieder in Aktion treten müssen."

„Aus, Tiger", lachte Cally. „Ich denke, wir sind hier ziemlich sicher, es sei denn, ein paar Ninjas entfernen sich ohne Erlaubnis aus dem Gefechtsprogramm."

In der Ferne, weit hinter dem Horizont, blitzte und donnerte es.

„Klingt so, als ob sie dich gehört hätten, Cal."

„Es ist nur ein Gewitter, Eddie."

Schwärze ergoss sich über den Himmel wie ein Ölteppich, besudelte und verdreckte ihn.

„Ja, na ja, ich habe irgendwie ein kleines Problem damit,

Cal", sagte Eddie, nahm seine Sonnenbrille ab und ließ sie neben sich fallen. „In diesem Programm darf es kein Gewitter geben, noch nicht mal einen Tropfen Regen." Er stand auf, schaute voller Argwohn aufs Meer, das nicht mehr glatt war, nicht mehr ruhig.

„Und als was würdest du das dann bezeichnen?" Cally stellte sich neben ihn, legte ihre Hand in seine.

Die Schwärze wogte auf sie zu.

„Ich würde es als Ärger bezeichnen."

„Wir alle müssen Opfer bringen für die Sache und meines ist, dass ich eine hirnlose Tussi wie Lori ertrage."

Lori zuckte zusammen, ihr Gesicht aschfahl. Jedes Wort war wie ein Schlag.

Simons Stimme war jetzt, da sie aus Jakes Gürtel-Rekorder tönte, vielleicht in ihrer Lautstärke gedämpft, aber ihre Wirkung war so durchschlagend, als würde Simon in ihr Ohr schreien.

Hirnlose Tussi …

Das Schlimmste an der Sache war, dass er Recht hatte. Sie hatte sich so einfach ködern, hinters Licht führen lassen. Das Lächeln. Es war nicht echt gewesen. Lori ließ beschämt und gedemütigt den Kopf hängen.

„… keine Sorgen. Es dauert nur noch bis nach Last Team Standing, dann …"

„Jake, bitte." Zerknirscht, besiegt. „Es reicht."

Jake schaltete den Rekorder aus und schob ihn wieder in seine Gürteltasche. „Rede mit mir, Lori", sagte er. „Wie ist es passiert?"

Lori stieß einen tiefen Seufzer aus. Sie starrte aus dem Fenster, mit einem entrückten, verlorenen Gesichtsausdruck. „Simon ist auf mich zugekommen, nachdem ihr zum Dom aufgebrochen seid“, sagte sie. „Er war charmant, aufmerksam. Er gab mir das Gefühl, wichtig zu sein und geschätzt zu werden, und genau das wollte ich immer spüren, Jake, ich brauche es, geschätzt zu werden. Und Ben, der mich so zurückgesetzt und lieber Jennifer mitgenommen hat … Ich denke, ich war ein bisschen verunsichert. Ich habe alle Bedenken in den Wind geschrieben. Angefangen hat es damit, dass Simon mich davon überzeugte, dass er zwischen unseren beiden Teams Frieden stiften wollte. Und ich glaubte ihm. Ich glaubte ihm alles, was er sagte, Jake, obwohl mir Ben eingeschärft hatte, auf der Hut zu sein. Wie leichtgläubig bin ich eigentlich? Das bringt einen doch nur noch zum Lachen, oder?“

„Ich lache nicht“, erwiderte Jake, „und ich mache dir auch keine Vorwürfe, Lori. Das Beste im Menschen sehen zu wollen ist garantiert besser, als das Schlechteste sehen zu wollen.“

Loris Lippen bebten vor Bitterkeit. „Besser für wen? Wie auch immer, Jake, du hast den Verräter gefunden. Ben hatte die ganze Zeit über Recht. Meinetwegen können wir uns vermutlich vom Sherlock-Schild verabschieden und ich kann mich ganz sicher von meinem Freund verabschieden. Ben wird es sicherlich nicht leichtfallen, das zu verzeihen.“

Jake warf Lori einen vielsagenden Blick zu und sagte etwas eindeutiger: „Ben braucht es ja nicht zu wissen.“

„Wie meinst du das? Du wirst es ihm nicht erzählen?“

„Warum sollte ich es ihm erzählen? Was würde das bringen?“

„Aber was ist mit Simon? Was würde ihn daran hindern, alles …“

Jake winkte ab. „Er wird Ben nichts verraten, solange er noch glaubt, dass du nicht weißt, was gespielt wird, Lori. Du hast ihn auf dem Band gehört. Unser Freund Simon ist noch nicht fertig mit dir.“

„Oh doch, das ist er.“ Lori glühte plötzlich vor Wut, ihr Kummer fand ein Ventil im Zorn. „Ich würde mich noch eher an Stromfeld ankuscheln, bevor ich wieder in die Nähe von Simon Macey ginge.“

„Nein, nein, Lori“, überlegte Jake. „Lass uns nicht zu voreilig sein.“

„Was?“

„Macey hat keine Ahnung, dass ich ihn auf Band aufgenommen habe. Wir sind jetzt im Vorteil und vielleicht gibt es ja einen Weg, dass wir ihn nutzen können.“ Jake lächelte Lori verschwörerisch an. „Verstehst du?“

„Mir dämmert's allmählich.“ Lori erwiderte Jakes Lächeln.

„Vielleicht gibt es ja einen Weg den Spieß umzudrehen.“

Die Temperatur fiel beängstigend schnell. Nur mit ihren Badesachen bekleidet begannen Cally und Eddie unkontrolliert zu schlottern. Und plötzlich war es, als wäre die Nacht hereingebrochen, die tiefste, dunkelste Nacht des Jahres. Das Paradies war vergiftet.

„Korrektur", sagte Eddie. „Ich mache *großen Ärger* draus. Überlassen wir es den Technikern, das in Ordnung zu bringen. Stimmenidentifikation Nelligan: Programm beenden."

„Stimmenidentifikation Cross: Programm beenden."

Und damit wäre die Sache erledigt. Das Programm zu beenden würde einen sicheren, schnellen Transfer aus der virtuellen Welt zurück in die Cyber-Wiegen der Spy High einleiten, wo ihre wirklichen Körper gut geschützt vor Verletzungen geduldig auf die Rückkehr ihres Geistes warteten. Das System war perfekt. Nichts konnte schiefgehen. Es dauerte eine Sekunde, um den Transfer-Mechanismus zu aktivieren.

Der Wind prallte frontal auf Cally und Eddie, wie ein Rammbock stieß er sie rücklings in den Sand. Aber der Wind war nicht der größte Schock.

„Es funktioniert nicht!", schrie Cally. „Programm beenden! Stimmenidentifikation Cross: Programm sofort beenden!"

„Versuchen wir's mal mit *Bitte Programm beenden!*", schlug Eddie vor, während er sich wieder hochrappelte. Er starrte zum grollenden Himmel hinauf. Weiße Lichter blitzten wie Elektrizität. „Mich beschleicht das Gefühl, dass uns da jemand nicht gut leiden kann."

Ein Blitzstrahl zuckte über ihren Köpfen, hielt direkt auf sie zu. Über die Schnelligkeit seiner eigenen Reflexe erstaunt hechtete Eddie noch rechtzeitig zur Seite und riss Cally mit sich. Dort, wo sie eben noch gestanden hatten, schlug der Blitz ein; von Eddies liegen gelassener Sonnenbrille blieb nichts übrig.

„Beruhige mich, Cal", drängte er. „Sag mir, was hier passiert."

„Jemand ist ins Programm eingedrungen." Der Blick in Callys Augen gefiel Eddie überhaupt nicht. „Irgendetwas Feindseliges. Etwas, das uns am Gehen hindern will."

„Kann ich schon mal raten?"

Ein zweiter Blitzschlag spaltete die Palme, die ihnen am nächsten stand, in zwei Teile, die Flammen loderten hoch auf. Die dunklen Wolken über ihnen waren jetzt in Bewegung und drehten sich spiralförmig im Kreis. Sie bildeten ein wirbelndes, schwindelerregendes Muster, während der Boden anfing zu beben.

„Nemesis." Cally zischte den Namen hervor. „Er weiß, dass wir hier sind. Er kommt, um mich zu holen, Eddie." Sie klammerte sich an ihm fest.

„Ach ja? Tja, er wird dich nicht kriegen." Er versuchte, zuversichtlich zu klingen. Der Spion mit dem Lächeln. „Nicht mit Eddie Nelligan in deinem Rücken, du erinnerst dich? Komm jetzt." Er zog sie unter die Palmen, die nur einen spärlichen Schutz boten. „Und denk nach, Cal. Es muss einen Weg hier raus geben. Es muss doch ein Backup-Verfahren geben, für den Fall, dass das System zusammenbricht, oder?"

„Du hast Recht." Cally nickte, versuchte ihre Gedanken zu ordnen. („Organische … Formen … unrein …") Sie versuchte diese Erinnerungen an den Patten-Zombie und auch die würgenden Hände des Wissenschaftlers zu verdrängen. Es fiel ihr nicht leicht. „Vielleicht bemerken die Techniker in der Kammer …, dass etwas nicht stimmt …" Aber es war dumm gewesen, dass sie sich von Eddie hatte überreden lassen, mit hierher zu kommen. Sie hätte sich darüber im Klaren sein müssen, hätte es besser wissen müssen. Aber sie war müde gewesen. Sie hatte nicht nachgedacht. In der virtuellen Welt war Nemesis der Jäger. Und Cally hatte sich selbst zur Beute gemacht.

Der Himmel sah aus wie ein Whirlpool. Und genau in seiner Mitte: ein einzelnes, starrendes Auge. Ein Strahl wie ein Suchscheinwerfer ging von ihm aus, glitt über den verwüsteten Strand, näherte sich den Palmen.

Eddie zog Cally tiefer unters Blätterdach. „Hör mir zu, uns wird nichts geschehen", versprach er ihr. „Hier kann uns sowieso nichts zugefügt werden, richtig? Unsere physischen Körper sind vollkommen sicher, richtig, Cal?"

Der Lichtstrahl tastete sich durchs Blattwerk hindurch, rückte immer näher an die Studenten heran, unerbittlich, unabwendbar. Der Strudel am Himmel schien sich zu einem gewaltigen Höhepunkt zusammenzuziehen.

„Schön wär's." Eddie stolperte und Cally fiel fast über ihn. Sie fasste ihn an der Schulter, musste ihm den Ernst ihrer Lage klar vor Augen führen. „Es ist unser Geist, auf den es ankommt, Eddie, unser Geist, der Signale zurück an unsere Körper sendet. Und unser Geist glaubt, das hier sei echt."

„Also, wenn wir glauben, dass wir verletzt sind …" Als Eddie begriff, packte ihn das blanke Entsetzen.

„Nemesis wird das Sicherheitsprotokoll ausgeschaltet haben. Eddie, wenn wir hier sterben, sterben wir in echt."

„Un… …rein …"

Beide Studenten schrien gellend, als ein Schmerz ihr Inneres durchfuhr wie scharfe Krallen. Die Stimme von

Nemesis war wie Fingernägel, die eine Tafel entlangschabten, durchdringend, kreischend.

„Organische … Formen … unrein …"

Die Worte waren nicht laut ausgesprochen worden. Sie hallten durch die Köpfe der Teenager, waren wie zerspringendes Glas in ihren Gehirnen.

Und jetzt hatte das Licht sie entdeckt, erfasste sie unter dem kärglichen Schutzdach. Cally war geblendet, ihr Schädel brannte und alle Glieder schmerzten. Sie konnte nicht klar erkennen, was als Nächstes geschah, und das war wahrscheinlich auch gut so.

Der Himmel riss auf und Mitternachtsregen prasselte auf die Studenten herab wie altes Blut. Der Strudel klaffte auf wie ein fauliges Maul. Irgendetwas zwängte sich hindurch, etwas, das dunkel glitzerte und vor Kraft pulsierte.

Cally hatte schon einmal einen kurzen Blick auf Nemesis' Gesicht erhascht, seine hervorquellenden, schwarzen Augen und die kalten Computercodes dahinter, seinen Roboterschlund und die Elektroden darin, sein digitales, hasserfülltes Starren. Aber jetzt stießen seine Spinnenbeine durch den Strudel und suchten auf dem Sandstrand Halt. Der scharfzackige Maschinenkörper folgte, der Kopf, die funkelnden, berechnenden Augen, die Elektroden-Reißzähne, die von tödlichem Strom sprühten, und letztlich der angeschwollene, knackende Körper mit seinen vom Panzer geschützten Cyber-Schaltsystemen. Die Datenkorruption war hier. Der Virus war da.

Nemesis überragte die Studenten, fixierte sie mit unversöhnlichem Blick.

„Organische Formen … unrein … ausmerzen …"

„Den würde man nicht gerade als Konversationswunder bezeichnen", murmelte Eddie. „Komm, Cal."

Wenn er nach einem Fluchtweg suchte, dann waren die Optionen mit einem Mal sehr begrenzt. Der Boden machte ein rumpelndes Geräusch und dann brach er auf – große Steinsäulen schossen durch das Erdreich nach oben, die ihnen den Weg abschneiden sollten. Nemesis schien wohlwollend zu nicken.

„Er gestaltet die Landschaft neu", keuchte Cally, „programmiert sie nach seinen Vorstellungen um. Wir können nichts dagegen tun!" Und als Nemesis auf sie zusteuerte: „Eddie, ich weiß nicht, was ich tun soll!"

Keine Witze mehr. Keine Zeit dafür. Eddie stellte sich zwischen Cally und Nemesis. „Renn, Cal! Lauf so weit weg, wie du kannst! Ich halte ihn auf!" Nur wie, das war eine gute Frage. Eddie bezweifelte, dass Mut allein den Virus beeindrucken würde.

Nemesis' Kopf schnellte ruckend nach unten, um Eddie wie ein Insekt näher zu inspizieren. Instinktiv riss Eddie die Arme hoch, um sich zu schützen. Das Maul würde ihn umschließen und er würde gegrillt werden.

Er schloss seine Augen vor dem nahenden Ende und schrie laut „Nein!"

Und dann herrschte Dunkelheit, das stimmte, aber er verspürte keine Schmerzen. Vielleicht hatte der Tod bislang ja einfach nur eine miserable Presse bekommen.

Und dann spürte er Hände auf sich, menschliche Hände, und Eddie wurde klar, dass er nicht tot war, und das war gut. Er befand sich auch nicht mehr in dem Virtual-Reality-Programm, und das war sogar noch besser. Er lag in seiner Cyber-Wiege. Die technischen Assistenten stöpselten ihn soeben ab.

„Macht ihn los", drängte jemand, „solange wir noch die Kontrolle haben."

„Cally", rief Eddie. „Was ist mit Cally?"

Er versuchte sich selbst aus der Cyber-Wiege zu hieven, doch er war zu schwach. Sein Kopf brummte und die Chancen, dass er sich jeden Moment übergeben würde, standen gut. Die Techniker stützten ihn, halfen ihm heraus. „Langsam, Nelligan. Schön langsam. Du hast diese Tortur überstanden. Jetzt ruh dich einfach aus."

„Ausruhen?" Das Wort schien keine Bedeutung zu haben. „Wo ist Cally? Geht es ihr gut?"

Die Techniker tauschten sorgenvolle Blicke aus. Das hieß also Nein. Eddies Blick sauste zu Callys Cyber-Wiege. Weitere technische Assistenten standen um sie herum. Sie schwiegen wie Trauergäste bei einer Beerdigung.

„Cally!" Auf wackligen Beinen schleppte sich Eddie zu ihrer Liege. „Was ist los mit ihr? Was geschieht hier?" Die Riege der Techniker teilte sich und ließ ihn hindurchtreten. „Cally? Oh, nein ..."

Sie hätte schlafen können. Ihr Gesichtsausdruck war ruhig, ihr Körper entspannt, aber ihr Geist, der war woanders. Offensichtlich hatte Nemesis in einer nach seinen Vorstellungen geschaffenen virtuellen Welt noch Verwendung für Cally. Sie war nicht tot, aber sie war auch nicht wirklich am Leben.

Cally lag im Koma.

ZWÖLF

„Auf diese Weise können wir ihre Körperfunktionen auf unbestimmte Zeit aufrechterhalten", sagte der Techniker. „Wir können ihr Nahrung zuführen und den beginnenden Muskelschwund mit Physiotherapie aufhalten. Sie könnte so bleiben für den Rest ihres natürlichen Lebens."

Schlafend, und doch nicht schlafend. Bewusstlos, aber auch das nicht wirklich. Ohne Bewusstsein, was etwas anderes war. Ohne Geist. Ohne Seele. Die Hülle von Cally Cross, die Erinnerung an sie, leer und hohl. Das Bond-Team, die Techniker und Tutor Grant standen schweigend um ihre Cyber-Wiege versammelt. Diese Bezeichnung war jetzt unzutreffend, dachte Lori. Eine Wiege weckte die Vorstellung von Geburt, von neuem Leben. Der Behälter, in dem Callys Körper ruhte, glich jetzt eher einem Sarg, einem Sarg mit einem Glasdeckel, wie der, in dem das vergiftete Schneewittchen gelegen hatte, bevor sie von dem Prinzen erweckt wurde. Wer könnte hier und heute Callys Prinz sein? Wer könnte sie wieder ins Leben zurückbringen?

„Was ist mit ihrem Geist?", fragte Lori und betete für ein Wunder. „Wie können wir ihn wiederherstellen?"

Der Techniker trat verlegen von einem Bein aufs andere und sah niemandem ins Gesicht. „Ich habe euch gesagt, was in unserer Macht steht", sagte er. „Cally das Bewusstsein zurückzubringen ist die eine Sache, die nicht in unserer Macht steht. Aufgrund dessen, was Eddie uns erzählt hat, müssen wir annehmen, dass ihr Geist, ihre Persönlichkeit, ihr Wesen, wenn man so sagen will, in der Cyber-Welt gestrandet ist und dort auf Gedeih und Verderb Nemesis ausgeliefert ist."

„Dann müssen wir ihn da rausholen." Die Lösung schien für Jake auf der Hand zu liegen. „Oder wir müssen da reingehen, ihr hinterher. Wir können nicht einfach nichts tun, herumstehen und nichts tun."

„Cally ist eine von uns", fiel Ben mit ein. „Was auch immer nötig ist, wir werden es tun."

Jennifer und Lori waren mit den Jungen einer Meinung. Eddie nuschelte etwas und wünschte sich, er läge an Callys Stelle in der Wiege. Bildete er sich das nur ein oder wichen die anderen seinen Blicken aus? Waren ihre Bemerkungen irgendwie gegen ihn gerichtet? Wie verschleierte Anschuldigungen und zwischen den Zeilen die Frage: Warum hatte er es zugelassen, dass Nemesis sich Cally schnappte? Und als Schlusswort: Warum war er ohne sie hier? Das Bond-Team stand und fiel gemeinsam. Und während seine Teamkameraden diese Dinge nicht laut aussprachen, wusste Eddie, dass sie sie dachten. Seine Teamkameraden hielten ihn für einen Versager. Und warum auch nicht? Sie hatten Recht, oder etwa nicht? Er hatte Cally im Stich gelassen. Und er wagte nicht, ihnen zu gestehen, was am Ende geschehen war, was ihm jetzt klar geworden war. Als Nemesis sich vor ihm aufbaute, bereit, jeden Moment zuzuschlagen, hatte Eddie nur noch den

Tod erwartet. Aber der Virus hatte ihn nicht getötet. Er hatte ihn einfach weggeschickt, zurück in die Welt aus Fleisch und Blut und Bereuen. Nemesis hatte ihn noch nicht einmal für wert befunden zu sterben. Nemesis hatte ihn abgetan, als wäre er ein Nichts. Ein Nichts. Offenbar war Nemesis ein guter Menschenkenner.

Jennifer machte einen Vorschlag, wenn auch einen selbstmörderischen. Ihre Augen loderten. „Können wir nicht ins Programm geschickt werden? Wir bekämpfen Nemesis und bringen Cally wieder zurück. Sie ist doch da drinnen noch am Leben, oder? Es ist doch noch nicht zu spät?"

„Nein, ihr Bewusstsein ist unbeeinträchtigt", bestätigte der Techniker. „Wenn es in irgendeinem lebensbedrohlichen Maße beschädigt wäre, würde sich das auf ihre Vitalfunktionen auswirken. Aber was das Zuspätsein angeht – das ist etwas schwerer einzuschätzen, fürchte ich. Wenn Callys Geist ein anhaltendes mentales Trauma erleidet, und wir müssen einräumen, dass diese Möglichkeit besteht, dann wären die Folgen für ihre Gesundheit … falls ihr Geist in ihren Körper zurückkehrt … erheblich."

„Was meinen Sie damit?"

„Hirnschaden", erklärte ihr der Techniker betreten, „schwerer Hirnschaden."

„Auf was warten wir dann noch?" Jennifer schien sich bereits eine Cyber-Wiege auszusuchen.

Grant erhob die Hände, so als gäbe er sich geschlagen. „Warte mal eine Minute, Jennifer. Ihr alle. Wartet."

„Auf was?", fragte Jake verärgert. „Darauf, dass Nemesis Cally das Licht auspustet?"

„Auf Anweisungen. Auf die Entscheidung eures Senior Tutors, was zu tun ist." Grant kehrte den Vorgesetzten heraus. „Ich weiß ja, dass ihr Cally helfen wollt. Wir alle wollen das. Aber jetzt Leute in die virtuelle Welt zu schicken, während Nemesis das System infiziert hat, wäre so, als unterzeichne man ihr Todesurteil. Mr Deveraux hat angeordnet, dass alle Computersysteme im College für die Dauer der Krise heruntergefahren werden, abgesehen von denen, die lebensnotwendige Funktionen aufrechterhalten, wie zum Beispiel Callys lebenserhaltende Maßnahmen. Oberste Priorität ist jetzt, unser Sicherheitssystem und die Integrität unserer bislang unbeschadeten Systeme zu verstärken." Grant musterte seine Studenten mit ernster Miene. „Ich fürchte, unsere Arbeit hier in Deveraux ist wichtiger als irgendein einzelnes Individuum. Es tut mir leid."

„Sprechen Sie lauter und Cally kann Sie vielleicht hören", murmelte Jake. „Herzlich willkommen bei den Überflüssigen."

Ben fasste ihn an der Schulter. „Du wusstest, wie der Hase läuft, als wir uns verpflichtet haben, Daly. Das wussten wir alle. Cally eingeschlossen."

„Ach ja? Und soll ich mich jetzt besser fühlen? Dachte, du wärst ein klitzekleines bisschen beunruhigter, Stanton. Machst du dir keine Sorgen, wie wir zu fünft den Sherlock-Schild gewinnen sollen?"

„Hey, hier geht es doch nicht …"

„Ben. Jake." Jetzt wurde Grants Ton schneidend, befehlend. „Streit hat in diesem Team keinen Platz. Damit werdet ihr Cally nicht helfen."

Jennifer lachte verächtlich. „Wenn's nach Ihnen geht, werden wir Cally so oder so nicht helfen."

„Die Sache ist doch die", warf Lori ein, „dass wir genau wissen, wo Nemesis ist. Das ist unsere Chance, ihn zu zerstören. Das ist doch die Arbeit von Spy High, oder, Mr Grant? Und wenn wir gleichzeitig auch noch Cally retten können …"

Grant pflichtete Lori bei. „In der Theorie gut, Lori. Aber in der Praxis? Wir haben noch keinen Weg gefunden, Nemesis wirksam anzugreifen, obwohl unsere Wissenschaftler selbstverständlich mit Hochdruck daran arbeiten. Wenn nur Professor Newbolt in der Lage wäre, uns zu unterstützen. Ohne ihn sind unsere Chancen gering."

Newbolt, schoss es Lori durch den Kopf. Wenn sie doch nur Gadge hätten. Na ja – Hoffnung keimte in ihrem Herzen auf, vielleicht hatten sie ihn ja.

Eddie blieb noch lange, nachdem die anderen gegangen waren, in der Virtual-Reality-Kammer zurück. Sie hatten ihn nicht gerufen, ihn nicht nachgeholt. Sie hatten seine Abwesenheit nicht bemerkt. Und warum sollten sie auch, dachte er verbittert, er war ein Nichts.

Cally lag da, ein Gespenst unter Glas. Er starrte sie an. Sie sah aus wie eine Fotografie. „Wenn wir in Gefahr sind, gibt es niemanden, den ich lieber im Rücken habe als dich", hatte sie gesagt. Vielleicht sollte sie darüber noch mal nachdenken. Wenn sie überhaupt denken konnte.

„Es tut mir leid, Cal." Nicht sehr geistreich. Nicht gerade der Witzbold der Mannschaft.

Eddie sah die Spiegelung seines Gesichtes in der Ummantelung der Cyber-Wiege. Der Spion mit dem Lächeln. Nicht mehr.

Was sie tun würde, war es moralisch? War es richtig? Heiligt der Zweck die Mittel? Lori war sich nicht sicher. Alles, was sie wusste, war, dass eine Person, eine einzige Person, die Möglichkeit hatte Cally zu retten. Sie war es nicht. In gewisser Hinsicht war es noch nicht einmal Gadge. Die eine Person war Vanessa.

Sie fand Gadge in seinem Labor, er fummelte an Schalttafeln und Blitzlichtern herum, erteilte murmelnd Ratschläge an Studenten, die gar nicht existierten. Er bemerkte noch nicht einmal, dass sie hereinkam. Auf seine eigene Art ist er glücklich, dachte Lori. Senilität schützte ihn vor Kummer und Leid und den Erinnerungen, die Wunden schlagen. Und sie war hier, um ihn an all das Tragische zu erinnern. Sie war hier, um die Toten wieder auferstehen zu lassen.

„Großvater", sagte sie. „Großvater."

Gadge erschauderte, sah hoch. Eine plötzliche Furcht zeigte sich auf seinem Gesicht, als habe jemand ein schuldvolles Geheimnis enthüllt. „Wer ist das?", fragte er. „Wer ist da?"

„Du weißt, wer ich bin, Großvater." Sie trat einen Schritt näher an ihn heran, führte ihn zurück in die Vergangenheit. Sie lächelte.

Und der alte Gadge lächelte zurück und in seinem Lächeln vermischten sich Erleichterung und Freude. Sein ganzes Gesicht erhellte sich, als er einen zerbrechlichen Arm ausstreckte, um sie zu umarmen. „Vanessa“, sagte er und seine Stimme klang von Emotionen erstickt. „Mein Schatz.“

Lori ließ zu, dass er sie umarmte. Sie hörte, wie der alte Mann schluchzte. Sie wusste, warum. „Es tut gut, dich wieder zu sehen, Großvater“, sagte sie.

„Lass dich anschauen, meine kleine Vanessa.“ Seine knotigen, zittrigen Hände erkundeten ihr Gesicht, ihr Haar, so wie vielleicht ein Blinder jemanden identifizieren würde, den er gut kennt. „Ah, du besuchst mich so selten in letzter Zeit, mein Schatz. Du weißt ja gar nicht, wie sehr ich dich vermisse.“

„Oh doch, das tue ich, Großvater, aber das musst du gar nicht. Dafür besteht keine Notwendigkeit. Ich bin glücklich, da, wo ich bin.“ Lori dachte, dass sie die Sache besser schnell voranbrachte. Je länger die Täuschung andauerte, desto unwohler fühlte sie sich. Denk an Cally, schärfte sie sich selbst ein. Das geschieht für Cally.

Gadge schien sichtbar zu altern. „Glücklich? Wie könntest du das sein, Vanessa? Ich habe etwas getan, nicht wahr? Ich habe etwas getan, was dich veranlasst hat fortzugehen, und ich hatte Unrecht, es war meine Schuld, nicht? Ich kann mich nicht recht erinnern, was ich getan habe, aber wenn du eine Weile bleibst, bin ich mir sicher, dass ich …“

„Das macht nichts, Großvater“, besänftigte Lori den alten Mann. „Nicht mehr. Ich bin gekommen, um dir das zu sagen. Es macht nichts, was du getan hast. Ich verzeihe dir. Ich habe dich immer geliebt und ich verzeihe dir.“

„Du verzeihst mir, Vanessa?“ Dem alten Gadge fiel es schwer, die Tränen zurückzuhalten. „Oh, mein Schatz, wie sehr habe ich gehofft, dass du das eines Tages sagen würdest. Es tut mir leid, was ich getan habe, so schrecklich leid. Aber ich dachte … Ich kann mich nicht erinnern, was ich dachte … aber ich danke dir, mein Schatz. Ich habe dich auch immer geliebt.“ Er hielt ihre Hand und streichelte sie, als wäre sie ein Kätzchen.

„Großvater.“ Jetzt war der Augenblick der Wahrheit gekommen. „Da ist noch etwas.“

„Für dich alles, Vanessa. Alles, mein liebes Mädchen.“

„Ich brauche deine Hilfe.“

Jennifer öffnete ihm die Tür. Jake hatte nicht erwartet, dass sie ihm um den Hals fiel – gewiss nicht unter den gegebenen Umständen. Aber er hatte auch nicht damit gerechnet, dass sie ihn mit solch einem kalten, harten Gesichtsausdruck empfing. Es schien so, als wäre die bedeutendere Tür, jene, die Zugang zu Jennifers Herz und Seele gestattete, nicht nur verschlossen, sondern mit neuen Ketten versehen worden.

„Lori ist nicht da“, sagte Jennifer und lächelte verkniffen, als hätte sie einen Witz gemacht.

„Was?“

„Du kannst reinkommen und dich umschauen, wenn du mir nicht glaubst. Badezimmer, wo auch immer. Sie hockt noch nicht mal unterm Bett.“

„Was?“ Jake fragte sich, ob er vielleicht gehen und noch einmal hereinkommen sollte. „Ich suche nicht nach Lori,

Jen, ich verstehe nicht, warum …" Die Sache mit Simon Macey kam ihm dabei nicht in den Sinn. „Ich wollte dich sehen."

„Und du hast mich gesehen. Ich hoffe, dass du jetzt glücklich bist." Blitzschnell machte sie auf dem Absatz kehrt.

„Ist alles in Ordnung, Jen?" Er dachte daran, was Ben gesagt hatte – labil. „Ich dachte, dass wir vielleicht mal reden könnten. Weißt du, dass es uns helfen könnte, miteinander zu reden."

„Worüber miteinander reden? Über das schöne Wetter, das wir für diese Jahreszeit haben? Wem man vielleicht so alles begegnen kann, wenn man über das Collegegelände spaziert?"

„Eigentlich über Cally."

„Oh, Cally. Sie liegt im Koma, wusstest du das schon? Aber immerhin, das bedeutet, dass wir hinter ihrem Rücken alles Mögliche tun können und sie wird nichts davon mitbekommen. Irgendwie nützlich, wenn man's recht betrachtet, nicht?"

„Hör mal, ich weiß, das geht uns allen an die Nieren, aber …" Jake wusste nicht so recht, wie er mit Jennifers Verhalten umgehen sollte. Er fing an sich tatsächlich zu wünschen, Lori wäre hier. Oder irgendjemand. „Und ich dachte, dass wir vielleicht auch über uns reden könnten."

„Uns?" Jennifer schien fassungslos. „Uns wie in du und ich? Nur wir beide?"

„Na ja, damals im Dom … auf dem Feld … ich dachte, dass da vielleicht irgendwas passiert ist. Du weißt schon, zwischen uns. Ich dachte, wir fühlten …"

„Was?“ Warum sagte er so etwas, nachdem sie ihn doch mit Lori gesehen hatte?

„Hör mal, Jen, warum setzen wir uns nicht hin und unterhalten uns?“

„Ich glaube nicht, Jake.“ Er täuschte sie. Sie konnte ihm nicht vertrauen. Sie konnte niemandem vertrauen. „Ich bin anderweitig beschäftigt. Aber ich bin mir sicher, dass du jemanden findest, der Interesse hat. Wenn du verstehst, was ich meine.“

Jake verstand nicht, aber er ging dennoch fort. Er kam nicht mit Jennifer zurecht, wenn sie sich so aufführte. Wenn sie unbedingt alleine bleiben wollte, dann tat sie schon genau das Richtige, um ans Ziel zu kommen.

Er lief zu seinem eigenen Zimmer. Vielleicht war inzwischen irgendjemandem etwas eingefallen, wie man Cally helfen konnte. Er wäre für alles zu haben, egal wie aussichtslos oder wahnsinnig, solange man nur etwas unternahm. Abwarten hatte ihm noch nie gelegen. Kämpfen, das war schon eine andere Sache.

Lori fand Ben in der Virtual-Reality-Kammer. Er saß bei Cally, mit gesenktem Kopf, tief in Gedanken verloren. Seine Hand lag auf der Cyber-Wiege. Er bemerkte Loris Anwesenheit erst, als sie ihre Hand über die seine legte und aufmunternd drückte.

„Du musst aufpassen“, tadelte Lori sanft, „es ist nicht gut für einen Geheimagenten, wenn sich jemand so leicht an ihn heranschleichen kann.“

Ben lächelte schwach. „Ich wünschte, ich könnte sagen,

dass ich wusste, dass du es warst, Lo. Vielleicht werde ich nachlässig."

„Nein", tröstete Lori ihn. „Was Cally zugestoßen ist, geht uns allen nahe. Aber hör mal, Ben ..."

„Glaubst du, ich bin ein guter Anführer, Lori?"

Die Frage überraschte sie, doch an Bens offenem Gesicht konnte sie ablesen, dass sie sehr ernst gemeint war.

„Es ist wegen dem, was Jake gesagt hat. Er hat angedeutet, dass der einzige Grund, warum ich um Cally besorgt bin, der ist, dass ich die Auswirkungen befürchte, die ihr Verlust für das Team hat. So als wäre sie mir vollkommen egal."

„Jake hat es nicht so gemeint", sagte Lori. „Er hat zugeschlagen, ohne nachzudenken, das ist alles. Wenn wir unter Stress stehen, sagen wir alle Dinge, die wir nicht wirklich so meinen."

„Du nicht, Lo", sagte Ben. „Du rastest nie aus. Du bist nie sarkastisch. Du tust nie etwas hinter dem Rücken anderer Leute."

„Oh, Ben." Lori schoss die Farbe ins Gesicht und sie schüttelte den Kopf. „Das glaubst du doch selber nicht. Ich bin keine Heilige."

„Du bist ein Engel", lächelte Ben. „Aber was mich angeht, glaube ich manchmal, dass ich da unten an den anderen Ort gehöre, wo sich die Jungs mit den Hörnern und den gespaltenen Schwänzen rumtreiben. Weil ich befürchte, dass Jakes Bemerkung teilweise wahr ist, was immer du dazu sagen magst."

„Ben, du quälst dich völlig grundlos."

„Nein, ich habe einen Grund. Er heißt Selbstsucht. Er

heißt Arroganz. Er heißt, der Beste sein wollen, egal, wie hoch der Preis ist. Und er reißt mich manchmal dazu hin, Dinge zu tun, die ein guter Anführer, so glaube ich, nicht tun sollte. Es lässt mich manchmal die Leute auf eine Weise behandeln, ich weiß nicht, so als wären sie weniger wert als ich."

„Du bist stark, Ben. Du treibst uns an. Du machst das Bond-Team zu dem, was wir sind."

„Habe ich Cally zu dem gemacht, was sie jetzt ist?"

„Natürlich nicht." Lori rüttelte ihn an der Schulter, voller Empörung. „Keiner trägt Schuld daran. Keiner von uns. Du hattest Recht mit dem, was du vorhin gesagt hast. Wir alle kannten die Risiken. Wenn wir sie nicht eingehen wollen, dann können sie jederzeit unser Gedächtnis löschen und uns wieder nach Hause schicken. Uns selber Vorwürfe für etwas zu machen, das wir nicht verschuldet haben, das ist Selbstmitleid und Selbstbeweinung. Das sind Zeichen eines schlechten Anführers. Ein guter Anführer akzeptiert, was geschehen ist, und versucht es wieder geradezubiegen."

Ben deutete auf Callys Cyber-Wiege. „Also, wie biegen wir das wieder gerade?"

Lori umfasste seine Hand fester. „Das wollte ich dir gerade erzählen."

Es waren noch andere im Labor, der Rest des Bond-Teams und Grant, sogar Deveraux war mittels eines Bildschirm-Links anwesend. Aber Professor Newbolt schien all das nicht wahrzunehmen. Gadge hatte nur Augen für Lori und es waren Augen, die noch einmal sprühten von Genialität und Einfallsreichtum. Für den Augenblick zumindest war der Erfinder in ihm zurückgekehrt.

„So werden wir's angehen, mein Schatz", erklärte er. „So werden wir deine Freundin retten."

Eddie erwartete, dass Gadge eine Variante des Strahlen-Gewehrs oder Ähnliches zu Tage fördern würde, eine Waffe, die Nemesis in millonenfache Spinnenteile zersprengen würde. Stattdessen holte der Wissenschaftler ein Kleidungsstück aus silbern schimmerndem Material hervor, das dem Schockanzug ganz ähnlich sah, nur dass es durchgehend wie ein Catsuit war. Es erinnerte Eddi an die alten Strahlenschutzanzüge, die sie früher in Atomkraftwerken getragen hatten und die kein Fleckchen Haut unbedeckt ließen, während das Gesicht von einem hauchdünnen Schild geschützt wurde. Der alte Eddie, der Spion mit dem Lächeln, hätte einen Spruch gemacht, dass schon allein dieser mangelnde Sinn für Mode ausreichte, Nemesis in die Flucht zu schlagen, oder dass ihm nicht bewusst gewesen wäre, dass die Spy-High-Studenten mittlerweile von Gucci eingekleidet wurden, oder irgendetwas ähnlich Banales. Der neue Eddie, der Eddie, der ein Nichts war, schaute aufmerksam zu und lauschte mit gespitzten Ohren. Sollte sich eine zweite Chance auftun, würde er sie nicht verpassen.

„Du musst zurück ins Programm gehen, mein Schatz", fuhr Gadge fort. „Das ist der einzige Weg. Du musst dich selber unempfänglich machen gegen die Kraft des Virus. Dafür auch der VISA, der Virus-Schutz-Anzug, Vanessa."

„Vanessa?“ Alle außer Ben warfen Lori fragende Blicke zu.

Lori ignorierte sie. „Erzähl weiter, Großvater.“ Noch mehr allgemeine Verwunderung. „Was genau macht dieser Anzug?“

„Wenn er aktiviert ist“, antwortete Gadge, „entwickelt der VISA ein Kraftfeld, das wie ein Gegenspieler auf die Fähigkeit des Virus' wirkt, den Cyberspace zu beeinflussen und zu reprogrammieren. Mit anderen Worten, wenn euer Anzug eingeschaltet ist, kann Nemesis euch kein Haar krümmen. Ihr werdet die VISA in euren Cyber-Wiegen tragen, um eure Körper zu schützen, während virtuelle Versionen des Anzugs in die Software konfiguriert werden, sodass ihr auch im Programm selber sicher seid.“

„Klingt gut“, sagte Jake anerkennend.

„Wenn's funktioniert“, erwiderte Jennifer trotzig.

„Es wird funktionieren.“ Gadge wirkte höchst selbstsicher. „Ich würde nichts für meine Vanessa erfinden, was nicht ... funktioniert ...“ Ein Schatten huschte über sein Lächeln.

Lori deutete dies als schlechtes Zeichen. „Wie, Großvater?“ Seine Gedanken von der Vergangenheit ablenken. Gadge an die Zukunft glauben lassen. „Wie funktioniert er?“

„Oh, in einfachen Worten“, sammelte sich der alte Mann wieder, „der VISA ähnelt in seiner Funktionsweise dem menschlichen Immunsystem, das Antikörper produziert, um Infektionen zu bekämpfen, nur dass der Anzug anstelle von Antikörpern Antibinärpartikel generiert, also einen Computercode, der sich sogar gegen Superviren wie Nemesis verteidigen kann. Und, was noch besser ist, die Antibinärpartikel können sich nicht nur verteidigen, sondern auch angreifen.“ Gadge lenkte die Aufmerksamkeit seines Publikums auf die Armbänder, die in den Anzug eingewebt waren. „Funktionieren wie Betäubungsgewehre, nur dass Antibinärpartikel abgefeuert werden. Und wenn ihr dann eure Freundin gerettet habt …“ Da war er wieder, dieser Moment des Zweifelns, der Vergesslichkeit, die geistige Klarheit, die langsam schwand. „Wenn ihr dann eure Freundin gerettet … Vanessa?“

„Schon in Ordnung, Großvater.“ Lori verlor ihn. Der Geist des alten Mannes verwirrte sich. „Erzähl mir, was das ist. Was hast du hier?“

Gadge musterte das Metallgerät von der Größe eines Laptops, als ob er es noch nie zuvor gesehen hätte. „Was ich hier hab? Eine Bombe!“ Es war, als fiele ihm gerade die letzte Antwort in einer Quizshow ein. „Eine binäre … Bombe. Platziere sie … Lass sie hochgehen … Antibinärpartikel werden das Programm überfluten … es vollständig lahmlegen. Kein Ausweg für Nemesis, für niemanden, der in dem Programm festsitzt. Ihr müsst vor der Detonation zurück sein, ansonsten … könnt ihr nicht gerettet werden. Nein, das könnt ihr nicht.“ Letztlich dämmerte ihm eine erschreckende Erkenntnis. „Vanessa, ich habe dich nicht gerettet …“

Mit blankem Entsetzen starrte er Lori an. „Ich habe dich nie gerettet …“ Und dann bewölkten sich die alten Augen, so als würde wieder das Leben aus ihnen weichen. „Du bist nicht Vanessa. Wer bist du? Wer sind diese Leute? Was macht ihr in meinem Labor? Kann ein Mann nicht mal ungestört seiner Arbeit nachgehen? Lasst mich in Ruhe. Geht und lasst mich in Ruhe ..." Der gebrochene alte Mann, der einst einer der brillantesten Köpfe der Welt gewesen war, huschte in eine Ecke des Raumes und beschäftigte sich dort mit Bündeln loser Drähte.

„Also, würdest du uns erklären, was hier gerade passiert ist?", fragte Jake.

Lori sah Gadge mitfühlend nach. „Etwas, auf das ich nicht besonders stolz bin."

„Aber sehr einfallsreich von dir, Angel." Deveraux' Stimme, die aus den Lautsprechern tönte, überraschte sie. „Professor Newbolts Erinnerung an seine Enkelin zu nutzen, um eine vorübergehende geistige Genesung zu erwirken. Auf diese Weise hast du uns eine Chance verschafft, zum einen, Cross zu retten, und zum anderen, Nemesis für immer zu zerstören."

„Aber die Anzüge sind nicht erprobt, Sir", warnte Grant.

„Wir haben keine Zeit, sie zu testen, Grant", sagte Deveraux. „Zeit ist unser Gegner. Wir müssen jetzt handeln, bevor Nemesis sich weiterbewegt und wir ihn verlieren. Versammeln Sie sofort ein Team in der Virtual-Reality-Kammer."

„Sir!" Ben trat einen Schritt nach vorne. „Schicken Sie uns, Sir. Wir kennen Nemesis besser als jeder andere hier und Cally ist eine von uns. Wir schulden es ihr."

Deveraux' fein geschnittene Gesichtszüge verzogen sich nachdenklich. „Grant?"

„Stanton hat sicher nicht Unrecht, Sir, aber es stehen Teams von Absolventen zur ..."

„Da ihr noch studiert, können wir von euch nicht verlangen, diese Mission zu unternehmen", machte Deveraux seinen Standpunkt deutlich, „aber wenn ihr als Team wünscht, euch freiwillig zu melden, dann werdet ihr eingeteilt. Es ist eure Entscheidung, Bond-Team. Spricht Stanton für euch alle?"

Es schien so. Ben ließ sich in seiner Cyber-Wiege nieder, während Techniker damit beschäftigt waren, den Raum für den Transfer vorzubereiten. Niemand hatte Einwände gegen die Mission erhoben; alle hatten ihn unterstützt. Es gab ihm ein gutes Gefühl, wieder das Gefühl, ein Anführer zu sein, und das reichte aus. Welche Gefahren sie auch erwarteten, wenn sie Nemesis nun zum letzten Mal entgegentraten, Ben wusste, dass er und seine Teamkameraden sich ihnen stellen und sie meistern würden. Sie waren das Bond-Team. Sie wussten nicht, wie man verliert.

„Wir geben euch auch einen VISA-Anzug für Cally mit sowie die binäre Bombe. Macht sie unbedingt scharf, bevor ihr irgendwas anderes unternehmt. Nemesis zu zerstören ist unsere oberste Priorität."

Lori hatte es gewusst. Dafür hatte sie Professor Newbolt getäuscht, für die Möglichkeit zurückzuschlagen, den Virus zu stoppen, bevor er noch jemanden töten konnte. Bevor er Cally töten konnte. Während sie sich in der Cyber-Wiege festgurtete, hoffte Lori, dass die arme verstorbene Vanessa es verstanden hätte. Und sie betete, dass sie nicht schon zu spät dran waren.

„Wir werden Energie von unserem Sicherheitsprogramm in die Virtual-Reality-Systeme umleiten, um sicherzustellen, dass wir euch zurückholen können, aber wir können das nicht ewig aufrechterhalten. Ihr habt eine Stunde. Ihr müsst Cally innerhalb von sechzig Minuten ausfindig machen und retten."

Zeitlimits hatten Jake noch nie gestört. Sie stellten eine Herausforderung dar, keine Hürde. Er entspannte seine Muskeln und atmete tief durch, genauso wie sie es vor einem vollständigen Virtual-Reality-Transfer tun sollten. Er dachte nicht an Jennifer, auch wenn es ihn immer wieder dazu drängte. Er dachte an Cally. Letztes Semester hatte er sie überredet, an der Spy High zu bleiben. Er hatte das nicht getan, um jetzt mit anzusehen, wie sie zu einer Matschbirne wurde. Sie hatten also eine Stunde Zeit, um die Sache wieder ins Lot zu bringen. Jake beabsichtigte, diese Zeit gut zu nutzen.

„Nemesis ist im Vorteil. Er konnte inzwischen das Programm nach Belieben in jede nur erdenkliche Landschaft umgestalten, so, wie es ihm gefällt. Wir haben keine Ahnung, was ihr vorfinden werdet", erklärte ein Techniker.

Jennifer war das egal. Je finsterer, tödlicher, entsetzlicher das Szenario, desto besser, dachte sie. Es würde zu ihrer Stimmung passen. Die Sensoren drückten gegen ihre Schläfen. Sie spürte, wie die Cyber-Wiege sie quetschte, sie kleiner machte. Sie wollte schreien. Sie wollte zuschlagen. Bald. Sehr bald.

Mit einem kaum hörbaren Zischen senkten sich die Glasdeckel der Cyber-Wiegen herab, schlossen sich mit einem Klicken. „Viel Glück, Bond-Team", sagte jemand. Der Transfer begann.

Eddie schloss die Augen. Keine Witze mehr darüber, dass man doch zu zweit in den Cyber-Wiegen liegen sollte oder warum sie nicht schaukelten, wenn es doch Wiegen waren, oder wo denn die Schlaflieder blieben oder irgendetwas in der Art. Die anderen waren Nemesis noch nicht cyber-leibhaftig begegnet. Er schon, und dann hatte er sich als unzulänglich erwiesen, aber diesmal nicht. Diesmal, schwor sich Eddie, würde es ganz anders kommen.

DREIZEHN

„Das ist nicht gut", sagte Ben.

Es war nach der Apokalypse. Sie standen inmitten der schwelenden Skelette einer zerstörten Stadt: aufgerissene Straßen und ausgebrannte Autowracks. Zerklüftete Mauern, die sich gegen den Himmel abzeichneten wie riesige abgebrochene Zähne, die Knochen von Gebäuden, die in einer radioaktiven Ödnis langsam verrotteten. Über ihren Köpfen versperrten Wolken die Sicht auf die klägliche Sonne. Wolken, die brodelten und schwärten wie das Böse an sich und sich selbst mit scharlachroten Blitzen durchstocherten.

„Der Menschheit letzter Albtraum", hauchte Lori. „Das nukleare Armageddon."

„Ja." Jake machte hinter seinem Visier eine finstere Miene. „Und Nemesis' ultimativer Traum. In diesem Zustand würde er gerne die reale Welt sehen."

„Das wird ihm nicht gelingen, nicht, wenn wir es zu verhindern wissen. Checkt eure VISAs. Stellt sicher, dass sie voll aktiviert sind. Sind die Kommunikatoren in den Helmen in Ordnung? Können mich alle hören?"

„Laut und deutlich, Anführer", sagte Eddie.

„Gut. Denn wenn euer Anzug versagt, hat Nemesis leichtes Spiel mit euch."

Jennifer stand ein wenig abseits von den anderen. Sie empfand die verwüstete Landschaft als verstörend und eigenartig faszinierend zugleich. „Also, unternehmen wir jetzt irgendwas?", forderte sie unruhig. „Eine Stunde dauert nicht ewig."

„Wir müssen warten, Jen", erinnerte Ben sie. „Auf Callys Anzug und auf die Bombe."

Neben Eddie fing der Boden an kleine Wellen zu schlagen, so als hätte er sich plötzlich verflüssigt. Ein paar feste Objekte nahmen dort Gestalt an. „Express-Sendung", bemerkte Eddie.

„Okay." Ben kniete sich neben die Bombe. „Lori, bleib bei mir und überprüfe, ob ich es richtig mache. Alle anderen, schnelle Lagepeilung. Irgendein Anzeichen von Cally oder Nemesis, irgendein Anzeichen von irgendwas und ich will es wissen."

Ben konzentrierte sich darauf, die Bombe scharf zu machen. Lori nahm sich des zum Bündel verschnürten Anzugs für Cally an und schaute Ben voller Stolz zu. Das war der Ben, den sie liebte. Entschieden. Inspirierend. Ein Anführer. Wie nur hatte ein Schwindler wie Simon Macey sie in Versuchung führen können? Sie schwor sich, dass sie es irgendwie bei Ben wieder gutmachen würde, wenn sie hier jemals wieder lebend herauskommen würden.

„Also, wo bleibt denn nun die große böse Spinne?", fragte Jennifer spöttisch.

Eddie und Jake traten neben sie. „Keine Sorge", sagte Eddie. „Sollte sie irgendwo in der Nähe sein, wirst du sie sofort erkennen. Aber lass dir eins gesagt sein, je später wir ihr in die Quere kommen, desto besser."

„Er muss doch inzwischen längst wissen, dass wir hier sind“, argumentierte Jake. „Warum greift Nemesis uns nicht an?“

„Vielleicht sieht er uns nicht als Bedrohung an“, äußerte Eddie vorsichtig und fragte sich, ob Nemesis damit nicht auch Recht hätte.

„Jake, Eddie …“ Der Spott hatte sich aus Jennifers Stimme verflüchtigt. „Was ist das?“

Irgendetwas in der Ferne, das sich auf sie zubewegte, das über die aufgeplatzte und zerfurchte Landschaft rann wie eine dicke Schicht Teer oder Öl, schwarz und blubbernd. Eine schwarze Flut, die alles, was ihr im Weg war, überschwemmte.

Innerhalb von Minuten würde *alles, was ihr im Weg war* auch das Bond-Team einschließen.

„Ben!“, rief Jake. „Beeil dich mal besser mit der Bombe. Wir brauchen sie vielleicht eher, als wir dachten.“

„In Ordnung, wir sind fertig“, verkündete Ben triumphierend. „Also, um was geht's?“ Er und Lori eilten zu ihren Teamkameraden.

Und tatsächlich bestand der schwarze Fluss nicht aus einer einzigen Substanz. Das konnten sie nun erkennen. Es handelte sich nicht um Flüssigkeit, sondern um einen Schwarm winziger Kreaturen, die wie Kohlenstückchen glänzten. Wie Insekten. Spinnen. Abertausende Cyber-Spinnen marschierten auf sie zu in feindlicher Absicht. Nemesis hatte neue Freunde.

„Er hat sich vermehrt. Hat sich irgendwie selbst reproduziert“, folgerte Lori mit Schrecken.

„Ich hoffe, dass sich Cally irgendwo dahinten befindet.“ Eddie schluckte schwer. „Und ich glaube, dass wir das auch sollten.“

Sie drehten sich um. Sie waren umzingelt.

„Tja, dann werden wir mal die Anzüge testen“, sagte Ben verbissen. „Kreis bilden. Stellung einnehmen. Grillt die Biester.“

Sie brauchten nicht zu zielen. Ihre Gewehrarmbänder beschossen die anrückende Armee mit Antibinärpartikeln, genau wie Gadge es beschrieben hatte, und sengten Feuerschneisen durch ihre Reihen. Die Cyber-Körper knisterten und rollten sich auf wie altes Laub in einem Lagerfeuer. Der Gestank nach Verbranntem erfüllte die ohnehin bereits verpestete Luft.

„Ja!“ Eddie war der Erste, der beide Waffenarmbänder gleichzeitig einsetzte und mit Feuereifer im Zickzack um sich ballerte. „Ja!“ Er fing an, sich gleich sehr viel besser zu fühlen.

Auch Jennifer empfand die Schlacht als Erleichterung, Ben jedoch hielt seine Emotionen unter Kontrolle. Ein Anführer musste selbst unter größtem Stress einen kühlen Kopf bewahren. Ein Anführer musste alle denkbaren Eventualitäten in Betracht ziehen und abwägen. Und soeben war ihm eine erschreckende Möglichkeit bewusst geworden.

Was, wenn ihre Gewehrarmbänder keinen Saft mehr hatten? Was, wenn der Vorrat an antibinärem Material zur Neige ging? Und was, wenn Nemesis' Brut nicht aufzuhalten war?

Schon jetzt waren sie nur noch wenige Meter entfernt.

„Hebt euch was auf!“, schrie Ben. „Wir wissen nicht,

wie lange die Anzüge es noch machen. Feuert nur eine Waffe ab!"

„Du bist der Boss", entgegnete Eddie, „aber ich würde sagen, wir brauchen mehr Feuerkraft und nicht weniger."

Ein Flammenring, in dem die blindlings heranstürmenden Cyber-Spinnen verschmorten, schützte das Bond-Team. Aber sie waren so zahlreich. Wie Lemminge kamen sie unaufhaltsam heran. Und plötzlich hatten einige von ihnen es geschafft und sprangen auf die Körper der Teenager. Jake kreischte, als ein paar von den Dingern sich auf seiner Brust breit machten. Er zappelte instinktiv umher, um sie loszuschütteln. Das brauchte er gar nicht. Der Anzug, der selbst unter Spannung mit antibinärem Material stand, verwandelte die Kreaturen in Leuchtkugeln. Sie schmorten zusammen. Aber es kam Ersatz für sie.

Sie hüpften auf Loris Visier, attackierten ihre Augen. Für den Bruchteil einer Sekunde sah sie ihre zitternden Gestalten, bevor sie durch das Auflodern ihrer Körper geblendet wurde. Und dann – ihr blieb vor Schreck beinah das Herz stehen – gingen sie nicht mehr in Flammen auf. Sie bekamen noch nicht einmal mehr einen Sonnenbrand. Sie klammerten sich fest, versperrten ihr die Sicht. Sie schlug mit einer Hand nach ihnen und mit noch größerem Entsetzen bemerkte sie, dass auch ihr Gewehrarmband inzwischen nicht mehr so wirksam war, dass es an Tötungskraft verlor. „Ben!" Sie krabbelten über ihren ganzen Körper. „Mein Anzug!" Ihr Visier war schwarz von diesen Kreaturen. Bald hätten sie sich einen Weg durch das dünne Material genagt, würden mit ihren Reißzähnen an ihr Gesicht kommen. „Ben!" Lori schrie.

Dann waren sie verschwunden. Ben hielt Lori in den Armen und die anderen waren auch bei ihr. Die Cyber-Spinnen waren auf dem Rückzug, hinterließen nur die verkohlten Überreste ihrer Brüder.

Eddie japste nach Luft, krümmte sich vor Erleichterung und Erschöpfung. „Ist das nun ein Sieg für uns, oder was?"

„Warum sind sie abgezogen?", wollte Lori wissen. „Sie hätten uns erledigen können. Mein Anzug hat mit jeder Sekunde an Kraft verloren. Noch ein bisschen länger und ich …" Sie zitterte.

„Mach dir keine Sorgen, Lo. Der Anzug lädt sich von selbst wieder auf", sagte Ben. Hoffe ich, dachte er.

„Aber Lori hat Recht", überlegte Jake. „ Wir standen kurz davor, überwältigt zu werden. Ich kapiere nicht, warum …"

„Nemesis ist also kein Meisterstratege", bemerkte Jennifer, „oder er hat nicht mitbekommen, dass wir auf dem letzten Loch gepfiffen haben. Oder vielleicht war das ja nur die erste Angriffswelle."

„Ich glaube, ich bevorzuge die erste oder die zweite Option", sagte Eddie.

„Schön wär's." Jake kniff die Augen zusammen. Er spürte eine weitere Gefahr. Der Boden unter seinen Füßen bebte. Es klang wie ein U-Bahn-Zug, aber es war keiner.

Das Bond-Team wurde wie Kegel in alle Richtungen geschleudert, als die Straße aufbrach und sich Nemesis selbst zwischen ihnen erhob.

Senior Tutor Elmore Grant wusste, dass sie um ihr Leben kämpften. Sie kämpften, um ihre Freundin zu retten und vielleicht, um auch zahllose andere, die sie noch nie getroffen hatten, vor Nemesis' Wahnsinn zu bewahren. Und doch ahnte man nichts davon, wenn man ihre Körper so friedvoll in den Cyber-Wiegen schlummern sah, Körper, die Grant in Kisten nach Hause schicken könnte, falls diese Mission schief ging. Und sie könnte schiefgehen, genauso gut, wie sie auch gut gehen könnte. Eine Ausbildung an der Spy High war keine Garantie fürs Überleben.

Einige Agenten lebten, dachte Grant. Einige Agenten starben. Und ein paar ehemalige Agenten waren dazu verdammt, eine Existenz dazwischen zu fristen. Wie er selbst. Sein Oberkörper war lebendig, bestand aus Fleisch, Blut und Knochen, aber seine Beine waren synthetisch, seit jenem letzten Feldeinsatz und der Explosion, die seiner Karriere ein jähes Ende gesetzt hatte. In Wahrheit war Senior Tutor Elmore Grant nur ein halber Mensch.

Er fuhr sich mit der Hand durchs Haar. Er musste also warten. Er musste hier in der Virtual-Reality-Kammer bleiben und sich ausmalen, welchen Gefahren seine Studenten ins Auge blickten. Er konnte für sie beten, aber er konnte ihnen nicht helfen. Er war machtlos. Und für einen Mann wie ihn war es eine furchtbare Sache, ein machtloser Zuschauer zu sein. Aber das war alles, was er war. Darauf war er reduziert worden. Er musste warten.

Senior Tutor Elmore Grant wusste, dass sie um ihr Leben kämpften. Wie er sie beneidete.

Sie erstarrten und schauten aus weit aufgerissenen Augen. Das war verständlich. Das plötzliche Erscheinen eines zwölf Fuß großen lebendigen Computervirus in der Form einer Spinne hätte vermutlich ausgereicht, um jedermann versteinern und aus weit aufgerissenen Augen starren zu lassen. Leider durfte das Bond-Team aber nicht jedermann sein. Sie waren darauf trainiert worden, das Unerwartete zu erwarten, sich nicht aus der Fassung bringen zu lassen und nie ihr Vorhaben hinauszuzögern. Weil Verzögerung für das Bond-Team den Tod bedeuten konnte. Und zwar von einer Sekunde zur nächsten.

Lori blieb nur Zeit, um einen flüchtigen Eindruck von Nemesis' Massigkeit zu gewinnen, von der knisternden, dunklen Energie in seinen Augen, von dem Hinterleib und von den rasierklingenscharfen Rändern seiner acht schwarzen Beine. Sein Kopf rotierte im Kreis, Nemesis errechnete die Stärke seiner Feinde. Lori blieb keine Zeit zur Flucht. Ihr blieb überhaupt keine Zeit mehr, irgendetwas zu tun.

Nemesis hieb mit einem seiner Beine nach ihr, bekam sie zu fassen und hob sie in die Luft. Sie knallte auf die aufgerissene Straße und erwartete, tot zu sein. Das Cyber-Fleisch hatte geblitzt wie eine Klinge. Sie hätte eigentlich aufgeschlitzt sein müssen. Aber sie war es nicht. Ihr Anzug war nicht beschädigt worden. Sie war am Leben.

Und wenn sie am Leben war, konnte sie kämpfen. Sie musste kämpfen!

Lori rappelte sich hoch. Die anderen feuerten mit ihren Gewehrarmbändern auf Nemesis, während sie versuchten, eine strategische Schneise zu Lori zu schlagen. Flammen leckten an den Seiten des stählernen Virus, aber das Feuer konnte ihn nicht aufhalten, griff ihn nicht an. Lori spürte, dass sich die Kraft ihres Anzugs erneuerte. Ben hatte Recht gehabt. Die Antibinärpartikel hatten sich von selbst wieder aufgeladen. Jetzt war sie an der Reihe.

Lori richtete ihre Wut gegen Nemesis. Sie schoss. Flammen loderten gegen seinen Hinterleib.

„Guter Schuss, Lo!“, rief Ben. „Geht's dir gut? Bist du verletzt?“

„Es ginge mir besser, wenn wir dieses Ding hier aufhalten könnten.“

„Wir verletzen ihn!“, verkündete Jake. Und das Kreischen, das Nemesis von sich gab, bestätigte seine Behauptung. „Aber es reicht noch nicht. Wir befinden uns mitten an der Quelle seiner Kraft. Wir schlagen nur noch nicht hart genug zu.“

„Was ist nötig, um dieses Monster zu Fall zu bringen?“, schrie Jennifer.

Dann duckte sie sich, rollte sich blitzschnell aus dem Weg, als die Vorderbeine der Spinne erneut durch die vergiftete Luft schnitten. Das Bond-Team stob auseinander, sammelte sich wieder, feuerte erneut.

So konnten sie wahrscheinlich mühelos die restlichen Minuten ihrer Stunde weiterkämpfen. Aber das würde sie keinen Schritt voranbringen, hielt sich Ben vor Augen. Eine endlose Patt-Situation mit Nemesis zu halten, würde ihnen nicht helfen, Cally ausfindig zu machen. Sie mussten – er musste mehr Eigeninitiative zeigen.

Er schickte ein Stoßgebet zum Himmel, dass die VISAs hielten, was Gadge versprochen hatte.

„Ben!“, kreischte Lori. „Warte!“ Warum nur rannte er direkt auf den Virus zu?

„Komm schon, du hässlicher Kotzbrocken! Komm und fang mich! Zeig mir, was du draufhast!“ Und dann zeige ich dir, was ich draufhabe, versprach Ben.

„Er ist durchgedreht!“ Eddie blieb die Spucke weg. „Er hat den Verstand verloren!“

„Dann nichts wie hinterher. Warum labern wir hier überhaupt noch rum?“, erklärte Jennifer angriffslustig.

„Nein, warte, Jen!“ Jake hielt sie zurück. „Ben weiß, was er tut.“

Aber sogar Nemesis schien schockiert darüber zu sein, dass sich einer der Eindringlinge scheinbar freiwillig seinem unausweichlichen Schicksal auslieferte. Die organische Form stand ganz nah an Nemesis' Elektroden, schrie aufmüpfig und schüttelte die erhobenen Fäuste, feuerte aber noch nicht einmal seine Munition ab, die so schmerzhaft brannte. Solch leichtsinniges Verhalten ergab nach den Daten, die Nemesis über die menschliche Spezies gesammelt hatte, keinen Sinn. Solche vergeblichen Demonstrationen von Wagemut waren unlogisch. Sie verdienten es, bestraft zu werden.

Nemesis' Kopf sauste nach unten wie die Guillotine. Er verschlang Ben bis zur Taille.

Alle außer Jake schrien voller Entsetzen auf. „Macht euch bereit!“, drängte Jake.

Nemesis' Kopf explodierte.

Teile des Schädels und Gehirns und der Augäpfel spritzten zischend wie durchgebrannte Schaltsysteme über die Straße. Was vom Maul der Spinne übrig geblieben war, ließ zuckend von Ben ab, der wieder seine Waffe abfeuerte und den Kopf weiter in seine Bestandteile zersprengte. Sein Anzug war glitschig, voll Öl, das aussah wie Blut, aber Ben war unverletzt.

„Macht ihn alle!“, befahl Jake. „Jetzt!“

Die übrigen Mitglieder des Bond-Teams stürzten sich auf den umhertaumelnden Nemesis und nahmen ihn unter Beschuss. Der Virus schien nicht länger in der Lage zu sein, seine gewählte Gestalt zu bewahren. Die spröden Beine zersplitterten. Der gepanzerte Hinterleib riss auf und Flüssigkeit quoll heraus. Das säubernde Feuer der anitibinären Partikel machte sich an dem grotesken Körper der Kreatur zu schaffen.

Und Nemesis fiel lodernd wie eine Fackel zu Boden.

„Wir haben's geschafft!“, jubelte Jennifer. „Wir haben dich getötet! Wir haben dich getötet!“

Lori eilte an Bens Seite. Er war wacklig auf den Beinen. Sie fing ihn auf und half ihm vorsichtig dabei, sich auf einem Bein kniend abzustützen. „Ben!“ Sie wollte ihn küssen, aber die beiden Visiere vor ihren Gesichtern stellten dabei ein kleines Problem dar. „Was um alles in der Welt hast du dir gedacht? Du hättest getötet werden können. Was ist da in dich gefahren?“

„Das war eklig“, sagte Eddie und verzog dazu passend das Gesicht.

„Das war das Mutigste, das ich je gesehen habe.“ Lori sah ihn mit strahlenden Augen an.

„Ja, na ja“, fiel Eddie mit ein, „das meinte ich ja, Lo. Das Mutigste, Ekligste, das ich je gesehen habe.“ Und im Stillen dachte er: Darum ist Ben Anführer und ich bin nur ein

Nichts, das schlaue Bemerkungen macht. Und im Stillen fragte er sich: Würde ich das bringen? Würde ich das Risiko eingehen, mich selbst zu opfern, für die anderen, für das Team? Und wenn nicht, warum bin ich dann überhaupt hier? Wann wird meine Zeit kommen?

„Na also, das nenne ich aus nächster Nähe zielen." Jake nickte voller Bewunderung. „Nette Aktion, Ben."

„Danke. Ja." Nach und nach brutzelte Bens Anzug jegliche Spuren von Nemesis' Innereien fort. Darüber war er sehr erfreut, noch mehr allerdings über den durchschlagenden Erfolg seines Plans. „Ich hatte mir gedacht, dass unsere einzige Möglichkeit Nemesis zu überwältigen, die wäre, nah genug an ihn heranzukommen, um seine Abwehr zu durchstoßen."

„Ja, und man kann nicht sehr viel näher kommen als in das Maul des Viehs", gluckste Jake. „Du warst schon immer ein schwer zu schluckender Brocken, Ben."

„Na ja, bittet mich nur nicht, die Vorstellung zu wiederholen", sagte Ben.

„Das wird wohl nicht nötig sein", sagte Lori.

„Ähm, Leute." Das war Jennifer. Sie hörte sich besorgt an. „Ich an eurer Stelle würde keine Wetten darauf abschließen. Irgendwas passiert da. Irgendwas, das nicht gut ist."

Nemesis lebte. Zumindest schienen seine einzelnen Bestandteile noch am Leben zu sein. Wie sonst ließen sich ihre eigenständigen Bewegungen erklären: die beunruhigende Fähigkeit loser Teile, sich aufeinander zu schieben und miteinander zu verschmelzen, die Tatsache, dass Gliedmaßen sich selbst zusammensetzten.

„Er rekonstruiert sich selbst", beobachtete Jennifer ehrfurchtsvoll. „Das ist eine Cyber-Wiederauferstehung."

„Dann wollen wir ihn mal umlegen, ehe er seinen Kopf wieder aufgeschraubt hat." Eddie machte den Eindruck, als wollte er vorangehen.

Ben kam mit Loris Hilfe wieder auf die Beine. Er schüttelte mutlos den Kopf. „Es hat keinen Sinn, Eddie. Es hat letztlich nicht funktioniert. Wir können ihn nicht töten, egal, was wir tun, nicht vollständig, höchstens vielleicht mit der Bombe."

„Was machen wir jetzt also, Ben?" Jennifer sah dabei zu, wie Beine sich zusammensetzten wie Hochspannungsmasten, während der Hinterleib der Kreatur sich aufblies wie ein Ballon. „Er kommt gerade richtig in Fahrt."

„Wir haben keine Wahl", beschloss Ben. „Wir überlassen Nemesis der Bombe. Wir können ihn nicht töten, aber er kann uns auch nicht töten, nicht in unseren VISAs. Also suchen wir Cally. Jetzt gleich."

Sie eilten davon durch die verwüstete Landschaft, wobei Jennifer einer letzten Geste des Abschieds nicht widerstehen konnte: Ein Klumpen des Augapfels drängelte sich auf dem Weg zu den Überresten von Nemesis' Kopf an ihrem Fuß vorbei. Eine letzte kurze Salve aus ihrem Gewehrarmband und er prasselte wie ein Lagerfeuer. „Viel Spaß beim Reparieren", murmelte sie.

Sie liefen in größeren Abständen zueinander in einer Reihe, um so die größtmögliche Fläche abzudecken. Vorsichtig bahnten sie sich ihren Weg durch die bröckelnde

Stadt, während sie über die Kommunikatoren in ihren Helmen in ständigem Kontakt zueinander standen. Es war gut, während der Einsätze miteinander zu sprechen, auch wenn es die meiste Zeit nur flüsternd oder einsilbig möglich war, oder beides.

„Passt auf, wo ihr hintretet", wisperte Ben und bewies sogleich, dass er Recht hatte mit seiner Warnung. „Viele Löcher und so Zeugs. Wenn ihr in eins reinfallt, haben wir den Salat. Eure Anzüge können kein gebrochenes Bein heilen."

Eddie fragte sich, ob das bedeuten sollte, dass Ben, falls irgendeiner von ihnen hier inmitten der Ruinen einen Unfall erlitte, die anderen Teammitglieder dessen ungeachtet weiter vorantreiben würde? Eigentlich bezweifelte er das, aber er fühlte sich ein bisschen außen vor, da er als Schlusslicht ans Ende der Reihe verbannt worden war. Er durfte das nicht persönlich nehmen, das wusste er. Schließlich gab es ein zweites Ende der Reihe, an dem Jennifer lief, aber irgendwie fühlte er sich vom Zentrum des Geschehens ausgeschlossen. Vielleicht würde sich alles wieder einrenken, wenn er Cally entdeckte.

Aber sogar das Privileg blieb ihm versagt.

„Ben! Ihr alle!" Jennifer flüsterte nun nicht mehr. „Hierher! Hierher!"

Natürlich war es so, dass Eddie den weitesten Weg zurücklegen musste.

„Was ist los, Jen?" Bens Stimme. „Ist es Cally?"

Bestürzung, die sogar über die Kommunikatoren greifbar war. „Ich glaube ja."

Sie glaubte, ja? Eddie krabbelte verzweifelt auf allen

vieren über die Steingerippe toter Gebäude. Sie glaubte, ja? Welcher Anblick bot sich Jennifer? Welchen Grausigkeiten hatte er Cally ausgesetzt?

Er hörte seine Teamkameraden, einen nach dem anderen, wie sie Jennifers Standort erreichten. „Oh, mein Gott, nein … das glaube ich nicht … Ben."

Sie waren jetzt genau vor ihm, kauerten tief am Boden und lugten über einen aufgeworfenen Kamm von Schutt. Schauten sie auf Cally? Er raste zu ihnen. „Was ist es? Was ist es?"

„Eddie, runter!", befahl Ben.

Eddie ließ sich zu Boden fallen. Er sah die aschfahlen Gesichter von Ben und Jake, die entsetzten, angewiderten Blicke der Mädchen. Er reckte den Hals, um zu sehen, was sie gesehen hatten.

Und dann wusste er, warum.

VIERZEHN

In einem Türrahmen, der keiner mehr war, in einer Wand, die keine mehr war, hing Cally. Ein Arm war über ihrem Kopf erhoben, fast so, als würde sie winken, während der andere schlaff an ihrer Seite baumelte. Ihre Beine waren verrenkt wie die einer kaputten Puppe und keines reichte bis auf den Boden.

Das brauchten sie auch nicht. Cally wurde in einem Netz festgehalten, das zwischen den Türpfosten gesponnen worden war, ein Netz, in das sie hoffnungslos verstrickt war, ein Netz, welches das Werk einer Spinne hätte sein können, wäre da nicht der Strom gewesen, der summend hindurchfloss und die einzelnen Fäden zu elektrischen Drähten oder Kabeln machte.

Und was noch schlimmer war – der ganze Boden war übersät mit Cyber-Spinnen; scharenweise liefen sie am Fuß des Netzes umher, krabbelten über die zerbrochenen Ziegel, wagten es sogar, an Callys reglosen Beinen hinaufzuklettern, befleckten ihre Haut wie eine fortschreitende üble Krankheit.

Und noch schlimmer, Nemesis selbst ragte über Cally auf. Unberührt. Unverletzt. Wiedergeboren. Die Berechnungen hinter seinen wiederhergestellten Augen schienen nur eines zu besagen: Beute.

Aber das Schlimmste von allem war Callys Zustand. Ihr Kopf rollte wie trunken von einer Seite zur anderen.

„Sie bewegt sich nicht“, sprach Lori aus, was die anderen dachten. „Ben, was, wenn wir zu spät gekommen sind? Was, wenn Callys … du weißt schon …“

„Sind wir nicht. Ist sie nicht.“ Ben wehrte sich gegen diese mögliche Wahrheit. „Sie ist nur ohnmächtig. Wir müssen sie einfach nur aus diesem Netz befreien, sie in den Anzug stecken und dann alle zusammen nach Hause gehen. Dann wird das alles hier in die Luft gejagt.“

„Und das bald“, mahnte Jennifer. „Wie also werden wir Nemesis los?“

Ben überlegte schnell. „Wir müssen ihn ablenken. Wenn wir uns in zwei Gruppen aufteilen, ich und Lori, du, Jake und … Eddie?“

Keine Spur von ihm.

„Wo ist er hin?“

„Ich hab nichts bemerkt. Er war gerade noch hier …“

„Falls er jetzt irgend so ein bescheuertes Spielchen abzieht …“, warnte Ben.

„Das glaube ich nicht“, erklärte Jake. „Ich glaube, da hast du deine Ablenkung. Sieh mal.“

Das war seine Chance. Sobald er Cally erblickt hatte, wie sie so in Nemesis' Gewebe festhing, mit diesen abscheulichen Krabbelviechern überall, wusste er es. Das war der Augenblick für Eddie Nelligan sich zu beweisen, seinen Ruf wiederherzustellen. Und er würde es nicht vermasseln.

Er stahl sich mit beunruhigender Gelassenheit davon, während die anderen noch immer auf Cally und Nemesis starrten. Er konnte entschlossen handeln, wenn er wollte. Er dachte an ein Ablenkungsmanöver, noch bevor Ben dieses Wort überhaupt ausgesprochen hatte, und für Eddie stand fest, dass nur eine Strategie Aussicht auf Erfolg hatte. Eddie entfernte sich von den anderen. Es würde nicht ausreichen, lediglich Nemesis' Aufmerksamkeit abzulenken. Der Virus wusste, dass er ihnen in ihren VISAs nichts anhaben konnte. Wenn der Anzug allerdings deaktiviert wäre, könnte Nemesis unter Umständen davon überzeugt werden, neben Cally etwas Platz zu schaffen.

Eddie brach aus seiner Deckung hervor und stürmte hinaus in das zerstörte Areal, wo Cally gefangen gehalten wurde. Vielleicht war es die unebene, schartige Oberfläche des Schutts, die seine Beine schlottern ließ, vielleicht auch nicht. Jeden Moment konnte Nemesis sich auf ihn stürzen.

„Eddie, was fällt dir ein? Runter, Eddie. Er wird dich sehen … Kannst du mich hören, Eddie? Geh in Deckung. Das ist ein Befehl …"

Aber Eddie hatte jetzt keine Zeit, auf Befehle zu hören. „Ruhig Blut, Ben", sagte er, obwohl er selbst weit davon entfernt war, ruhig zu sein, „oder du schadest am Ende noch deiner Gesundheit. Ich werde Nemesis fortlocken, und wenn ich das tue, geh und hol Cal. Bis später." Der ewige Optimist. Der Spion mit dem Lächeln.

„Eddie, das ist kein …"

Er deaktivierte seinen Kommunikator. Er deaktivierte seinen Anzug.

Nemesis hatte ihn sofort bemerkt. Er hob seinen Kopf wie ein Tier, das einen neuen Geruch witterte. Etwas hatte sich verändert in der virtuellen Welt und es schien zum Vorteil für den Virus zu sein.

Eddie half noch etwas nach. „Hey, Hässlichnase, ich komme von Miet-ein-Opfer. Scheint so, als wärst du in Kontakt gewesen mit …" Er beendete seinen Satz nicht mehr.

Die Wucht von Nemesis' Hass traf ihn wie ein Light Train in voller Fahrt. Eddie fiel auf die Knie, presste sich die Ohren zu und war nicht einmal mehr in der Lage, sein eigenes Schreien zu hören. Kein Schutz. Keine aktiven Antibinärpartikel, die ihn vor dem telepathischen Angriff abschirmten.

Die Sicht vom Schmerz getrübt, erkannte er, dass der Virus auf ihn zustakste. Wenn er nicht auf der Stelle aufstand, sich in Bewegung setzte, dann würde sein Miet-ein-Opfer-Witz seine Grabinschrift werden.

Eddie rappelte sich schwankend hoch, drehte sich um und rannte los. Dabei wünschte er sich, er hätte ein Skybike zur Hand. Er wandte sich nicht um, blickte nicht zurück; es würde ihm nicht gerade Mut machen, Nemesis zu sehen, der ihn rasch einholte wie ein achtbeiniger Engel des Todes. Außerdem musste er aufs Gelände achten, auf die tückischen Haufen losen Gerölls, die sich plötzlich auftuenden Gräben und die umgefallenen Wände oder die Steilhänge. Wenn er jetzt hinfiele, gäbe es für ihn kein Wiederaufstehen mehr.

Er hoffte, dass die anderen inzwischen bei Cally waren. Er hatte ihnen eine günstige Gelegenheit verschafft.

Eddie schoss durch eine Türöffnung, durch die Nemesis nicht folgen konnte, und die Wand dieses überlebenden Gebäudes war riesig. Der Virus müsste außen herum gehen. Das würde ihn etwas aufhalten.

Nur war dem nicht so. Nemesis durchschlug die Wand mit einem Hieb und setzte Eddie weiter nach.

Vielleicht war das alles letzten Endes doch nicht so eine gute Idee gewesen. Aber er hatte die Kreatur doch bestimmt weit genug fortgelockt? Bestimmt konnte er es jetzt wagen, seinen Anzug zu reaktivieren?

Der Boden vor ihm senkte sich ab. Eddie schrie auf, kippte nach vorne, spürte, wie die Welt einstürzte, ein Summen in seinen Ohren und das ekelhafte, dumpfe Platschen beim Aufprall.

Eddie stöhnte. Er war in eine Art Keller gestürzt und dort auf dem Rücken gelandet. Er versuchte sich zu bewegen. Seine Beine waren unter einem Betonklotz eingeklemmt. Wenigstens fühlten sie sich nicht gebrochen an. Und wenigstens hatte er die Arme frei. Alles, was er tun musste, war seinen Anzug zu reaktivieren und entweder auf die anderen oder auf den Rücktransfer zu warten. Es konnte sich nur noch um Minuten handeln.

Das Einzige, was er tun musste, war den Anzug zu reaktivieren …

Alles, was er tun musste …

Alles … zu Ende.

Der Anzug musste bei seinem Sturz beschädigt worden sein. Nichts passierte.

„Eddie, so geht's nicht. Zurück ... Er hat seinen Kommunikator ausgeschaltet." Ben starrte die anderen fassungslos an, so als wäre Eddies Unverfrorenheit, ihn mitten in einem Befehl abzuwürgen, die schockierendste Sache der Welt.

„Nemesis hat ihn gesehen!", beobachtete Jennifer. „Er ist hinter ihm her!"

„Er ist entweder bekloppter oder mutiger, als wir ihm jemals zugetraut haben", sagte Jake.

„Wir müssen ihm helfen!", erklärte Lori und war bereits auf den Füßen.

Ben hielt sie am Arm fest, behutsam, aber bestimmt. „Nein. Eddie hat seine Entscheidung getroffen. Unsere Priorität ist Cally. Lasst uns da nach unten steigen, bevor Nemesis seine Jagd abbläst."

Es bestand nun kein Vorteil mehr darin, sich noch länger zu tarnen. Unter Kampfgeschrei stürzten sich die verbleibenden vier Mitglieder des Bond-Teams über die Kante und schossen auf die gefangene Gestalt von Cally zu. Ihre Gewehrarmbänder ballerten los.

Die Hälfte der Cyber-Spinnen stand in Flammen, ehe ihre Computergehirne den Angriff überhaupt registriert hatten. Die anderen krabbelten in Windeseile auf den Feind zu.

„Schützt Lori!", befahl Ben. „Sie hat Callys Anzug. Sie muss immer zwischen uns bleiben."

Er selbst ging voran, Lori hinter ihm und Jennifer und Jake rechts und links von ihr. Gut gezielte Schüsse mit Antibinärpartikeln sengten den Weg zur Tür frei. Cyber-Spinnen stürzten sich von der Oberkante der Wand hinab;

die Präzision des Bond-Teams verwandelte sie in winzige Feuerbällchen.

Ben durchschnitt das Gewebe. Als Cally hinunterfiel, fing Lori sie auf und ließ sie so behutsam wie möglich auf den Boden hinab. Voller Sorge kniete sie sich neben ihre Freundin, strich ihr zart das Haar aus dem Gesicht, rief ihren Namen und betete, dass sie noch am Leben war. Aber Cally wirkte kalt und unbelebt. Es sah nicht gut aus.

„Wie geht es ihr, Lori?" Ben und die anderen bildeten einen Kreis um sie, während sie die schwindende Zahl Cyber-Spinnen in Schach hielten.

„Ich weiß es nicht. Ich weiß es nicht." Lori rubbelte Callys schlaffe Hand, zog sie sanft dichter an sich heran. „Cally, kannst du mich hören? Cally? Ich bekomme keine Antwort, Ben. Ich weiß nicht, was ich tun soll!"

„Zieh ihr den Anzug an!", riet Jake.

Umständlich und ungeschickt entrollte Lori Callys VISA und stopfte ihre Gliedmaßen hinein. Als würde sie ein unbeholfenes und übergroßes Baby anziehen. „Komm schon, Cally", murmelte sie ängstlich. „Komm schon. Komm schon. Sprich mit mir. Sag was." Aber auch mit dem Anzug bekleidet, antwortete Cally nicht.

„Jake, es ist nicht …"

Und dann ein Husten, ein Spucken, ein leichtes Zucken des Kopfes und ein Flattern der Augenlider.

„Cally! Leute, sie lebt!" Lori presste ihre Freundin voller Inbrunst an sich. „Cally, du bist in Sicherheit. Alles wird gut werden."

„Sieht ganz danach aus", sagte Jake. Er hörte auf zu schießen. Ben und Jennifer taten es ihm nach. Der Boden um sie herum war schwarz von verkohlten und qualmenden Körpern. Kein Spinnentier war mehr übrig, um ihnen Ärger zu bereiten.

„Na ja, lasst uns nicht den Tag vor dem Abend loben", warnte Ben. „Nicht bis wir mindestens den ganzen Cyberspace zwischen uns und Nemesis gebracht haben." Er blickte auf das Zeitmessgerät in seinem Anzug. „Und das sollte in ungefähr drei Minuten passieren."

Jake grinste. „Was uns gerade noch genug Zeit lässt, unser Dornröschen hier wieder im Land der Lebenden willkommen zu heißen. Hey, Cal, wie geht's dir?"

Sie war nur schwach und orientierungslos, so schien es jedenfalls. Die Ärzte würden sie von Kopf bis Fuß durchchecken, wenn sie zurück waren, das wusste Ben. Er kniete nicht zusammen mit den anderen an ihrer Seite. Er hatte sich abgewandt und starrte hinaus über die verwüstete Stadt. Ben war der Ansicht, dass es für einen Anführer unpassend war, Gefühle zu zeigen.

„Was ist … passiert?" Tief beunruhigt umklammerte Cally Loris Hand. „Wo sind wir?"

„Das spielt keine Rolle. Ruh dich aus, Cally", riet Lori. „Es ist alles in Ordnung."

Aber Cally schien davon nicht überzeugt zu sein. Ihre Augen huschten zwischen ihren Teamkameraden hin und her. „Eddie", sagte sie. „Ich erinnere mich … Eddie war hier. Wo ist er? Wo ist Eddie?"

Das Bond-Team tauschte schuldbewusste Blicke aus. Das war eine gute Frage.

Vielleicht würde er ja noch einmal mit heiler Haut davonkommen. Vielleicht würde Nemesis ja seine Spur verlieren und ihn verfehlen. Vielleicht bräuchte er gar nichts weiter zu tun, als still liegen zu bleiben, wo er war, und in aller Ruhe den rechten Moment abzupassen, bis die Transfer-Sequenz …

Ja, und vielleicht flogen ja auch Schweine umher da oben am zerfetzten, aufgewühlten Himmel.

Eddie ruckelte erneut an dem Betonblock auf seinem Bein. Arnold Schwarzenegger III. legte sich wahrscheinlich noch vor dem Frühstück auf seine Hantelbank und stemmte solch ein Gewicht, ohne ins Schwitzen zu geraten, aber Krafttraining war noch nie Eddie Nelligans Fall gewesen. Und jetzt war es zu spät, damit anzufangen.

Wenn Nemesis vor dem Transfer aufkreuzte, war er geliefert.

Aber seltsamerweise war Eddie nicht danach zumute zu schreien oder in Tränen auszubrechen oder Stoßgebete zum Himmel zu schicken. Wenn überhaupt, dann fühlte er sich zufrieden, befriedigt. Letztlich hatte er sich vor den anderen doch noch bewiesen, und vor sich selbst auch. Inzwischen würden sie Cally gerettet haben. Er vertraute darauf, dass sie das getan hatten. Sein Opfer – wenn es denn ein Opfer sein sollte – würde nicht vergebens gewesen sein.

Und vielleicht würde er ja auch noch einmal mit heiler Haut davonkommen.

Nur dass das ziemlich unwahrscheinlich war. Ein Schatten schob sich über den Keller wie eine Sonnenfinsternis. Eine schwarze Form ragte bedrohlich über ihm auf. Nemesis spähte auf ihn herab und sein boshaftes Entzücken fuhr durch Eddie hindurch, scharf wie Krallen. Er würde nicht schreien. Diesen Gefallen würde er Nemesis nicht tun.

Wie lange noch bis zum Transfer? Sicherlich nur noch Sekunden. Wenn er den Virus doch nur hinhalten, irgendwie auf Zeit spielen könnte.

„Warte! Nicht! Hör mir zu! Ich kann dir helfen!“

Nemesis fiel darauf nicht herein. Ein Bein wie ein gigantischer Speer zitterte hoch erhoben in der Luft, suchte mit sadistischer Präzision sein Ziel.

Das letzte Mal war Eddie noch als eine wertlose Irritation abgetan worden. Dieses Mal, Pech gehabt.

Wenn das Bein nach unten stieße, würde es unmittelbar über seinem Bauchnabel einstechen und sich geradewegs durch seinen Körper bohren, um am Rücken wieder auszutreten. Er würde zappeln wie ein auf der Nadel aufgespießtes Insekt.

Transfer! Transfer!

Eddie konnte nicht an sich halten. Er musste schreien.

Er fühlte ein Kribbeln in seinen Knochen.

Der sichere Tod schoss speergleich auf ihn zu.

Irgendjemand da oben hatte eine Schwäche für Eddie Nelligan. So musste es sein. Denn anstatt von Nemesis in einer einzigen fatalen Bewegung durchbohrt zu werden, war er von zwei Händen ergriffen und hastig aus der Cyber-Wiege gerissen woren. Sein Schrei wurde zu johlendem Gelächter. Der Transfer war gerade noch rechtzeitig über die Bühne gegangen. Er war zurück in der Virtual-Reality-Kammer. Der Spion mit dem Lächeln? Er war der Spion, der noch heil war, und das reichte völlig aus.

Aber was war mit den anderen? Was war mit Cally?

„Eddie! Du bist in Sicherheit!“ Lori kam bereits auf ihn zu, umringt von einer Schar besorgter Techniker. Sie schien froh zu sein ihn zu sehen. Aufrichtig. Bewies es, indem sie ihm um den Hals fiel und ihn fest an sich presste. Wenn er nur sein Visier schnell genug hochgeklappt hätte, dann hätte er womöglich sogar einen Kuss abstauben können. „Wir haben uns ja solche Sorgen gemacht. Du warst so unglaublich mutig.“

„Tja, na ja, manchen von uns wurde das eben einfach in die Wiege gelegt“, sagte Eddie bescheiden. Er bemerkte Ärzte, die ins Zimmer eilten. Sie hatten Sauerstoffflaschen und eine Trage bei sich. „Cally?“

„Sie ist noch schwach, aber sie wird schon wieder“, sagte Lori. „Komm.“

Sie sah in der Tat schwach aus, als die Ärzte sie aus der Cyber-Wiege und auf die Trage hoben. Besorgt sahen Ben, Jake und Jennifer dabei zu. „Gut gemacht, Ed“, sagte Jake, brachte aber nur ein schiefes Lächeln zustande.

„Eddie?“ Cally wirkte benommen, kaum bei Bewusstsein. „Eddie.“ Sie streckte ihre Hand nach ihm aus. Eddie nahm sie und presste sie .... „Danke, dass du zurückgekommen bist.“

„Na ja, ich konnte dich ja nicht einfach dalassen.“ Eddie grinste. „Du schuldest mir einen dicken, feuchten Kuss Cally.“

Cally lächelte schläfrig. „Ich schulde dir mehr als das.“

„Okay, genug jetzt", sagte einer der Ärzte. „Wir müssen sie auf die Krankenstation bringen. Sind wir so weit?"

Cally wurde davongerollt. Sie schien bereits eingeschlafen zu sein. Aber das war okay, Schlaf gab Kraft. Und Schlaf war kein Koma.

„Eddie." Ben packte ihn am Arm. „Die Nummer, die du mit Nemesis abgezogen hast, was hast du damit zu beweisen versucht?"

„Ben, ich …"

„Und wen kümmert's? Was auch immer es war, ich nehme an, du hast es bewiesen." Und er schüttelte Eddies Hand. Voller Wärme.

Eddie fragte sich für einen kurzen Moment, ob er sich nicht doch noch in der virtuellen Realität befand. Ben Stanton schüttelte ihm die Hand? Das konnte doch nicht wahr sein, oder? Und da waren Senior Tutor Grant und Corporal Keene, die aussahen, als würden sie jeden Moment in die Glückwünsche mit einfallen. Und die Stimme des Technikers hallte aus dem Kontrollraum durchs Zimmer. „Binäre Bombe explodiert. Wirkung der Antibinärpartikel voller Erfolg. Virtuelles Szenario vollständig eliminiert." Die Gefahr vorbei. Die Bedrohung ausgeräumt. Die Welt gerettet. Gewiss zu schön, um wahr zu sein?

Leider hatte Eddie Recht.

Die Cyber-Wiegen fingen an zu zittern, die Mechanismen blitzten auf, schlugen Funken, als die Schaltsysteme überlastet zusammenbrachen.

„Ähm, sollen die eigentlich so rumwackeln?", überlegte Eddie laut.

„Zurück", warnte Ben. Instinktiv suchten sie die Nähe

zueinander. „Was ist los?“ An den Techniker gewandt, der am nächsten stand: „Hat das was mit der Bombe zu tun?“

Der glücklose Techniker sah nicht so aus, als ob er eine Antwort darauf wüsste.

Aber inzwischen ratterten die Cyber-Wiegen wie wild, als würde sich etwas darin befinden, das herauswollte, als würde etwas Riesiges und Starkes ungeduldig erwarten, endlich geboren zu werden. Die Glasdeckel explodierten. Blitze gleißenden Lichts schossen zur Decke, ließen alle zurückweichen. Ein schriller Schrei der Erlösung schlug ihnen ans Trommelfell.

Ein Laut, den das Bond-Team schon einmal gehört hatte.

„Mein Gott!“, wurde es Jennifer mit Schrecken klar. „Das ist Nemesis! Er kommt hinterher!“

Und das tat er. Die Luft zwischen den Lichtsäulen färbte sich dunkel, tanzte in seltsamen Formen und Mustern, verdichtete sich zu Substanz, verfinsterte sich und nahm Gestalt an.

In der Virtual-Reality-Kammer materialisierte sich eine gigantische Cyber-Spinne.

„Er ist uns gefolgt!“, keuchte Jake.

Ihm gefolgt, dachte Eddie betrübt. Nemesis war zur Zeit des Transfers ihm am nächsten gewesen. Er hatte also doch nicht die Welt gerettet. Er hatte sie verdammt.

Die staksigen Beine formten sich aus, der aufgequollene Hinterleib, der scheußliche, schwarze Kopf nahm Gestalt an.

„Das ist nicht möglich!“, sagte jemand wenig hilfreich.

„Schaltet den Strom ab!“ Auf einmal brüllte Ben.

„Schaltet alles ab! Er nährt sich aus dem Strom und benutzt ihn, um sich zu materialisieren. Dreht den Strom ab und dreht Nemesis damit den Saft ab!"

Grant bellte: „Strom aus! Sofort!"

Der Techniker im Kontrollraum hörte ihn. Folgte dem Befehl. Die Virtual-Reality-Kammer versank in lebloser Dunkelheit. Nemesis kreischte wieder. Er war nun ein Schatten zwischen Schatten, der kalte Stoff, aus dem Albträume sind.

„Du bist tot!", rief Jennifer hasserfüllt.

Und doch, während er sich wand und krümmte und schrie und zu spüren schien, dass sein unnatürliches Leben dahinschwand, trieb ihn der Hass weiter an. Die Kreatur starrte auf seine Feinde, Lori war sich sicher, das Funkeln des Bösen in seinen Augen zu sehen. Sie hatten keine Zeit mehr zu fliehen, als Nemesis sich auf sie stürzte, sein Körper knisterte, sprühte Funken und geriet ins Trudeln. Ein massives, unausweichliches Gewicht.

Lori duckte sich instinktiv, riss ihre Hände hoch.

Und die auf sie fallende Hülle von Nemesis zersprang in tausend Stücke – spröde und harmlos. Er war wie ein Phantom, wie eine Abgaswolke. Lori fröstelte bei seinem Aufprall, als wäre sie plötzlich in einen Kühlschrank eingeschlossen worden. Aber dieser Effekt hielt nicht lange an. Ohne die Zufuhr von Elektrizität, ohne die Nahrung aus dem Cyberspace, konnte Nemesis nicht länger existieren. Das Echo eines letzten, vergeblichen Aufheulens erklang wie eine entfernte Rückkopplung.

Dann war es vorbei mit Nemesis.

„Können wir hier drin wieder etwas Licht haben?"

Grants Stimme. Licht durchflutete den Raum wie Hoffnung. Die Cyber-Wiegen waren ruiniert, aber die konnte man ersetzen. Was zählte, war, dass Nemesis zerstört war. Das Bond-Team sah sich an und konnte es kaum glauben. Eine Sekunde lang Schweigen. Dann laute Jubelschreie und ein Ausbruch von Umarmungen und gegenseitigem Schulterklopfen. Sogar Corporal Keene schien seine Anerkennung zum Ausdruck bringen zu wollen, wenn auch etwas ruppig.

Lori umarmte Jake, der als Einziger ihrer Teamkameraden nicht völlig aus dem Häuschen war, sogar beinahe etwas zerknirscht wirkte. Sie wusste, warum. Verstohlen drückte sie seine Hand. Nemesis mochte zwar vernichtet sein, ja, aber sie hatten noch immer ein Problem.

Es war an der Zeit, sich um Simon Macey zu kümmern.

FÜNFZEHN

„Ich bin echt froh, dass es dir gut geht, Lori", sagte Simon Macey. „Ich hab mir wirklich Sorgen gemacht. Ich weiß nicht, was ich gemacht hätte, wenn dir etwas zugestoßen wäre."

Scher dich zum Teufel, dachte Lori, sagte aber etwas anderes. „Oh, Simon!" Sie lächelte ihn süß an. „Meinst du das auch ehrlich?"

„Natürlich meine ich es ehrlich. Du weißt doch, wie wichtig du mir bist, Lori."

Ein anderer Tag. Ein anderes heimliches Rendezvous. Ein anderes Klassenzimmer. Aber eigentlich sollten sie auf einer Bühne stehen, dachte Lori. Ein Theater wäre die angemessene Umgebung für zwei Leute, die so eine offenkundig heuchlerische Vorstellung boten. Wenn die Agentensache jemals platzen würde, hätten sie und Simon eine vielversprechende Zukunft als Schauspieler vor sich.

Hier war er, bewegte sich auf sie zu, entwaffnete sie mit diesem Lächeln. Als Nächstes würden seine Hände auf ihr liegen und Lori musste sie ertragen. Es war Teil des Plans.

„Tatsache ist", sagte Simon, „als du vom Nemesis-Virus bedroht warst, ist mir klar geworden, dass ich nicht ohne dich sein kann. Das ist die Wahrheit."

„Ich glaube dir, Simon." Nie im Leben.

Die Hände. Auf ihren Schultern. Dieses maskenhafte,

anzügliche Lächeln ganz dicht vor ihrem Gesicht. Von hier aus könnte sie ihm wahrscheinlich die Nase brechen, um ihm wirklich einen Grund zum Grinsen zu geben. Halt deine Wut im Zaum, Lori. Spiel den Engel. Halt dich an deinen Text.

„Und ich empfinde das Gleiche für dich, Simon."

„Das tust du?"

„Dem Tod so nahe zu sein, hat mir die Dinge deutlich vor Augen geführt. Ich habe dich ganz klar gesehen, Simon, vielleicht zum ersten Mal überhaupt." Du schmieriger Schleimer. „Ich weiß, dass ich mit dir zusammen sein will. Nein, lass mich ausreden. Ich glaube nicht, dass es den anderen gegenüber fair wäre, damit noch vor Last Team Standing rauszurücken, aber danach möchte ich, dass alle von dir und mir erfahren."

„Oh, Lori", sagte Simon Macey. „Danach werden sie's erfahren."

Sie würden sich jetzt umarmen (und das taten sie). Sie würde spüren müssen, wie er sich an sie presste (und das musste sie). Und seine Hände, die sie abtasteten wie ein Zollbeamter auf der Suche nach Drogen. Unter ihr Haar fuhren, ihren Nacken streichelten. Und es wurde auch geküsst, ziemlich ausgiebig sogar (wenigstens hatte sie Mundwasser auf ihrem Zimmer).

„Lori", sagte Simon Macey, „du weißt ja gar nicht, wie glücklich du mich gemacht hast."

Lori lächelte unschuldig. „Simon", erwiderte sie. „Das Beste kommt erst noch."

„Aber er hat nichts gesagt, um dich zu überreden, uns beim Last Team Standing zu sabotieren oder ihm Informationen über unsere Taktik zuzuspielen oder irgendwas in der Art?“ Jake saß grübelnd auf Loris Bett.

„Nichts dergleichen“, rief Lori aus dem Badezimmer, „es sei denn, ich hatte es so eilig, von da wegzukommen, dass ich es glatt verpasst habe.“ Sie betrat den Raum mit einem Bademantel bekleidet und rubbelte mit einem Handtuch ihr Haar trocken. „Ich brauchte dringend eine Dusche. Etwas, um den Gestank der Heuchelei abzuwaschen.“

Jake bemühte sich, nicht allzu viel von Loris nackter Haut wahrzunehmen. „Na ja, aber Macey muss dich doch irgendwie benutzen wollen.“

„Wie wahr! Und höchst unangenehm war's obendrein auch.“ Lori schlang sich das Handtuch um den Kopf wie einen Turban.

„Er muss irgendwas gesagt haben. Er muss irgendwas gemacht haben.“ Jake erhob sich und schritt im Zimmer auf und ab. „Macey hätte sich eine solch goldene Gelegenheit nicht durch die Lappen gehen lassen.“

„Fühlst du dich etwas unwohl mit mir, Jake? Wenn du kurz rausgehen willst, hab ich mir in einer Sekunde etwas angezogen.“

„Nein, mach dir keine Umstände.“ Jake blinzelte, als Lori belustigt die Augenbrauen hochzog. „Ich meine, dafür haben wir keine Zeit. Ich weiß, dass Cally noch immer auf der Krankenstation liegt, aber Jen könnte jede Minute zurück sein und sie will mich bestimmt nicht hier antreffen, das ist sicher.“

„Nein? In Anbetracht dessen, was Cally mir vom Dom erzählt hat, dachte ich, dass ihr beide an dem Punkt seid, ein Paar zu werden. Ihr seht gut zusammen aus."

Jake zuckte mit den Schultern. „Versuch das mal Jen klarzumachen. Ich meine, ich mag sie, Lori, ich mag sie sehr, aber jedes Mal, wenn ich denke, dass es endlich klappt zwischen uns, geht irgend so 'ne komische Alarmglocke in Jennifers Kopf los. Dann fallen die Klappen runter, und sie tut so, als wäre mir ein zweiter Kopf gewachsen, oder so. Ich verstehe sie einfach nicht."

Lori seufzte mitfühlend. „Na ja, wir wissen ja alle, dass Jen Probleme hat, die sie lösen muss. Ich denke, wenn es uns gelänge, die Ursachen dafür in ihrer Vergangenheit aufzuspüren, könnten wir ihr irgendwie helfen, damit fertig zu werden. Aber ich an deiner Stelle, Jake …"

„Warte! Lori!" Jake schnippte mit den Fingern.

„Was ist …?"

„Wo hat Macey dich berührt?" Jake musterte Loris bademantelumhüllten Körper wie Sherlock Holmes persönlich auf der Suche nach Hinweisen. „Wo genau?"

„Eigentlich genau überall", sagte Lori. „Ich kenne mich nur mit Lizenzen zum Töten aus. Aber eine Lizenz, sich Frechheiten herauszunehmen – die glaubt jedenfalls Simon zu haben. Doch warum fragst du das, Jake?"

„Es muss ein Teil deines Körpers sein, den du selbst kaum je siehst."

„Wie bitte?!"

„Du hast das magische Wort gesagt, Lori." Jake grinste breit. „Aufspüren. So wird dich Macey beim Last Team Standing benutzen. Er hat dir einen Peilsender angeheftet.

Du wirst ihm unsere Position verraten und weißt noch nicht einmal davon."

„Aber ich hätte doch gemerkt …"

„Nicht notwendigerweise." Jakes scharfe Augen verengten sich. „Beug dich mit dem Kopf nach vorne, so als ob du in Grants Geschichtsstunde wegknackst. Genau so." Er musterte eindringlich die zarte Haut von Loris entblößtem Nacken, schob das Handtuch hoch, um ihre Haarwurzeln zu begutachten.

Jake lachte. „Hab ich's doch gewusst."

„Was denn? Blond ist meine Naturfarbe."

„Nein. Fühl mal. Fühl deinen Nacken." Er führte Loris Finger an den schwarzen Punkt, kleiner als ein Fingernagel, der auf ihrer Haut klebte, an einer Stelle, die für gewöhnlich vom Haar verdeckt war. „Das ist ein Peilsender. Ich hatte Recht. Lori, du bist verwanzt worden."

„Na, dann mach es weg", jammerte Lori. „Ich habe schon ein paar Ideen, wo ich es Simon hinklebe, und alle sind recht schmerzhaft."

„Das sehe ich anders." Jake tätschelte Loris Nacken und den Peilsender. „Diese kleine Schönheit bleibt, wo sie ist."

„Was? Wieso? Damit dieses Ekelpaket Simon jeden unserer Schritte überwachen kann?"

„Genau." Mit finsterer Miene heckte Jake einen Plan aus. „Macey glaubt, dass er dich da hat, wo er dich hinhaben wollte, Lo. Lass ihn in dem Glauben. Denn wenn Last Team Standing erst mal begonnen hat, wird er feststellen, dass es genau andersherum ist."

„Was denn, keine Weintrauben?“ Eddie kramte in Callys Nachttisch herum. „Ohne Weintrauben kannst du gar kein ordentlicher Krankenhauspatient sein. Ich fürchte, es sieht fast so aus, als ob du hier einpacken und wieder zum Bond-Team stoßen musst, Cal.“

„Witzig“, grinste Cally, gestützt auf eine unüberschaubare Anzahl von Kissen, „das ist so ziemlich das Gleiche, was auch der Arzt vor noch nicht einmal einer halben Stunde bei seiner letzten Visite gesagt hat.“

„Echt?“ Lori und Jennifer hockten rechts und links auf der Kante von Callys Bett, während die drei Jungen standen. „Das sind tolle Nachrichten.“

„Hat er tatsächlich gesagt, dass du wieder am aktiven Training teilnehmen kannst, Cally?“ Ben war etwas vorsichtiger. Er dachte an übermorgen und an Last Team Standing. Es hieß schließlich nicht umsonst so. Last Team Lying in einem Krankenhausbett wäre kein großer Erfolg.

Cally jedoch war sehr bestimmt. „Das hat er tatsächlich gesagt, Ben. Er meinte, es sei für mich das Beste, und ich habe ihm zugestimmt. Körperlich war sowieso so weit alles in Ordnung mit mir, nichts, was ein paar Tage Bettruhe nicht wieder ins Lot gebracht hätten. Es war nur mein Geist, hinter dem Nemesis her war.“

„Wenn es doch ein paar Jungen gäbe, die so drauf sind“, bemerkte Lori grinsend.

„Ich glaube, Nemesis wusste nicht so recht, was er mit mir anfangen sollte“, sagte Cally. „Grant glaubt, dass er mich deswegen in dem Virtual-Reality-Szenario am Leben erhalten hat. Nemesis hat versucht meinen Geist zu ergründen, aus mir schlau zu werden.“

„Das hätte er besser wissen müssen", witzelte Eddie. „Keiner wird schlau aus einer Frau."

Jake und Jennifer tauschten einen Blick aus, der alles Mögliche hätte bedeuten können.

„Ich glaube, er hatte es ohnehin schon aufgegeben", fuhr Cally fort. „Wenn ihr nicht aufgetaucht wärt, Leute, dann wäre mein Geist jetzt nur noch Matsch."

„Was?", sagte Ben. „Du meinst so wie Eddies?"

„Oh, das war gemein", beklagte sich Eddie.

„Ich muss euch für eine Menge danken, euch allen." Cally drückte Loris und Jennifers Arm.

„Das Bond-Team gibt aufeinander Acht", erklärte Ben.

„Achtung! Motivationsrede", sagte Jake lautlos.

„Und jetzt, da wir wieder zusammen und alle für fit befunden worden sind, sollten wir besser damit anfangen, uns auf die Taktik für Last Team Standing zu konzentrieren." Ben fand immer den richtigen Dreh, dachte Jake mit widerwilliger Bewunderung. „Ich hoffe, ich brauche niemanden daran zu erinnern, wie wichtig dieser letzte Wettbewerb ist. Das Palmer-Team und das Hannay-Team sind bereits ausgeschieden, das bedeutet, wir treten gegen Maceys Bande an und wir können den Sherlock-Schild nur gewinnen, wenn wir sie beim Last Team Standing schlagen. Wir sind nah dran, aber wir haben das Ziel noch nicht erreicht."

„Mach dir deswegen keine Sorgen", sagte Jennifer. „Der Tag, an dem wir es nicht packen, in einem Zweikampf das Solo-Team zu schlagen, ist der Tag, an dem wir es verdient haben, mit gelöschtem Gedächtnis nach Hause geschickt zu werden."

„Ich bin froh, dass du so zuversichtlich bist, Jen", erklärte Ben. „Aber du darfst nicht den Punktestand vergessen. Wegen des Spyscape-Debakels", Lori bemerkte mit Dankbarkeit, dass Ben nicht den Gun-Run erwähnte, „liegt das Solo-Team vorne. Vielleicht nicht weit vorne, aber es gibt ihnen einen Vorsprung. Um es kurz zu machen: Wir können uns keinen einzigen Verlust leisten. Wir müssen jeden Einzelnen aus Maceys Team ausschalten, ohne eines unserer eigenen Leben zu verlieren. Wir müssen also sehr scharfsinnig sein, und ich meine sehr scharfsinnig."

„Wenn ich noch schärfer werde, Anführer", warf Eddie ein, „schneide ich mich noch an mir selbst."

„Sehr komisch, Eddie." Ben sah seinen Teamkameraden warnend an. „Aber Macey wird alles tun, was er kann, um zu gewinnen, ob mit fairen oder unfairen Mitteln, vergesst das ja nicht."

Loris Augen trafen Jakes. Das würden sie nicht.

Grant hatte ihnen erklärt, dass der Last-Team-Standing-Wettkampf die moderne Variante des im späten 20. Jahrhundert in den USA und Europa sehr populären Paintball war. Er hatte ihnen alte Filmberichte gezeigt, in denen sich schon längst begrabene Angestellte mit dicken Bäuchen und in Overalls keuchend von einem Baum zum nächsten schleppten und mit der Zielgenauigkeit von Blinden im Nebel mit Farbe gefüllte Patronen aufeinander abfeuerten. Mitten in der Nacht. Der Zweck der Übung war offenbar gewesen, den Sinn für Corporate Identity zu stärken und das Team zusammenzuschweißen. Letzteres war auch jetzt noch ein Teil des Gedankens hinter Last Team Standing und auch der Showdown zwischen den beiden führenden Teams der Spy High würde hier in der realen Welt stattfinden, ohne Virtual Reality oder Spezialeffekte; nur die Overalls von damals hatte man gegen Schockanzüge ausgetauscht und die Farbpistolen durch Stasis-Gewehre ersetzt. Das Ziel war aber nach wie vor, das gegnerische Team auszuschalten; es sollte zwar selbstverständlich nicht getötet, wohl aber vorübergehend gelähmt werden. Und es blieb ihnen genau eine Stunde Zeit, um diese Aufgabe zu bewältigen.

Das Bond-Team überprüfte gerade seine Waffen, als hinter ihnen eine Reihe von ungefähr vier Meter hohen Metallpfosten aus dem Boden fuhr. Lichter blinkten auf entlang der Pfostenreihe, die anzeigten, dass der Energie-Zaun, der die Grenzen des Spielgeländes markierte, aktiviert war. Stieß man jetzt gegen diese unsichtbare Barriere, ob aus Versehen oder aus unlauteren Motiven, würde der Täter nicht nur mit einem üblen Stromschlag bestraft werden, sondern auch mit dem sofortigen Ausschluss aus dem Spiel. Den wetteifernden Teams stand nur ein begrenztes Gebiet zur Verfügung, in dem sie ihre Gegner austricksen konnten. Zum größten Teil war es dicht bewaldet.

„Okay. Drei Teams zu je zwei Leuten", verkündete Ben. „Ich und Lori. Jake und Jennifer. Cally und Eddie." Keiner erhob Einwände, obgleich Jake bemerken musste, dass Jennifer schmollend das Gesicht verzog. Was er auch getan haben mochte, sie hatte ihm noch immer nicht verziehen. „Gebt einander Rückendeckung. Wir wollen nicht, dass sich Maceys Bande von hinten an uns anschleicht."

„Das wäre genau die Art von billigem, miesem Trick, den sie sicher draufhätten", sagte Eddie missbilligend.

„Aber wir wollen uns von hinten an sie anschleichen."

„Tolle Taktik, Ben." Eddie war begeistert.

„Jedes Paar bleibt in Sichtweite der anderen. Wir dürfen nicht getrennt werden. Und ihr kennt den Ruf, falls jemand irgendwas bemerkt."

Alle nickten. „Kommunikatoren wären hilfreich", erklärte Lori.

„Ja, aber elektronische Hilfsmittel sind nicht erlaubt", sagte Ben, „in keiner Form."

Noch nicht mal Peilsender, sinnierte Lori. Vorsichtig befühlte sie ihren Nacken, das winzige Gerät gleich einer Blase auf ihrer Haut. Jake zwinkerte ihr aufmunternd zu.

„Okay", sagte Ben schließlich. „Inzwischen wird das Solo-Team das Areal von der anderen Seite her betreten haben. Dann wollen wir ihnen mal ein bisschen Kopfzerbrechen bereiten."

Das Bond-Team tauchte in das Waldland ein. Jennifer und Jake nahmen die rechte Position ein, Cally und Eddie die linke, während Ben und Lori in der Mitte liefen. Sie bewegten sich leise vorwärts, schleichend, mit geschärften Sinnen wachsam auf das kleinste Anzeichen von menschlicher Präsenz achtend. Der Sieger im erbitterten Kampf um den Sherlock-Schild hing von dem Verlauf der nächsten 60 Minuten ab.

Lori sah die Anspannung auf Bens Gesicht, seine völlige Hingabe an die Sache. Sie könnte ihm niemals von Simon und sich erzählen, nie. Und sie könnte ihm nie erzählen, dass, egal wie sie auch durch den Wald krochen, krabbelten und robbten, das Solo-Team mit unfehlbarer Genauigkeit auf sie zusteuerte, dank der kleinen Hilfe, die Simon an ihren Nacken geheftet hatte. Und selbst wenn Jakes Plan hier und heute aufging, was hielt Simon davon ab, Ben die ganze Wahrheit zu enthüllen und damit ihr Leben zu zerstören? Sie sah, wie ihr Freund sie voller Anteilnahme ansah. „Mach dir keine Sorgen", flüsterte er. Schön wär's.

Auf der linken Seite wisperte jemand: „Alles in Ordnung, Cally?" Eddie machte sich Sorgen um seine Teamkameradin. „Wir könnten eine kleine Pause einlegen, wenn du eine brauchst."

„Ich bin keine Invalidin, Eddie", gab Cally scharf zurück, obwohl ihre Glieder sich bereits etwas schwer anfühlten.

„Nein, ich meinte nicht …"

„Ich weiß." Cally schlug einen anderen Ton an. „Aber mir geht's gut. Wie sollte es auch anders sein? Ich habe den Spion mit dem Lächeln zum Partner."

Und als sie ihn anlächelte, war Eddie klar, dass es ihm völlig gleichgültig war, ob sie den Schild gewannen oder nicht.

Auf der rechten Seite war Jake, unfähig das Schweigen zwischen ihnen auszuhalten. „Hör mal, Jen. Ich weiß, dass das jetzt weder der richtige Ort noch der richtige Zeitpunkt ist, aber nachher, ich meine, später, müssen wir wirklich miteinander reden, die Sache zwischen uns endlich klären."

„Du hast Recht", entgegnete Jennifer kühl.

„Hab ich?"

„Das ist weder der Ort noch der Zeitpunkt." Ihr Gesicht wirkte vollkommen verschlossen.

Jake seufzte. Tja, er hatte es versucht. Er hoffte, dass sein Plan mit dem Peilsender erfolgreicher war. Seiner Einschätzung nach war die Zeit jetzt gekommen.

Aus scheinbar keinem ersichtlichen Grund stieß Jake einen Vogelruf aus.

Jennifer duckte sich so tief, als wäre es das Pfeifen einer Bombe gewesen. „Was fällt dir eigentlich ein?"

„Ich glaube, ich sehe jemanden", wisperte Jake und ging in Deckung. „Da drüben." Er zeigte auf etwas, das den ganzen Wald umfasste, unterstrich seine Vermutung mit einem zweiten Vogelruf.

„Wovon redest du überhaupt?" Jennifer starrte mit zusammengekniffenen Augen in die grüne Weite. „Da drüben ist jemand? Wo denn genau?"

Aber das spielte jetzt keine Rolle. Jake hatte sein wahres Ziel erreicht. Der Rest des Bond-Teams kauerte sich neben ihn und Jennifer nieder, die Stasis-Gewehre schussbereit. Jake fing ganz beiläufig Loris Blick auf und nickte. Während die anderen voller Eifer, einen Blick auf den Feind zu erhaschen, die Hälse reckten, zog sich Lori leise zurück. Keiner bemerkte, wie ihre Hand scheinbar nur ihren Nacken massierte.

„Was hast du, Jake?" fragte Ben.

„Simon Macey und Sonia Dark", log Jake. „Ich bin mir sicher, dass sie es waren, die beiden zumindest. Vielleicht auch ihr ganzes Team."

„Ich habe nichts gesehen, Ben." Jennifer war verärgert. „Da ist nichts."

Ben spähte in den Wald hinein. Es sah tatsächlich nach nichts aus. Aber wollte er ein Risiko eingehen? War ein guter Anführer derjenige, der Risiken wagte, oder derjenige, der immer auf Nummer sicher ging? Jake war für gewöhnlich kein Kandidat für Hirngespinste.

„Ich sag es euch doch", betonte er. „Simon. Sonia. Vielleicht das ganze Solo-Team. Kommen direkt auf uns zu." Ein weiterer verstohlener Seitenblick auf Lori. Dieses Mal war sie es, die nickte.

„Tja ..." Ben konnte sich keine Fehler leisten.

„Ben, da ist rein gar nichts." Jennifer schien genauso felsenfest überzeugt zu sein wie Jake.

„Ich habe auch etwas gesehen", behauptete Lori. „Es muss das Solo-Team sein."

Jennifer fuhr herum und starrte Lori an. Klar, dass sie Jake unterstützte, es lag auf der Hand, dass beide aus irgendeinem unerklärlichen Grund logen. Aber Loris Einmischung hatte Ben überzeugt.

„Okay, wir ziehen uns augenblicklich zurück", plante er. „Wir bilden auf der anderen Seite dieser Freifläche einen defensiven Halbkreis. Wenn sie uns nicht gesehen haben, können wir vielleicht ein oder zwei Leute von ihnen erwischen. Los geht's."

Das Bond-Team trat den Rückzug an, verteilte sich und stellte sich in einem Kreis um eine Fläche auf, die wie geschaffen dafür war, jedem den Rest zu geben, der dumm genug war, da hineinzuspazieren. Mit dem entfernten Peilsender, der nunmehr das Unterholz schmückte, überlegte Lori, standen die Chancen recht gut, dass das Solo-Team in die Falle tappte. Kommt schon her.

Sie brauchten nicht lange zu warten. „Was habe ich euch gesagt?", grinste Jake. Er wagte es nicht, Lori anzuschauen aus Angst, in triumphierendes Gelächter auszubrechen.

„Das glaube ich nicht", japste Jennifer.

Aber da gab es nichts zu leugnen. Gerade einmal auf Sichtweite zu ihnen und doch unaufhaltsam näher kommend, stahlen sich nicht nur Simon, nicht nur Sonia Dark, sondern alle sechs Mitglieder des Solo-Teams durch die Bäume – in Fleisch und Blut und bereit, von ihrem Elend erlöst zu werden. Die Finger des Bond-Teams lagen am Abzug.

„Was machen die da?", murmelte Ben, eher zu sich selbst. „Sie stehen alle auf einem Haufen zusammen. Sie geben ein leichtes Ziel ab." Was wenn es ein Trick war? Er würde bei Simon Macey keine Art von Täuschungsmanöver ausschließen, doch Ben konnte sich nicht vorstellen, welchen Vorteil das Solo-Team daraus gewann, so dicht zusammenzubleiben.

Verdutzt schüttelte Ben den Kopf. „Weihnachten ist dieses Jahr wohl sehr früh."

„Ja", fügte Jake an, „und hier kommen die Truthahnbraten."

Aus vollem Hals schreiend brach das Solo-Team aus der Deckung hervor. Ihre Gewehre krachten, Stasis-Geschosse sausten durch die unschuldige Waldluft.

„Sie haben uns nicht gesehen. Sie können uns nicht gesehen haben. Was ist da los?" Cally wandte sich an Eddie.

„Vielleicht mögen sie nicht, wie der Strauch da aussieht“, schlug Eddie spöttisch vor, „den, den sie gerade in Stücke ballern.“

„Wartet noch“, zischte Ben. „Lasst sie noch ein bisschen näher kommen.“ Dann hätte er Macey genau in seinem Blickfeld.

Das Solo-Team hielt inne. Sie wirkten verblüfft, verdattert. Simon sah auf etwas in seiner Hand, schüttelte es wütend. Das Solo-Team versammelte sich um ihn.

Eine bessere Gelegenheit würde sich nicht bieten.

„Feuer!“, schrie Ben.

Ein Sperrfeuer von Stasis-Geschossen schlug in das Solo-Team ein. Macey und den anderen blieb noch nicht einmal Zeit, ihre eigenen Waffen zu erheben. Huxley war auf der Stelle gelähmt, versteifte sich und kippte hintenüber, war aus dem Spiel. John ebenfalls. Conrad wurde von vorne und hinten getroffen, zuckte, drehte sich im Kreis und ging zu Boden.

Das Bond-Team war jetzt auf den Beinen, witterte den endgültigen Sieg.

Aber sie hatten ihre Gegner nicht ganz umzingelt. Simon erkannte seine Chance. Er packte Sonia Dark. Sie fluchte und setzte sich mit Händen und Füßen zur Wehr, aber es nützte nichts. Sie wurde von der Stasis-Kugel getroffen, die für Simon bestimmt gewesen war. Dann ließ er von ihr ab, sprang zur Seite, als sie zu Boden fiel, ließ seine Waffe links liegen und ergriff die Flucht.

Außerhalb der Schussweite.

„Mist!“, zischte Ben. „Los, ihm hinterher.“

„Nein!“ Jakes drängender Tonfall ließ alle innehalten.

Das Lodern in seinen Augen duldete keine Widerrede. „Macey gehört mir."

Panik ließ Simon stolpern, ließ ihn langsam werden. Er konnte auch nicht mehr geordnet denken. Was war mit dem Peilsender schiefgelaufen? Alles hatte so perfekt ausgesehen und jetzt tappte er hier durch den Wald als Team, das aus einem Mann bestand.

Und er hörte einen Verfolger. Das war bestimmt Stanton, Stasis-Gewehr im Anschlag, bereit seinen Sieg für sich in Anspruch zu nehmen. Und er ohne Waffe – warum hatte er sie bloß fallen gelassen? Blöd – es gab nichts, was er dagegen tun konnte.

Aber er konnte zumindest am Lack kratzen. Vielleicht war es an der Zeit, dass Stanton die Wahrheit über seine hübsche kleine Freundin erfuhr.

Simon blieb stehen, erhob die Hände, um sich zu ergeben, drehte sich mit einem hämischen Grinsen zu Ben Stanton um.

Das Grinsen gefror. Simon runzelte die Stirn. Es war gar nicht Ben Stanton. Stattdessen dieser Dom-Blödmann Daly. Der nicht stehen zu bleiben schien. „Okay, ich gebe auf." Jake kam näher. „Ich sagte, ich gebe auf, bist du taub?"

Jake prallte gegen Simon Macey und beide stürzten dumpf zu Boden.

„Was fällt dir ein, du Vollidiot?" Simon wand sich, aber Jake saß auf seiner Brust, die Hände zu Fäusten geballt.

„Ich gebe auf! Erschieß mich und bring's zu Ende."

„Noch nicht, du Kotzbrocken. Wir müssen reden." Es schien, als müsse Jake auch ein oder zwei Hiebe auf Simons errötendes Gesicht verteilen. „Genauer gesagt, ich muss reden und du musst zuhören."

„Was? Du bist … verrückt geworden!", platzte Simon heraus. „Das ist gegen die Regeln!"

„Ach ja?" Jake schob sein Gesicht dichter an Maceys heran. In seinen Augen brannte heftige Wut, die den anderen Jungen hätte versengen können. „Tja, genau wie einem Mitglied des anderen Teams einen Peilsender anzuheften."

Macey erblasste. Seine Lippen bebten. „Ich habe nichts dergleichen getan. Du kannst nicht …"

„Keine Lügen, Macey – hör einfach zu!" Jake schloss seine Hände um Maceys Kehle. „Ich weiß von dir und Lori. Ich weiß, dass du sie benutzt und ausgebeutet hast. Und meiner Meinung nach ist das dreckiger als Dreck, und da, wo ich herkomme, gibt's dafür die Tracht Prügel, die ich dir jetzt wirklich gerne verpassen würde."

„Geh … runter … von mir!"

„Aber ich werde nachsichtig sein mit dir, Macey, nur dieses eine Mal. Du kannst dein gutes Aussehen bewahren. Du kannst deine ebene Reihe schöner Zähne behalten. Aber wenn du jemals irgendjemandem gegenüber den Mund aufmachst, und ich rede nicht nur von Ben, ich meine, wenn du irgendjemandem erzählst, was du Lori angetan hast, jemals, dann werden du und ich uns in einer dunklen Nacht wieder treffen. Dann, wenn du es am wenigsten erwartest. Und dann werde ich nicht mehr nachsichtig sein, und du wirst dann für eine ziemlich lange Zeit niemandem mehr schöne Augen machen können. Hast du mich verstanden?"

Simon Macey stieß eine Art Gurgeln aus. Jemanden zu würgen trägt dazu bei, die Kommunikation gehörig zu erschweren.

„Ich kann dich nicht hören." Widerstrebend ließ Jake von Maceys Hals ab. „Hast du mich verstanden?"

„Ja ... Ja! ... Ich ... hab verstanden ..." Simon wurde von einem Hustenanfall geschüttelt.

„Gut. Sieht so aus, als wären wir hier so gut wie fertig."

Und gerade rechtzeitig. „Jake, was ist hier los?" Die anderen hatten sie eingeholt.

„Oh, nichts. Nichts Wichtiges." Jake erhob sich, zog Simon Macey auf die Füße. „Simon hatte nur einen kleinen Sturz, das ist alles. Und er muss dir etwas sagen, nicht wahr, Simon?"

Loris Augen weiteten sich in plötzlichem Entsetzen.

„Was gibt's, Macey?"

Simon ließ seinen Blick kraftlos zwischen Ben und Jake hin und her wandern. Er vermied es bewusst, Lori anzusehen. „Ja, ich muss dir was sagen. Ich gebe auf. Es ist vorbei. Stanton, der Sherlock-Schild gehört dir."

EPILOG

Die Zeremonie war genau so, wie Ben sie sich vorgestellt hatte.

Das ganze College, Lehrer sowie Studenten, hatte sich in der Halle der Helden versammelt. Grant war selbstverständlich da. Corporal Keene auch – er trug eine makellose Uniform, die er sich anscheinend für besondere Anlässe außerhalb der Schlacht aufhob. Lacey Bannon war da und Mr Korita, sogar der alte Gadge, der offensichtlich keine Ahnung hatte, warum, aber wenigstens davon absah, sich während der Ansprachen mit der Wand zu unterhalten. Für Jonathan Deveraux' Rede war ein Spezialbildschirm aufgebaut worden. Die Studententeams beider Jahrgänge saßen im vorderen Teil der Halle, die Spy-High-Absolventen, die sich nicht gerade im Einsatz befanden, standen in einer Reihe dahinter.

Nur das Bond-Team saß etwas abseits. Weil nur dem Bond-Team der Sherlock-Schild verliehen würde.

Ben hörte den Ansprachen von Grant und Deveraux nur mit halbem Ohr zu. All die Reden von Ehre und Erfolg, davon, Maßstäbe zu setzen und dem guten Beispiel nachzufolgen, es war nicht so, dass er ihnen nicht zustimmte oder dass er das alles schon einmal gehört hätte. Ben wollte einfach nur in dem Augenblick schwelgen, ihn auskosten, die Szene so unauslöschlich in sein Gedächtnis einprägen, dass es den Anschein haben würde, sie wäre von ewiger Dauer.

Die bewundernden Blicke der Absolventen, bei denen er sich schon bald einreihen könnte, die neidischen Augen des Hannay-, des Palmer- und des Solo-Teams – vor allem des Solo-Teams, mit Simon Macey, der aussah, als habe er eine Zitrone verschluckt.

So war es richtig. So war es gut. Dafür war er, Ben Stanton, nach Spy High gekommen.

Als Grant den „Anführer des diesjährigen Siegerteams, Ben Stanton vom Bond-Team" aufforderte „vorzutreten und den Sherlock-Schild in Empfang zu nehmen", hätte Ben es mit geschlossenen Augen tun können. Unzählige Male hatte er diesen Moment auf der abgeschiedenen Bühne seiner Gedankenwelt geprobt. Die Realität enttäuschte ihn nicht.

„Danke, Sir", sagte Ben. Er schüttelte Grant die Hand. Er nahm den Schild in Empfang. Er hielt ihn in die Höhe. Den Beifall, den er als den seinen entgegennahm, war nur sein rechtmäßiger Lohn. Wenn sie den Film über sein Leben machten …

Die anderen traten zu ihm, obwohl das doch ein wenig unnötig war, wie er dachte. Überall um ihn herum Umarmungen, Schulterklopfen, lächelnde Gesichter und Glückwünsche.

Und Richtigstellung: Beinahe überall waren lächelnde Gesichter.

Jennifer hätte auf derselben Zitronen-Diät sein können wie Simon Macey. Sie genoss die Huldigung durch das Publikum kein bisschen. Ihre Augen huschten immer wieder zu den Ausgängen, als würde sie überlegen, jeden Moment durch einen von ihnen fluchtartig den Saal zu verlassen. Labil, dachte Ben, definitiv labil, aber wenigstens hatte sie das Team nicht aufgerieben.

Was auch immer Jennifers Problem war, es konnte ihnen jetzt nichts anhaben.

Später an diesem Abend machten sich die Mädchen für den Sherlock-Schild-Ball fertig. Überflüssig zu sagen, dass die Mitglieder des Bond-Teams Ehrengäste waren, und Cally und Lori planten ihre Outfits und Auftritte mit der Präzision einer militärischen Operation. Im Gegensatz zu Jennifer. Jennifer schien nichts weiter zu tun, als mit überkreuzten Beinen auf ihrem Bett zu sitzen und mit finsterer Miene Löcher in die Luft zu starren.

„Fühlst du dich nicht wohl, Jen?", fragte Cally. „Empfindest du diesen Anlass vielleicht als eine zu große Belastung?"

„Mir geht's gut." Jedes Wort glich einem Fensterladen, der zuknallte.

„Ziehst du dich gar nicht um?", fragte Lori verwundert. „Die Party wird noch ohne uns anfangen."

„Ich gehe nicht auf die Party", erklärte Jennifer mit so viel Verachtung in der Stimme, dass ihre beiden Teamkameradinnen überrascht innehielten.

„Gehst du nicht? Warum?"

„Oh, ich will dir nicht in die Suppe spucken, Lori. Würde dir nicht im Weg sein wollen."

„Was?" Lori verstand kein Wort. Woher kam Jennifers plötzliche Bissigkeit? „Was meinst du damit?"

„Nichts."

Hilfe suchend sah Lori Cally an, die ratlos mit den Schultern zuckte. „Warte mal, Jen, du kannst nicht solche giftigen Bemerkungen machen und dann einfach ‚nichts' sagen. Haben wir hier vielleicht ein Problem, von dem ich nichts weiß? Bin ich dir irgendwie auf den Schlips getreten? Hab ich dir was getan?"

„Das weißt du genau", schnauzte Jennifer bockig.

„Weiß ich nicht", rief Lori. „Kläre mich auf. Cal, hast du eine Ahnung ...?"

„Jake. Es ist wegen Jake. Du und Jake."

„Was meinst du damit, ich und Jake? Es heißt ich und Ben, Jennifer, falls du es bisher noch nicht bemerkt hast. Blonder Typ, sehr groß, Anführer des Bond-Teams. Jake ist nur ..."

„... jemand, mit dem du bedeutungsvolle Blicke austauschst", ergänzte Jennifer anklagend. „Jemand, den du heimlich auf dem Schulgelände triffst."

„Oh." Entweder waren Jake und sie unvorsichtig gewesen oder Jennifer verfügte über eine geniale Beobachtungsgabe, für die sie zu Recht einen Platz an der Spy High hatte.

„Ja. Oh", sagte Jennifer spitz.

„Lori?" Cally sah ihre Teamkameradin prüfend an.

„Hör mal, Jen, das hast du in den falschen Hals bekommen." Lori entschied sich für die Wahrheit, wenn auch nicht für die vollständige wahrheitsgemäße Erklärung. „Was du gesehen hast ... Ich hatte ein kleines Problem.

Jake war der Einzige, der mir helfen konnte. Und das hat er gemacht. Er hat mir geholfen. Als Freund. Das ist alles. Da ist nichts weiter, keine Romanze, sollte es das sein, was dich betrübt. Ich bin mit Ben zusammen. Das kannst du doch sehen, oder?" Jennifer machte ein Gesicht, als könne sie es nicht sehen. „Hör mal", Lori versuchte es auf eine andere Weise, „du bist es, die Jake mag. Er hat es mir selbst gesagt."

„Siehst du?" Cally unterstützte Lori in ihren Bemühungen. „Was habe ich dir gesagt? Hast du etwa noch nicht mit ihm geredet?"

Jennifers Feindseligkeit geriet ins Wanken. „Ich wollte ja, aber dann habe ich gesehen ... und dann dachte ich ... Und so war ich ganz fürchterlich zu ihm." Bekümmert sah sie ihre Teamkameradinnen an. „Jake wird mich jetzt hassen, was?"

„Oh, ich weiß nicht", überlegte Lori. „Ich denke, wenn du etwas unternimmst, wie zum Beispiel jetzt beim Jungszimmer vorbeizuschauen, um dort die Andeutung fallen zu lassen, dass du eine Begleitung für die Party suchst, könnte Jake unter Umständen dazu überredet werden, sich freiwillig zu melden. Sabbernd und mit heraushängender Zunge, so in der Art."

„Glaubst du das wirklich?", lachte Jennifer. Sie war wie ausgewechselt.

„Das glauben wir", bekräftigte Cally.

„Na, dann mach ich mich mal besser auf die Socken." Sie musste zu Jake, bevor sie wieder der Mut verließ. „Ich seh euch dann später. Und Lori, Cally", Jennifer lächelte, „danke."

Cally sah ihr hinterher. „Der Weg der Liebe ist manchmal steinig“, sagte sie. „Jetzt mal los, Lo, was war dieses Problem, bei dem nur Jake dir helfen konnte?“

Jennifer rannte den Flur entlang. Sie hatte die verrückte Vorstellung, dass, wenn sie Jake nicht ganz bestimmt so schnell wie möglich erreichte, etwas passieren und sie ihn nie wieder sehen würde. Gewisse Ereignisse in ihrem Leben, die sie noch bis in ihre Träume verfolgten, hatten sie pessimistisch gestimmt, mutlos, aber hier war die Chance für etwas Gutes, etwas Positives. Und jetzt, da die Angelegenheit mit Lori bereinigt war, konnte sich ihr niemand mehr in den Weg stellen.

Außer Senior Tutor Elmore Grant vielleicht, den sie um ein Haar von den künstlichen Füßen gerissen hätte. „Hey, wo brennt's?“ Er nahm es nicht persönlich.

„Tut mir leid, Sir. Ich muss … jemanden sprechen.“

„Das trifft sich gut, ich auch. Dich, Jennifer.“ Er überreichte ihr einen Umschlag, adressiert an Jennifer Chen, Deveraux College. „Der ist heute für dich gekommen. Ich wollte ihn dir schon früher geben, aber mit der Feier und allem … wir bekommen heutzutage nicht mehr viel Briefpost, oder? Alles E-Mails und Videofons. Das moderne Leben, denke ich mir. Alles in Ordnung, Jennifer?“

„Ja. Sicher.“ War es nicht. „Danke. Hierfür.“ Der Brief war von Tante Li. Sie erkannte die Handschrift. Es konnten keine guten Nachrichten sein.

„Na, dann sehe ich dich wohl später auf der Party, Jennifer.“

Sie antwortete nicht. Sie bemerkte nicht, dass Grant fortging. Die Welt um sie herum verdunkelte sich, wurde dämmerig, und sie konnte nur noch den Brief sehen. Jennifer fingerte den Umschlag auf. Tante Li verschwendete keine Tinte.

Er ist wieder da.

Natürlich war er das. Natürlich. Jennifer hatte das Gefühl, nicht mehr atmen zu können. Sie konnte sich nicht mehr auf den Beinen halten, konnte nicht denken. Sie tastete nach der Wand, um sich abzustützen. Er ist wieder da. Sie hatte gewusst, dass er eines Tages zurück sein würde. Zufällig war es heute so weit.

Sie spürte in ihrer Kehle, dass sich ihr der Magen umdrehte, aber sie konnte nichts dagegen tun. Tränen brannten in ihren Augen. Sie hatte jetzt keine Zeit für Jake. Nur noch Zeit für eine Sache.

„Und, sind wir jetzt ein glücklicher Junge?" Lori war es endlich gelungen, sich von Ben loszureißen und zwischen zwei Songs ein Wort an Jake zu richten. Sie war leicht überrascht, dass er nicht ausgelassen herumtanzte wie alle anderen. Sie war mehr als leicht überrascht, dass er alleine war.

„Was meinst du? Den Schild? Ich glaube, wenn Ben die Anerkennung teilt …"

„Nein, du Dummkopf. Jennifer. Du weißt schon? Groß, dunkel, bildhübsch? Wo ist sie?"

„Ich habe gehofft, du könntest mir das sagen", gestand Jake. „Ist sie nicht bei euch?"

Lori runzelte die Brauen. Eine stille dunkle Vorahnung stieg in ihr auf. „Sie wollte dich in deinem Zimmer aufsuchen, um dich wegen der Party zu fragen."

„Hat sie nicht." Jake teilte Loris Besorgnis. „Ich habe sie seit der Zeremonie nicht mehr gesehen. Wann war das denn?"

„Vor einer Ewigkeit. Ich meine, Cal und ich haben gedacht, dass ihr beiden euch verdrückt habt. Sie ist nicht zurückgekommen. Sie ist auch hier nirgendwo in der Nähe, oder?" Vergebens hielt Lori nach Jennifer Ausschau.

„Nein, ist sie nicht", sagte Jake. „Ich habe überall nachgesehen."

Die Musik setzte wieder ein, laut und rhythmisch. Ben wartete darauf, dass Lori zurück zu ihm auf die Tanzfläche kam. Cally und Eddie schienen Ringergriffe zu üben. Plötzlich war Lori der Sinn nach Feiern vergangen. Irgendetwas stimmte nicht.

„Vielleicht hat sie es sich anders überlegt. Vielleicht ist sie wieder zurück auf ihr Zimmer gegangen."

„Vielleicht." Lori nickte nachdenklich. „Ich glaube, ich gehe mal und sehe nach. Willst du mitkommen?"

„Versuch nur, mich davon abzuhalten."

„Hey, Ben", rief Eddie, als er beobachtete, wie Ben verblüfft Lori und Jake hinterherstarrte, die gemeinsam aus dem Raum eilten. „An deiner Stelle würde ich echt aufpassen. Könnte sein, dass du dein magisches Händchen verlierst!"

„Jennifer? Jen? Bist du hier?“

Die Tatsache, dass Lori das Licht anknipsen musste, legte nahe, dass sie es nicht war.

„Also, wo ist sie dann?“

„Warte, Jake. Sieh mal. Ein Zettel.“ Lori fischte das einzelne gefaltete Blatt Papier aus der Mitte von Jennifers Bett. Sie las die Notiz und erblasste.

„Und?“, drängte Jake. „Was steht drin?“

„Sie ist weg, Jake.“

„Was meinst du damit? Weg wohin?“

Loris Miene war ernst. „Jennifer ist weg.“

Der Mond starb.

Er hing tief am nächtlichen Himmel, so als hätte er nicht mehr die Kraft, sich zu halten, sondern würde jeden Moment abstürzen. Er hatte die fahle Blässe eines Kranken. Sein Licht flackerte wie eine alte Glühbirne, die ersetzt werden musste.

So weit hergeholt war dieser Vergleich nicht. Der Mond, der über Undertown, Los Angeles, hing, war durch und durch künstlich. Dieser von Menschen erschaffene Himmelskörper war die geniale Idee eines früheren Bürgermeisters, der den künstlichen Mond als Maßnahme zur Verbrechensprävention hatte entwickeln lassen. Undertown versank allmählich im Sumpf der Gesetzlosigkeit und Angst. Gute Menschen zogen fort, Verbrecher zogen hin. Der am Himmel schwebende Mond sollte ein Zeichen der Hoffnung sein. Eine Erinnerung daran, dass die reichen und mächtigen Bürger der Uptown die weniger begünstigten Bewohner der Undertown noch nicht vergessen hatten. Das Mondlicht sollte die Dunkelheit vertreiben und die Straßen für Passanten sicher machen. Sogar Kameras hatten unter der Satellitenhaut angebracht werden sollen, damit über allem ein wohlwollendes Auge wachte.

Nur dass das Geld ausgegangen war. Der Bürgermeister hatte sein Amt verloren. Nicht eine einzige Kamera war installiert worden. Das Budget zur Wartung des Mondes war gekürzt worden, bis nichts mehr übrig war.

Der Mond starb, aber das schien keine große Bedeutung zu haben, denn Undertown befand sich in einem noch weit schlechteren Zustand.

So jedenfalls wirkte es auf das Mädchen. Die Straßen, die es so gut kannte, die Bürgersteige, die es einst, als es noch klein und unbeschwert war, voller Menschen erlebt hatte, waren jetzt dunkel und verlassen. Okay, es war spät, schon nach Mitternacht, aber das Mädchen spürte, dass Hoffnungslosigkeit in der Luft lag und der Geruch von Verwahrlosung und Verfall, übel wie der Gestank verdorbener Lebensmittel.

Plötzlich nahm das Mädchen Schritte hinter sich wahr, Schritte, die ihm folgten. Es waren drei Paar Füße, die versuchten, lautlos zu schleichen, aber schwer auf den Gehweg traten. Männliche Füße. Verfolger.

Das Mädchen kniff seine leuchtenden, smaragdgrünen Augen zusammen. Es bezweifelte, dass diese Männer nach dem Weg fragen wollten.

Als würde er sich davor fürchten, was als Nächstes passieren könnte, erbleichte der Mond noch etwas mehr.

Das Mädchen hörte, dass sich die Schritte beschleunigten. Es blickte sich nicht um. Es würde die Gesichter der Männer noch früh genug zu sehen bekommen.

Der Mond erholte sich kurz, glühte auf in einem plötzlichen, vollkommenen Weiß. Dann gab er ein Rasseln von sich, ein elektronisches Seufzen. Der Strom fiel aus und der Mond wurde ausgepustet wie eine Kerze. Es herrschte tiefschwarze Nacht. Nur eine letzte Straßenlaterne spendete Licht.

Das Mädchen blieb stehen. Seine Verfolger nicht.

„Hey, Kleine!"

Sie setzte ihre Tasche ab. Sie hatte das Gefühl, dass sie jetzt vielleicht beide Hände frei haben sollte.

„Sprechen Sie mit mir?" Nun, da die Männer sie eingeholt hatten, konnte sie die drei erkennen. Sie stolzierten um sie herum, musterten sie, bewunderten ihre geschmeidige Gestalt und ihr volles Haar, das so dunkel war wie die Nacht. Sie verkörperten die Vereinten Nationen der Straßenräuber: ein Schwarzer, ein von Akne geplagter Weißer und ein Chinese, ein Landsmann von ihr. Er war der Größte.

„Was treibst du hier draußen, so ganz alleine?"

„Ja, es ist spät und du siehst so aus, als solltest du brav im Bettchen liegen."

„Weißt du nicht, dass diese Straßen hier gefährlich sind?"

„Ach wirklich? Danke für die Warnung. Ich werd's mir merken."

„Wie wär's also mit ein bisschen Dankbarkeit?" Sie schoben sich in Position, einer nach vorne, einer nach hinten, einer an ihre rechte Seite, um ihr den Fluchtweg abzuschneiden. Zu ihrer Linken war die Wand.

„Deine Tasche, Kleine. Wir wollen deine Tasche." Der Ton war jetzt bedrohlich. Die Muskeln des Mädchens spannten sich an.

„Und alles, was sonst noch zu holen ist."

„Alles, Kleine!"

„Na ja", sagte sie, „dann solltet ihr es euch wohl holen kommen."

Sie hatte dem chinesischen Kerl einen Dämpfer verpasst, noch ehe er mit der Wimper zucken konnte — einen blitzschnellen Karateschlag. Fachmännisch schätzte sie das Gewicht des Schwarzen hinter sich und platzierte ihren Tritt dementsprechend. Der weiße Typ zückte mit weit aufgerissenen Augen ein Messer. Sie stürzte sich auf ihn. Drehte, zerrte. Mit einem ausgekugelten Arm nützte auch ein Messer nicht viel.

Dann nahm sie Verteidigungsstellung ein, obwohl sie angesichts ihrer am Boden liegenden Möchtegern-Angreifer annahm, dass es nicht mehr nötig war. Sie hatte Recht.

„Wer bist du, Kleine?" Die Straßenräuber strampelten sich hoch auf die Füße, hielten aber Abstand.

„Solche wie du dürften gar nicht hier sein." Sie hinkten die Straße hinunter und begannen auf unsicheren Beinen davonzulaufen.

„Du gehörst nicht hierher! Du gehörst nicht hierher!"

Ihr letzter Ruf war schmerzhafter als alles, was man ihr körperlich hätte antun können.

Weil sie sehr wohl hierher gehörte. Genau hierher.

Als der Mond wieder klickend zum Leben erwachte, sah sie an dem Wohnhaus neben sich hinauf und ihre katzengrünen Augen füllten sich mit Tränen.

Sie gehörte hierher.

Jennifer Chen war wieder daheim.